저자는 전생의 업보를 내세워 겁을 주거나 신통술로 현혹하려 들지 않는다. 그녀는 말한다. 누구나 태어날 때 스스로 세운 영적 약속이 있고, 이 생의 모든 고통과 시련은 우리들 자신의 영적 진보를 위한 것이라고. 그리고 당부한다. 대가 없이 사랑하고 배려하라고. 그것을 통해서 자신의 카르마를 정화하고 영적 균형을 회복하라고. 박진여는, 내 깊은 곳에 꽁꽁 묻어두었던 소망과 슬픔을 다시 들여다볼 수 있게 해 주는, 티끌 없이 투명한 영혼의 거울이다.

_**이진순** 언론학 박사, 〈한겨레신문〉 '이진순의 열림' 필자

풀 수 없는 수많은 생의 비밀들, 나는 왜 이 시기에 이 땅에서 이런 모습으로 태어났는지, 전생에 그 해답이 있었다. 박진여 선생을 만난 뒤 궁금했던 많은 의문이 풀렸다.

_**이금림** 드라마 작가, 한국방송작가협회 이사장

전생이나 내세가 궁금한 사람은 누구일까. 비록 이성과 합리로는 설명할 수 없더라도 무언가 대단히 중요한 문제를 안고 있는 사람일 것이다. 가까이 세월호의 아픔을 겪으며 꽃다운 아이들이 다음 생 어디선가 아름답게 피어나기를 우리 모두 갈망하지 않았던가. 이 책의 전생 사례는 지금 삶이 고통스런 사람에게는 위안을 주고 풍요로운 사람에게는 절제의 실마리를 제시한다. 윤회를 검증할 길이 없다 해도 사람이 아프게 한 자연이 결국 사람에게 재난이 되어 돌아온 사례는 얼마든지 있다. 사람도 자연의 일부이니 인과관계가 마찬가지일 것이다. 뿌린 대로 거둔다는 진리를 다시 한 번 되새기게 하는 책이다. _**이미경** 환경재단 사무총장

나의 오랜 친구였던 C.V. 게오르규 신부(〈25시〉의 저자)는 한국을 방문할 때마다 자신이 전생에 살았던 절에 찾아가 며칠씩 머무르곤 했다. 존엄한 인간의 삶과 구원의 길을 꿈꾸었던 게오르규, 그가 살아 있다면 이 책을 선물하고 싶다. 삶의 이유와 방법에 대해 새로운 차원의 안목을 열어주는 책이다.
_**민희식** 한양대 석좌교수

내가 누구인지, 왜 지금 이렇게 살고 있는지, 겪고 있는 고통의 이유가 무엇이고 어떻게 그것을 받아들이고 해결할 실마리를 찾을 수 있는지 알고 싶다면 이 책에서 답을 찾을 수 있다. 때론 어떤 정신과, 심리학 박사도 해결하지 못하는 삶의 딜레마를 한순간에 인정하고 수용하게끔 하는 깨달음의 책이다. 전생을 믿고 안 믿고를 떠나, 이 책은 보다 나은 삶의 길을 찾는 이들에게 특별한 메시지를 선물해 줄 것이다.
_**박지숙** 카루나 마인드힐링연구소 소장

종교 경험을 연구하는 학자의 관점에서 박진여 선생의 재능은 참으로 경이롭다. 자신의 비범한 재능으로 인해 남다른 어려움을 겪고 비일상적인 삶을 꾸리고 있음에도 불구하고, 그 재능을 닦아 타인의 고통을 덜어주려는 노력은 감동적이다. 그녀의 재능이 보기 드물 뿐더러 우리에게도 귀중하다. 박진여 선생은 자신의 오랜 전생 리딩이 준 통찰을 다음과 같이 간명하게 요약한다. 어려운 이웃들을 기꺼이 돕고, 자신이 가진 것이 무엇이든 함께 나누라고. 그런 진심만이 우리를 행복하게 만든다고. _**성해영** 서울대학교 종교학과 교수

당신, 전생에서 읽어드립니다

당신,
전생에서 읽어드립니다

1판 1쇄 발행 2015. 3. 27.
1판 11쇄 발행 2024. 3. 4.

지은이 박진여

발행인 박강휘
편집 고세규 | 디자인 조명이
발행처 김영사
등록 1979년 5월 17일(제406-2003-036호)
주소 경기도 파주시 문발로 197(문발동) 우편번호 10881
전화 마케팅부 031)955-3100, 편집부 031)955-3200 | 팩스 031)955-3111

값은 뒤표지에 있습니다. ISBN 978-89-349-7045-3 03810

홈페이지 www.gimmyoung.com   블로그 blog.naver.com/gybook
인스타그램 instagram.com/gimmyoung   이메일 bestbook@gimmyoung.com

좋은 독자가 좋은 책을 만듭니다.
김영사는 독자 여러분의 의견에 항상 귀 기울이고 있습니다.

당신, 전생에서 읽어드립니다

박진여 지음

김영사

일러두기

1. 이 책에서 인용하거나 요약하여 정리한 상담 내용은 모두 실제 사례입니다. 상담자의 사생활 보호를 위해 이름은 드러내지 않거나 필요한 경우 가명으로 대신했습니다.

2. 인용한 이메일 또는 편지는 책의 형태에 적합하게 수정했습니다.

3. 저자의 인터뷰 영상으로 '박진여-가슴의 대화 1~2'가 있습니다.
   http://www.youtube.com/watch?v=lyQHYAP9NS0
   http://www.youtube.com/watch?v=tPHo8exJ0Xo

지난 생의 나에게 배우는 인생수업

성해영(서울대 인문학연구원 교수)

삶은 일회적일까, 아니면 우리는 끊임없이 이 세상으로 되돌아오는 존재일까. 우리 삶이 한 번에 그치지 않고 새로운 몸으로 거듭 태어난다는 주장이 윤회론輪廻論이다. 말 그대로 '반복해 돌아온다'는 것이다. '육체를 다시 입다'라는 뜻의 'reincarnation(리인카네이션)'이나, '영혼이 거듭 옮겨간다'라는 뜻의 희랍어 'metempsychosis(메템사이코시스)' 역시 같은 의미다.

윤회론은 종교적 세계관의 원형이다. 우리가 죽음 이후에도 존속할뿐더러 거듭 태어난다는 주장은 보이지 않는 차원을 전제로 하기 때문이다. 윤회에 대한 믿음은 시대와 장소를 불문하고 전 세계에서 고루 발견된다. 피타고라스와 플라톤, 그리고 그들의 철학을 종교적으로 재해석한 신플라톤주의자들은 대표적인 윤회론자들이었다. 힌두이즘, 불교와 같은 동양 종교에서도 윤회론은 핵심적인 가르침이었다. 이슬람, 기독교, 유대교는 윤회와 거리가 멀다고 간주되지만, 그들 내부에서도 윤회론은 끊임없이 등장했다. 예컨대 유대교 신비가들인 카발리스트Kabbalist들은 윤회를 굳건히 믿었다.

윤회론은 현대에 이르러 다양한 형태로 꽃을 피웠다. 헨리 소로나 에머슨의 초절주의transcendentalism, 블라바츠키Helena P. Blavatsky의 신지학회Theosophical Society, 슈타이너R. Steiner의 인지학Anthroposophy, 허버드L. Ron Hubbard의 사이언톨로지Scientology 등도 윤회를 받아들였다. 또 켄 윌버의 초월심리학을 포함해 뉴에이지라 불리는 다양한 영성 운동에서도 윤회는 불가결한 개념이었다. 이 외에도 《신과 나눈 이야기》, 《기적 수업》, 《세스 매트리얼》 등 널리 알려진 채널링channeling 서적들도 윤회를 당연한 사실로 주장하고 있다.

'잠자는 예언자'라고 불렸던 에드가 케이시Edgar Casey 역시 윤회를 다루면서 빼놓을 수 없다. 깊은 최면 상태에서 다른 사람들의 전생을 리딩reading해냈던 그는 현생이 과거 생의 강력한 영향을 받는다고 역설했다. 독실한 기독교인이었던 탓에 윤회를 언급한 초창기의 리딩을 그 자신조차 쉽사리 믿지 못했지만, 나중에는 확고한 신봉자가 되었다. 버지니아 대학에서 정신과 교수로 평생 재직했던 이안 스티븐슨Ian P. Stevenson도 유명하다. 그는 전생을 기억하는 아이들의 사례를 40여 년 동안 전

6

세계에서 3,000여 건이나 수집하고, 이를 정리해 방대한 저서로 남겼다.

우리나라도 예외는 아니다. 한국갤럽의 2014년 조사에 따르면 불교인은 물론이거니와 설문 대상자인 가톨릭의 29%와 개신교의 34%, 심지어 비종교인들의 21%가 윤회를 믿는다고 응답했다. 인구 전체로 보아 그 비율은 1984년의 21%에서 2014년에는 28%로 높아졌다. 전체 종교인의 비율과 종교인 중 불교 신도가 차지하는 비율이 정체된 상황에서도 윤회를 받아들이는 사람이 뚜렷하게 많아진 것이다. 그러니 우리나라 사람들이 자신이 겪는 기쁨과 고통의 원인을 전생에서 찾는 일은 낯설지 않다. 윤회는 이처럼 21세기에도 우리 종교성의 중요한 뿌리가 되고 있다.

윤회는 종교적 신조나 철학적 사상, 그리고 학술적 연구 대상으로만 머무르지 않는다. 전생에 못 이룬 사랑을 소재로 한 우리 영화 〈은행나무 침대〉(1996), 배두나의 출연으로 화제를 모은 할리우드 영화 〈클라우드 아틀라스〉(2013) 등을 비롯해 윤회는 문학작품이나 드라마의 중요한 소재로도 각광받고 있다. 그렇다면 윤회와 전생 개념은 왜 우리 곁을 떠나지 않는 것일까? 달리 말해 우리는 무슨 이유로 여전히 윤회론에 끌리는 걸까?

무엇보다 윤회는 우리의 정체성과 삶의 의미를 더 큰 맥락에서 파악하게 도와준다. 현생이 연속되는 여러 생 중 하나라면,

지금 이곳의 삶이 달리 받아들여질 수밖에 없다. 내가 겪고 있는 고통과 시련을 포함해, 부모와 자식, 남편과 아내의 관계 등이 새로운 의미를 띠게 된다. 요컨대 '지금 여기'의 삶이 더 높은 곳에서 조감되며, 내가 누구인가라는 정체성의 개념 역시 넓어진다. 나는 지금 여기에 묶여 있는 존재 이상이 되는 것이다. 이런 관점에서 바라보면 내가 짊어진 현생의 과제는 전생의 나에게서 건네진 것이며, 최선을 다해 달린 후 다음 생의 나에게 전달되어야 할 이어달리기의 '바통'과도 같다.

이렇게 윤회라는 개념에 기대어 삶을 이해하면 우리는 지금 이곳의 한계 지워진 상황으로부터 자유로울 수 있는 '여백 餘白의 감각'을 얻는다. 우리 스스로가 지금껏 생각했던 것보다 더 큰 존재임을 인식하기 때문이다. 또한 확장된 자아 정체성은 고통을 의연하게 받아들이게 만드는 밑바탕이 된다. 우리는 지금 이곳에서 전개되는 삶에 강박적으로 집착하지 않고, '초연함'에서 우러나는 삶의 의지를 획득한다. 즉, 삶이 한 번으로 끝나지 않고 '다음 기회'가 있다는 사실로 인해 안도의 한숨을 쉬게 되는 것이다.

이처럼 윤회론은 여러모로 매력적이지만 치명적인 위험도 함께 갖는다. 우리가 경험하는 불운과 행운을 전생 탓으로 돌리면서, 자신의 행운은 독점하고 타인의 불행은 방관한다면 윤회는 곧장 우리를 얽매는 올가미가 된다. 가난과 질병, 부유함과 행운이 전생에서 비롯된 불가피한 결과라는 믿음은 현실을 개선하려는 의지를 약화시킬 수도 있다. 이런 이유 때문에 윤회론은 강하게 비판받기도 한다. 그렇다면 윤회론이란 우리의 행운과 불행을 정당화하는 형이상학에 불과한 것일까? 혹은 고통과 시련 앞에서 위안을 갈구하는 인간적 나약함이 빚어낸 종교적 허구에 지나지 않는 걸까? 우리는 윤회를 어떻게 받아들여야 할까?

타인의 전생을 읽는다는 박진여 선생의 '전생 리딩 이야기'는 이런 곤혹스러운 질문들을 새로운 시각에서 바라보도록 만든다. 자신의 능력을 우연하게 발견하고 키워준 스승 법운法雲 최영식 선생과 함께, 15년 동안 무려 1만 5,000여 명의 전생을 리딩했다는 그녀의 주장은 윤회를 받아들이지 않는 이들에게 당혹스럽게 들릴 것이 분명하다.

그러나 수행이나 은총으로 인해 전생을 알 수 있다는 주장은 종교사에서 드물지 않다. 육통六通이라는 불교의 여섯 가지 비범한 능력에는 자신과 타인의 전생을 읽을 수 있다는 '숙명통宿命通'이 포함되어 있고, 힌두이즘 역시 여러 전생에 대한 '기억' 또는 '의식smṛti'이나 '이전 생에 대한 앎pūrvajanma-jñāna'을 얻는 능력siddhi에 관해 설명한다. 피타고라스처럼 자신의 전생을 기억하는 인물에 대한 일화 역시 흔하다. 인간이 달에 도착한 지 한참이 지난 오늘날에도 명상 수행, 전생 퇴행 최면, 꿈 등을 통해 전생을 알게 되었다는 이야기는 끊임없이 등장한다. 케이시가 대표적인 사례다.

박진여 선생은 어떤 범주에 속할까? 그녀가 읽어낸 전생 이야기는 사실일까? 이런 질문들을 다루기 전에 논의의 한계를 명확하게 할 필요가 있다. 기억된 전생이 실제로 자신의 전생인지를 '객관적으로' 입증할 방법은 없다. 어떻게 수백 년 전의 존재와 현재의 나 사이에 존재하는 연속성을 실증적으로 확인할 수 있겠는가? 다시 말해 내가 특정한 삶을 기억해내더라도 그것이 오늘의 내가 겪었던 과거 삶인지의 여부를 실험과 같은 객관적인 방식으로 검증하는 것은 불가능하다. 그 점에서 윤회는 말 그대로 형이상학적 차원의 물음이다. 하지만 이런 지적을 곧장 윤회의 불가능성으로 간주해서는 곤란하다.

이 문제를 상식적인 차원에서 접근해보자. 1년에 천 명에 가까운 내담자의 전생을 즉석에서 꾸며내는 일을 15년 동안 지속하는 것이 가능할까? 더구나 상담 내용을 녹음해 주면서까지. 게다가 스승 법운 선생은 지금까지도 이름과 연령 외에는 내담자의 다른 정보를 그녀에게 일절 제공하지 않는 것을 원칙으로 삼고 있다. 그런데도 그녀는 처음 만난 내담자 앞에서 몇십 초의 짧은 시간 동안 눈을 감고 집중해 리딩한 후, 현생에 영향을 미치는 전생들을 곧바로 풀어 설명해준다. 어떻게 이런 일이 가능할까? 그것도 무려 15년 동안!

다양한 유형의 종교 체험을 학문적으로 연구해오고 있고, 그녀의 리딩 과정을 여러 차례 직접 지켜본 종교학자인 나로서도 여전히 이해하기가 어렵다! 흥미로운 사실은 그녀 또한 자신의 능력을 받아들이기가 쉽지 않았다는 점이다. 그러나 그녀의 전생 리딩과 현재 삶과의 밀접한 연관성을 내담자의 대부분이 직접 확인한다는 점은 분명하다. 그녀의 조언을 받아들여 자신의 삶을 긍정적으로 변화시킨 내담자들이 거듭 방문하며, 자신의 가족과 가까운 지인들에게도 그녀를 계속 추천하는 사실이 이를 방증한다.

그렇다고 이 대목에서 나를 포함해 그녀를 방문한 이들을 지성이 결여된 괴짜들로 취급하는 건, 손쉬운 결론이기는 하지만 성급한 일이라고 말하고 싶다. 윤회론의 진실성 여부와 그녀가 가진 리딩 능력의 전모를 객관적으로 입증할 수 없다 하더라도 그녀의 리딩이 내담자들의 삶에 긍정적이고 실제적인 변화를 가져왔다는 사실만큼은 부정하기 어렵기 때문이다.

실증주의적 과학이 지배적인 요즈음, 윤회라는 주제는 그 어느 때보다 조롱과 비난의 대상이 되기 십상이다. 더구나 윤회와 전생에 대한 학술적인 연구가 아니라 전생을 실제로 읽어낼수 있다는 사람에 대한 얘기는 더더욱. 그러니 이 책의 서문을 쓰는 일이 대학에 몸담고 있는 학자로서 부담스럽지 않았다고 말하는 것은 거짓말이리라. 그럼에도 기꺼이 이 글을 쓰는 이유는 여럿이다. 무엇보다 종교 경험을 연구하는 학자의 관점에서 박진여 선생의 재능은 참으로 경이롭다. 또 자신의 비범한 재능으로 인해 남다른 고통을 겪고 비일상적인 삶을 꾸리고 있음에도 불구하고, 그 재능을 갈고 닦아 타인의 고통을 덜어주려는 그녀의 노력에 솔직히 깊은 감동을 받아서다.

나는 그녀의 재능이 보기 드물뿐더러 우리에게 귀중하다고 믿는다. 왜 그런가. 박진여 선생은 자신의 오랜 전생 리딩이 준 통찰을 다음과 같이 간명하게 요약한다. 어려운 이웃들을 기꺼이 돕고, 자신이 가진 것이 무엇이든 함께 나누라고. 그런 진심만이 우리를 행복하게 만든다고. 또 그 출발은 다름 아닌 사소한 일에서부터 타인을 배려하는 착한 마음을 갖는 것이라고.

참으로 그렇다. 윤회론의 진실성 여부와 무관하게 이러한 가르침이야말로 우리 삶을 관통하는 행복의 열쇠가 아닐까. 종교학자로서 종교의 핵심 역시 선한 마음을 지키고 키우며, 이웃과 더불어 행복하자는 것이라고 믿는다. 하지만 이를 실천하기란 참으로 어렵다. 특히 경쟁과 승리가 가장 우월한 가치가 된 요즈음에 이타적으로 베푸는 선한 마음을 가지라는 말처럼 진부하게 들리는 구절이 또 있을까. 그러나 이런 근본적인 원칙을 실현하지 않고도 구성원 모두가 행복해지는 공동체를 일찍이 본 적이 있었던가. 그것이 가족이건 회사이건 또는 국가이건 간에 말이다.

이 책이 스스로가 믿었던 것보다 우리 자신이 훨씬 더 경이로운 존재라는 사실을 깨닫는 계기가 되었으면 좋겠다. 아울러 삶이란 우연의 산물이 아니라 깊은 의미와 필연으로 엮여 있으며, 행복을 구현하는 의지와 힘이 우리 손에 있다는 사실도 말이다. 박진여 선생은 행복의 파랑새가 우리 손 안에 있다는 사실을 잊지 말라고 나직하지만 끈질긴 목소리로 속삭인다. 까맣게 잊힌 진실을 다시 기억해내 그녀의 간절한 소망처럼 우리 모두가 '지금 여기에서' 조금 더 행복해지기를 나 역시 기원한다.

2015년 봄

박진여 선생의 특별한 재능이
삶에 힘겨워하는 이들에게 빛이 되기를 기대하며
저자를 대신하여 씀

차례

1부
전생을 안다는 것의 의미

5부
지금 어떻게 살 것인가

저는 다른 사람의 전생을 봅니다

이상하게 들리시겠지만 저는 다른 사람의 전생을 봅니다. 이런 능력은 정말 우연한 기회에 저를 찾아왔습니다. 대학 시절 뜻하지 않게 만난 스승의 지도로 저는 저 자신도 몰랐던 능력을 발견하고 키울 수 있었습니다. 그리고 지금까지 많게는 하루에 5~6명씩 지난 15년 동안 1만 5,000여 명에 달하는 사람들의 전생을 읽어왔습니다. 저는 이제 어떻게 제 능력을 발견했는지에 대해, 그리고 그로 인해 만난 수많은 사람들의 이야기와 그들의 삶이 우리에게 가르쳐수는 바에 대해 말씀드리려 합니다.

윤회나 전생을 받아들이기 힘든 분이라면 제 이야기가 도무지 믿기 어려우리라는 것을 잘 알고 있습니다. 타인의 선생을 리딩reading해서 저마다의 고유한 영적 정보를 읽어낼 수 있다는 사실을 저 역시 쉽사리 믿지 못했으니까요. 저 자신도 오랜 리딩의 경험을 쌓은 이후에야 저에게 주어진 능력을 비로소 받아들일 수 있었습니다.

제가 읽어내는 정보들은 과거 생에 우리가 만들어냈던 모든 생각과 행동의 기록입니다. 우리가 익히 알고 있는 '윤회'와 '환생'은 여러 생을 거쳐 영혼이 진화하는 현상을 설명하는 말입니다. 오랫동안 많은 사람의 전생을 리딩해 오면서 저는 삶에서 가장 중요한 것이 무엇인지를 점차 명확하게 깨달을 수 있었습니다.

사람은 누구나 저마다 독특한 환경과 운명의 테두리 안에서 태어납니다. 어떤 사람은 부자여도 불행하고, 어떤 사람은 가난해도 행복하게 살아갑니다. 또 어떤 사람은 가혹하고 힘든 상황 속에서도 희망과 용기를 잃지 않지만, 유복한 환경 속에서도 삶을 힘겨워하는 사람도 있습니다. 그러나 모두들 행복한 삶을 원하고, 그 꿈을 이루려는 희망으로 살아가고 있음은 분명합니다. 물론 행복한 삶을 이루기란 쉽지 않습니다. 어쩌면 우리가 꿈꾸는 그런 행복은 아예 불가능할지도 모릅니다.

하지만 그간의 리딩 경험은 저에게 소중한 가르침을 주었습니다. 무엇보다 전생 리딩은 사람들이 찾는 삶의 답이 각자의 내면에 있다는 사실을 알려주었습니다. 어떤 환경에 처해 있든 삶에 담겨 있는 영적 약속의 내용과 의미를 내면에서 발견하는 것이 행복의 첫 계단이었습니다. 다시 말해 슬픔, 고통, 기쁨의 드라마가 품고 있는 영적인 의미를 알아야 한다는 뜻입니다.

그렇다면 영적인 의미란 무엇을 말하는 걸까요? 그건 바로 '나는 누구이고 무엇을 위해 사는가'라는 의문이 여러 생의 장구한 드라마라는 관점에서만 비로소 해결될 수 있다는 믿음입니다. 즉, 한 번의 삶이 아닌 여러 삶이라는 시각에서 바라봐야만 이 세상에 온 참된 이유를 알 수 있고 삶의 우여곡절을 넘어서는 행복을 구현할 수 있습니다.

저를 만나러 오는 분들은 대부분 지치고 힘들고 아파합니다. 그분들의 이야기를 듣고, 또 이전 삶의 모습들을 읽어내면서 저는 우리 모두가 행복할 권리가 있다는 굳은 믿음을 떠올립니다. 그리고 어떻게 하면 행복해질 수 있는가를 거듭 고민합니다.

우리는 어떻게 하면 고통을 극복하고 행복을 얻을 수 있을까요? 그간 많은 분들의 다양한 전생들을 리딩하면서 얻은 해답은 뜻밖에도 단순했습니다. 그것은 바로 타인에 대한 사랑과 봉사였습니다. 그리고 이를 가능하게 하려면 오늘 겪고 있는 삶의 여러 모습을 여러 생이라는 관점에서 받아들이고, 남을 위한 사랑과 봉사가 나를 행복하게 만든다는 믿음을 갖는 것이 무엇보다 중요하다는 것이었습니다. 이것이 제가 발견한 행복의 열쇠입니다.

우리가 지금 이 생에서 겪는 모든 사건과 경험은 좋은 일이든, 나쁜 일이든 나름의 독특한 의미를 숨기고 있습니다. 그 참된 의미를 발견할 때 비로소 삶은 변화하기 시작합니다. 여러 생의 관점에서 삶이 전하는 참된 의미를 수용하면 고통이 전하

21

는 영적 메시지를 알게 됩니다. 그 메시지는 자신이 지은 카르마를 치유하는 힘을 가지고 있습니다. 마치 몸의 상처를 치료하는 약과도 같습니다. 고통이 그저 고통이 아닌 것을 알게 될 때 우리는 고통의 진정한 의미를 발견하는 것입니다. 그리고 지금 이곳에서 이루어지는 삶의 전체 모습을 있는 그대로 받아들일 때 삶을 새롭게 만드는 지혜와 용기를 얻을 수 있습니다. 결국 이 모든 일은 각자의 마음과 의지에 달려 있다는 것이지요.

돌이켜보면 저는 철이 들면서부터 '내가 아는 모든 사람이 행복하게 살면 좋겠다'라는 희망과 함께, '다들 왜 저렇게 힘들게 사는 걸까' 하는 안타까움을 떨칠 수가 없었습니다. 저 역시 여전히 마음을 닦으며 삶을 있는 그대로 받아들이려 노력하는 중이기에 명료한 답을 내놓기는 어렵습니다.

그렇지만 제게 주어진 능력과 그간의 경험들은 우리가 살면서 참으로 소중한 것들을 무심하게 놓치고 있다는 것을 알려 주었습니다. 그것이 안타까워 제 이야기를 시작하려고 합니다. 우리는 왜 태어나며, 어떻게 살아가야 하는지, 피할 수 없는 죽음은 어떻게 준비해야 하는지 등을 궁금해하는 분들에게 도움이 되었으면 하는 마음으로 글을 씁니다.

저는 이 책에 다음과 같은 이야기들을 담았습니다.

우선 타인의 전생을 읽어내는 리딩이 어떻게 이루어지고, 그 과정에 영향을 미치는 여러 요인을 포함해, 어떤 분들이 저를 찾아오시는지 적었습니다. 그리고 저 자신이 어떻게 타인의 전생을 보게 되었는지와 그 능력을 받아들이면서 제 삶에 일어난 변화를 설명했습니다. 여기에 내담자들이 궁금해하시는 저의 전생과 일상의 모습도 간략하게 덧붙였습니다. 또 실제 상담 사례를 중심으로 리딩을 통해 읽혀진 전생의 내용이 어떠한지와 리딩이 내담자의 삶을 어떤 방식으로 바꾸는지를 정리해보았습니다. 그리고 끝으로 제가 이 책을 쓰게 된 주된 목적을 다시 한 번 밝혔습니다. 전생 리딩은 결국 서로 사랑하고 나누라는 참으로 단순해 보이지만 심오한 진리를 가르쳐준다는 것 말입니다. 더불어 상담과정에서 만난 사랑과 나눔을 실천한 아름다운 삶의 실제 사례들은 윤회나 전생이 벗어날 수 없는 냉혹한 인과의 굴레가 아님을 알려준다는 사실도요.

우리는 사랑하고, 사랑받을 때, 그리고 타인에게 진심으로 베풀 때만 진정으로 행복할 수 있습니다. 어릴 적 꿈에서 보았던 아름다운 광경처럼 지금 이곳이 모두가 행복하게 살아가는 세상이 되기를 간절히 기원합니다.

1부

전생을 안다는 것의 의미

전생을 안다는 것은 여러 생이라는 더 큰 관점에서 나 자신을 이해한다는 것입니다. 그렇게 되면 가족, 친구, 지인들과의 관계를 더 깊이 알게 됩니다. 자신의 참된 본질을 받아들임으로써 자신과 상대방을 더 잘 이해하고, 결국에는 관계의 장을 확장시킨다는 뜻입니다. '안다는 것' 자체는 변화의 중요한 시작점이 됩니다. 그런데 상담이 도움이 되려면 내담자의 이해와 수용의 태도가 결정적입니다.

1

슬픔, 고통, 기쁨의 드라마

「정말 오랜만입니다. 기억하실지 모르겠어요. 저는 전○○이라
고 해요. 예전에 호기심으로 방문했다가 좋은 말씀을 얻은 덕
에 지금 잘 지내고 있습니다. 한번 뵈러 가고 싶은데 요즘 시간
이 나지 않아 메일을 먼저 보내드립니다. 근황도 알려드릴 겸,
저 역시 오랜만에 왠지 반가워 이렇게 메일을 씁니다.

저는 3개월 전쯤 결혼했습니다. 미국에 출장 갔다가 지금의
남편을 만나게 되었어요. 만난 지 6개월 만에 청혼을 받았고
정말 번개같이 결혼하게 되었습니다. 결혼 장소도 그때 선생님
이 말씀하신 대로 ○○성당에서 했습니다. 남편이 성당에서 결
혼하고 싶다고 했고요. 남편 집안은 신실한 가톨릭 모태신앙인
데, 시아버님은 원래 신부의 길을 가시려고 했대요. 남편은 다

복한 가정에서 태어난 사람이고 미국 교포 사회에서도 좋은 지위에서 봉사하는 일을 하는 사람이에요.

선생님을 찾아갔을 때, 제가 전생에 타인을 위해 많은 봉사를 했던 수녀라고 하셨어요. 지금 그때의 좋은 에너지들이 저를 좋은 길로 인도한다고 말씀해주셨고요. 그런 일들이 이렇게 현실에서 말씀하신 대로 일어난다는 것이 정말 꿈만 같고 믿기지 않아요. 혹시 그때 제가 수녀생활을 할 때 지금의 시아버지는 누구셨는지 갑자기 궁금해지네요.

왠지 저에게 일어나고 있는 일들을 선생님께 꼭 알려드려야 될 것 같아서 사진도 첨부해 몇 장 보내드립니다. 남편의 집안과 차이가 많아 처음에는 시집에서 반대가 심했습니다. 남편은 꼭 사랑하는 사람하고 결혼하고 싶다고 부모님을 설득했습니다.

선생님께서는 아이를 갖지 않는 게 좋다고 하셨어요. 제가 카르마에 얽매이지 않았으면 한다고. 이번 제 인생이 소풍을 즐기러, 쉬러 오는 인생이라고 하셨어요. 선생님께 이렇게 메일을 쓰게 되니 반갑고 즐겁습니다. 글을 쓰면서도 행복하네요. 오랜만에 행복한 소식으로 연락드리게 되어 기쁩니다.

선생님과 법운 선생님, 두 분 모두 행복하시고 복되시길 빌어요. 기쁨 전하고 안내하는 리딩을 해주셔서 감사합니다. 저는 두 분 때문에 지금 행복합니다.」

어느 날 젊은 여성이 상담을 하러 왔습니다. 그분은 결혼 문제로 많은 고민을 하던 중이었습니다. 그녀는 매사에 최선을 다했음에도 결과는 항상 기대 이하라고 했습니다. 그래서 현재는 결혼 문제를 포함해 자신의 미래에 대한 암울함이 너무 깊어서 마음의 고통이 심하다고 했습니다. 그러나 그녀의 리딩에서는 현재 처한 현실과는 다른, 좋은 인연법이 읽혔습니다. 리딩에서는 몇 년 뒤 과거 생에 좋은 인연을 맺었던 남성이 나타난다고 했습니다. 저는 리딩의 내용에 따라 내담자가 그 남성과 성당에서 결혼을 하고, 그로 인해 행복한 삶을 꾸리게 될 거라고 말해 준 적이 있었습니다.

리딩 당시 그녀는 자신의 불우한 현실과 맞지 않는 터무니없는 이야기라며, 신뢰할 수 없다는 표정을 감추지 못했습니다. 그러고 나서 5년 뒤 위와 같은 메일을 보내왔습니다. 그녀는 처음에 리딩을 믿지 않았지만, 지금은 제가 얘기한 대로 좋은 남자를 만나게 되었고 그로 인해 행복하다면서 메일로 전생 리딩 상담에 대한 고마움을 전해왔습니다.

이 사례처럼 전생과 현생이라는 커다란 관점에서 이루어지는 리딩 내용을 상담 당시에는 내담자가 쉽게 납득하지 못하는 경우가 있습니다. 그런데 상담 받고 얼마간의 시간이 지난 뒤 전화나 메일로 리딩의 내용이 많은 도움이 되었다고 연락을 해오는 분들이 종종 있습니다. 상담 당시에는 이해하지 못했거나 전혀 받아들이지 못했던 내용이 시간이 지나면서 새삼 이해가 되고 도움이 되었다는, 저를 기쁘게 하는 소식들입니다.

29

많은 분들이 어떻게 제가 내담자의 전생을 리딩하는지 그 구체적인 과정을 궁금해합니다. 저 역시 제가 하고 있는 리딩이 어떻게 가능한지 그 모든 것을 과학적으로 정확하게 설명하기는 어렵습니다. 리딩은 저에게도 여전히 신기하기 그지없는 영역입니다.

다만 지금까지의 경험을 토대로 이렇게 설명할 수 있을 듯합니다. 리딩은 내담자가 가진 삶의 파동 전체를 한꺼번에 읽어내는 영적 작업입니다. 여기서 '읽어낸다'는 말은 그 사람이 가지고 있는 고유한 영적 주파수를 찾아내어 상대와 저 사이에 마치 공명共鳴(맞울림)이 일어나듯이 순식간에 필요한 모든 영적 정보를 인지한다는 의미입니다. 여기에는 현생을 비롯해 이번 생에 강력하게 영향을 미치고 있는 여러 전생의 삶도 모두 포함됩니다.

카르마의 법칙에 따르면 어느 한 생은 그 생을 교정하거나 발전시키기 위해 상호작용을 하는 여러 전생들과 긴밀한 유대 관계를 갖습니다. 그러므로 전생 리딩은 여러 전생을 포함해 특정인의 육체적·정신적·영적 영역을 통째로 포착해, 전체가 가진 본래의 '온전성integrity'을 읽어냅니다. 그리고 이렇게 파악된 '온전성'을 바탕으로 "이런 부분에서 균형을 잃었기 때문에 이런 결과가 나타나고 있다"라고 조언해주는 것입니다.

리딩은 크게 둘로 나눌 수 있습니다. 하나는 질병의 육체적인 원인을 찾는 데 의미를 두는 '피지컬 리딩physical reading'입니다. 다른 하나는 그 사람의 아카샤 기록akasha record(개인의 전생을 비롯해 역사적 사건 등 우주의 모든 정보가 기록되어 있는 공간으로 우주 의식과 연결됨)에 접속해 삶의 전체성을 회복하려는 '라이프 리딩life reading'입니다. 육체와 마음과 영혼의 모든 차원을 함께 읽어 현생의 특정한 증상을 교정하는 것이 리딩의 핵심입니다. 또 라이프 리딩에서는 부부, 지인, 자식 등 다양한 인간관계에서 드러나는 문제와 그 사람이 경험하는 고통에 초점을 맞춥니다.

반면 피지컬 리딩은 그 사람의 '온전성'이 깨져 있을 경우 나타날 수 있는 질병의 인과 고리를 다루기 때문에 육체의 질병을 전체의 균형이라는 관점에서 접근합니다. 특히 피지컬 리딩은 병원 치료, 심리상담, 대체의학 등에서 찾기 어려운 내담자의 질병 원인을 완전히 다른 차원에서 발견함으로써 도움을 줄 수 있습니다. 피지컬 리딩에 따르면 질병의 문제는 보통 그 사람이 가진 생물학적 '온전성'이 깨어졌을 때 카르마가 개입해 발생한다고 할 수 있습니다.

라이프 리딩은 인간관계에서 일어나는 갈등과 반복의 원인을 전생의 인과 고리에서 찾아냅니다. 이렇게 전생에서 원인을 찾아냄으로써 전생과 현생의 문제 사이의 연결고리를 아우르는 큰 틀, 즉 온전한 앎의 틀을 전해주는 것이 라이프 리딩의 핵심입니다. 그래서 어려움을 겪는 내담자가 리딩의 내용을 들

31

고 전생과 현생의 연관성을 전적으로 이해하고 받아들이면, 비로소 그 사람의 삶의 여정에서 긍정적인 변화가 본격적으로 시작될 수 있습니다.

전생 리딩은 모든 사람이 이 세상에 올 때 각자 풀어야 할 카르마의 숙제를 가지고 태어난다는 사실을 명확하게 보여줍니다. 전생에서 비록 부정적인 삶을 살았다 하더라도 현생에서 참된 봉사와 사랑을 실천하고 타인을 배려하려고 노력하면, 어느 순간 힘든 상황을 바라보는 마음 상태가 급격히 바뀌고 자신의 카르마가 정화되면서 삶의 전체적인 양상이 달라집니다. 의식의 변화는 행위를 변화시킵니다. 잘못된 행위란 결국 의식의 차원에서 비롯되기 때문입니다. 카르마는 그 사람의 의식에서 만들어지므로 의식을 긍정적인 방향으로 변화시키는 것이 매우 중요합니다. 그리고 의식은 무의식에 그 뿌리를 두고 있으므로 의식을 변화시키는 것은 무의식 속에 잠재된 업을 정화하는 결과를 낳습니다.

태초부터 인류는 '우리는 어디에서 왔으며 누구이며 어디로 가는가?'라는 의문을 가지고 살아왔습니다. 그런데 전생을 알게 되는 것은 이런 의문을 해결하는 데 큰 돌파구가 됩니다. 덧붙이자면 카르마의 법칙은 전생의 과실이나 실책을 처벌한다는 의미라기보다는 당사자가 지금의 행위를 통해 다음 삶을 바꾸어나갈 수 있다는 교정의 의미가 더 큽니다. 그래서 종교적 신앙 없이도 올바른 길을 따라 건전한 삶을 살았다면, 실상을 명료하게 깨닫지 못하고 신앙생활을 한 사람보다 훨씬 더 가치 있는 삶을 사는 것이 가능합니다.

영화 한 편을 단숨에 보듯

"오늘 오신 분은 몇 년도에 태어나신 ○○○이라는 분입니다. 이분은 어느 생에 누구로 살았으며, 이번 생에 오신 목적이나 영적 사명이 무엇인지 알려주십시오. 또 이분의 가족 중에 ○○○이라는 분이 있는데, 이분은 내담자와 전생에 어떤 인연으로 현생에 가족이 되었습니까?" 선생님이 명상 자세로 앉은 제 옆에서 이렇게 내담자가 궁금해하는 질문을 말해주면 리딩이 시작됩니다. 그렇지만 선생님은 저에게 이름과 나이 외에 내담자의 직업, 가족 관계 등의 정보는 일절 알려주지 않습니다. 그러므로 내담자가 누구인지 미리 알 수 있는 방법이 없습니다. 선생님은 이런 방식으로 지난 15년여 동안 저의 리딩 능력을 당신이 먼저 철저하게 검증해왔습니다.

이제 저는 눈을 감고 호흡을 조절하며 내담자의 깊은 무의식 속으로 들어갑니다. 마치 심해를 탐색하는 잠수부가 해저 깊숙이 잠영해 들어가듯이 말입니다. 그리고 무의식의 심층에 깊숙이 저장되어 있는 영적 정보들을 찾아내는데, 그 상태에서 저의 영안靈眼을 활용합니다. 저는 명료한 의식 상태에서 다른 사람들의 무의식을 직관하는 '제3의 눈'이라 할 수 있는 마음의 눈이 각성되어 있습니다.

이처럼 의식이 명료한 상태에서 내담자의 영적 정보들을 읽어나가는데, 아주 짧은 시간에 수많은 장면들이 영화처럼 눈앞에서 흘러갑니다. 마치 내담자 자신이 머릿속에서 지난 시간의 기억을 떠올리는 것처럼 말입니다. 그 순간 내담자의 기억을 포함한 일체의 정보를 그 사람과 함께 공유하는 공명 현상이 일어납니다. 이런 과정은 모두 제가 눈을 감고 리딩에 알맞은 명상 자세를 취하고 의식을 집중하는 상태에서 이루어집니다.

이윽고 여러 압축적인 장면들이 일정한 틀을 갖추기 시작하는데, 그러면서 내담자에게 필요한 전생의 스토리가 멀리 혹은 가까이에 펼쳐집니다. 2~3분 남짓 그렇게 인식된 전체의 틀을 확인한 후 저는 내담자에게 알아낸 내용을 하나하나 풀어서 이야기해줍니다. 눈을 뜬 상태에서도 리딩이 가능하지만 리딩 과정에서 눈을 마주치게 되면 내담자들이 불편해하는 경우가 종종 있어, 대체로 눈을 감고 리딩을 진행합니다.

그렇다고 제가 모든 사람의 정보를 그냥 읽어낼 수 있는 것은 아닙니다. 리딩을 위해서는 영계의 존재로 개인의 삶을 수호하는 보호령, 혹은 주관령에게 그 하위체인 내담자의 정보를 읽는 것을 허락받아야 합니다. 이 보호령을 서양에서는 '수호천사'라고도 부릅니다. 제가 내담자들의 보호령에게 영적 정보에 대한 일종의 열람을 신청하면 거의 모든 경우 허락을 합니다. 마치 '제 집에 들어오는 걸 허락할 테니 우리 아이를 보살펴주세요' 하는 것처럼요.

리딩이 진행되면서 저는 깊은 명상 상태에서 심층 의식을 관찰할 수 있는 단계로 넘어가고, 그렇게 깨어 있는 의식 상태를 유지하면서 내담자의 무의식이라는 바다에서 많은 정보들을 건져 올려 읽어냅니다. 그리고 이렇게 내담자와 공명하는 방식으로 영적 정보를 공유하게 되면 저도 모르게 심한 안구운동이 일어납니다. 그런 현상은 보통 렘수면Rapid Eye Movement(안구의 빠른 운동을 특징으로 하는 수면의 한 단계) 상태로 꿈을 꿀 때 나타나는데, 법운 선생님은 일종의 특수한 뇌각腦覺작용, 즉 뇌신경세포의 특정 부분이 자극받으면서 발생하는 현상이라고 해석합니다.

결국 저는 깨어 있는 의식 상태에서 내담자의 의식 심층에 숨겨져 있는 여러 생의 기록에 접속해 보호령의 허락하에 내담자에게 도움이 되는 전생의 정보를 보고 읽는 셈입니다. 저 자신도 믿기 어렵지만, 마음의 눈으로 많은 장면을 보는 순간 그 정보들이 단숨에 정리가 됩니다. 보자마자 모든 장면을 어떻게 조합해 큰 틀에서 설명해야 하는지를 저절로 알게 되는 것이지요. 또 내담자의 현재 삶을 이해하는 데 필요한 여러 정보가 한꺼번에 밀려들면 머리의 백회 부분이 밝아지는 것을 느낍니다. 그리고 그 순간 확 정리가 되면서 제가 본 영상들이 전하려는 전체의 의미를 단번에 알게 됩니다. 이렇게 설명은 하지만, 저에게도 리딩 과정 전체는 여전히 신기하고 놀랍기 그지없습니다.

좀 더 쉽게 표현하자면 리딩은 한 편의 영화를 단숨에 보는

35

것과 같습니다. 영화의 모든 영상이 빠르게 지나가면서 마치 한 시점에서 그 모든 장면이 다 보이는 것과 같습니다. 다시 말해 내담자에 관한 정보가 스크린 위에 죽 펼쳐지는데 그 장면들을 순식간에 보고 읽는 것이지요. 그리고 영혼이 맑은 사람이 와서 좋은 질문들을 하면 제 의식도 상대방의 맑은 에너지에 공명되어 더욱 넓고 깊게 확장됩니다. 그런 경우에는 의외의 놀라운 정보들을 알아내기도 합니다. 수면이 맑으면 연못의 깊은 곳이 투명하게 들여다보이는 것처럼요. 맑은 영혼을 리딩할 때는 영혼들끼리 만들어내는 시너지 효과가 더 커지는 것이 아닌가 생각합니다.

리딩할 때는 보통 내담자만 참석합니다. 리딩하면서 내담자의 영적 정보에 접근하려면 물질적 차원과는 다른 시공으로 다가가야 하는데, 그때 다른 사람들이 함께 있으면 그들의 궁금증이나 생각이 저의 리딩 레이더에 함께 잡혀서 간섭을 받기 때문입니다. 한번은 귀가 많이 어두운 할머니를 리딩하는데 따님이 함께 있었습니다. 그런데 따님이 제 리딩 내용을 들으면서 어머니의 생각과 전혀 다른 의문을 내심 강하게 품고 있었습니다. 그러자 할머니의 질문이 아니라 딸의 마음속에 있던 강한 의문들이 저에게 즉각 영향을 끼쳐와 평소와 달리 제 리딩이 자꾸 꼬였습니다. 어머니의 질문이 아닌 딸의 궁금증에 제 리딩 레이더가 자꾸 반응을 보였던 것입니다. 유사한 사례를 몇 번 경험한 이후로는 리딩할 때 반드시 내담자만 참석하게 합니다.

기억에 남는 몇 가지 사례를 들어 리딩이 실제로 어떤 내용들을 알려주는지를 살펴볼까요. 민영 씨는 공무원 시험을 준비하고 있는 20대 후반의 여성입니다. 그녀는 몇 년간 수차례 공무원 시험에 도전했지만 합격하지 못했습니다. 오랜 기간의 시험 준비로 몸과 마음이 지치고 재정적으로도 부담을 느낀 민영 씨는 고민 끝에 또 다른 진로를 모색하기 위해 저를 찾아왔습니다.

리딩 결과 민영 씨는 전생에 조선 후기의 삶에서 지방 관아의 현감縣監(지금의 신분으로는 구청장)을 지냈습니다. 그러나 백성의 삶을 도와주고 배려해야 하는 직책에 있으면서도 권한을 남용하고 오용했던 장면이 보였습니다. 심각한 부정부패를 저지르진 않았지만 가까운 지인이나 친척에게 세금 감면이나 부역 면제 같은 편의를 봐주었습니다. 그런데 누군가가 그렇게 편의를 얻으면 또 다른 사람이 대신해서 그만큼의 수고와 짐을 져야 했습니다.

민영 씨의 경우 과거 생의 잘못이 심각하지는 않았지만, 그 생에서 공무를 수행할 때 지은 잘못이 현생에서 공무원이 되는 것을 가로막는 카르마적인 원인으로 작용하고 있었습니다. 그 카르마를 정화시켜야 공무원 시험에 합격할 수 있다고 리딩은 말해주었습니다. 지금의 문제를 해결하기 위해서는 타인을 위한 희생과 봉사의 시간이 해결 방법이 될 수 있다고 민영 씨에게 조언했습니다. 그리고 카르마가 해결되기 위해서는 현재 민영 씨의 삶의 모습으로 볼 때 5년 정도 걸린다고 말해주었습니다. 그녀는 그렇게 상담을 마치고 돌아갔습니다.

그러고 나서 긴 시간이 지난 어느 날 예약도 없이 꼭 만나고 싶다며 한 방문객이 저를 갑작스럽게 찾아왔습니다. 바로 6년 전 상담했던 민영 씨였습니다. 고맙다는 인사를 하고 싶다고 했습니다. 얼마 전 7급과 9급 공무원 시험에 동시에 합격했는데, 이런 일은 상당히 이례적이라고 했습니다. 리딩에서 얘기한 카르마의 청산이 해소되는 시점인 6년째에 두 시험에 동시 합격한 것이지요.

어려움이 많았기 때문에 포기하고 싶은 마음이 늘 가슴 한편에 있었지만, 그럴 때마다 5년을 참고 인내하면 된다는 저의 조언을 기억하며 틈틈이 봉사활동을 하면서 공부를 계속했다고 했습니다. 그 시간이 지난 6년 차에 혹시나 하는 마음에 7급과 9급을 동시에 응시했는데, 모두 합격한 것입니다. 5년이라는 시간이 그저 길다고 느끼기보다 리딩이 말해준 것처럼 전생의 업을 갚는다는 생각으로 인내하면서 생활하니 어려움들을 극복할 수 있었다고 했습니다.

합격 통보를 받자 저에게 먼저 이 소식을 꼭 전하고 싶어 먼 길을 찾아온 민영 씨는 "선생님, 그때의 제 카르마가 다 해결되었지요?" 하고 활짝 웃으며 물었습니다. 실제로 민영 씨의 합격은 많은 인내와 노력으로 전생의 업을 잘 정화시킨 결과로 이루어졌습니다. 또 그녀의 이런 삶의 여정 속에는 과거 생의 잘못을 만회할 뿐만 아니라, 현생에서 더 큰 봉사정신으로 다른 사람들을 많이 도우라는 적극적인 의미 역시 담겨 있었습니다.

동생은 누구인가

고위 공무원인 한 중년 남성이 심각한 고민을 안고 찾아왔습니다. 그는 좋은 집안에서 태어나 외국 명문대를 졸업하고 탄탄대로의 출셋길을 걸어왔습니다. 그런 그에게는 해결할 수 없는 걱정이 있었습니다. 선천성 희귀병에 걸려 힘든 나날을 보내고 있는 외아들 때문이었습니다. 아들을 보살피기 위해서는 더 많은 돈이 필요하다고 생각한 그는 자신의 동생이 사업을 시작할 때 상당한 돈을 투자했습니다.

처음에는 동생의 사업이 잘되었습니다. 그런데 시간이 흐르면서 사업이 점점 어려워지기 시작했고 그때마다 형은 다시 동생의 회사를 살리기 위해 더 많은 돈을 투자했습니다. 그런데 사업은 끝내 실패로 돌아갔고 파산 선고를 받으면서 집안 전체가 어려움에 처했습니다. 아내는 시동생의 사업이 잘될 때 주위의 친구들과 친정 식구들의 돈까지 끌어다 투자했는데, 이같은 상황에 이르자 채권자들의 빚 독촉에 견디지 못한 나머지 그만 스스로 목숨을 끊고 말았습니다.

절망적인 상황이 잇달아 닥치면서 그는 극심한 스트레스로 중병까지 얻었습니다. 병명은 췌장암 말기였고 전신에 암세포가 퍼져 있었습니다. 의사는 6개월 정도 남았다고 했습니다. 모든 것을 잃은 그는 처지를 비관하다 급기야 자신을 고통에 빠뜨린 동생을 죽여야겠다는 생각까지 하게 되었습니다. 그래서 어떻게 하면 자신이 당한 만큼 동생도 고통에 빠뜨릴 수 있을까 매일 고민하던 중에 다니던 절의 스님이 소개했다며 저를 찾아왔습니다.

리딩의 첫 장면은 검은 벨벳으로 된 법복을 입고 있는 여러 명의 사람들이었습니다. 그중 가장 상석에 앉아 있는 사람이 내담자였습니다. 그 앞에는 여러 여인들이 밧줄에 몸을 묶인 채 고개를 숙이고 서 있었습니다. 배경은 17세기 프랑스였고, 그는 고위 성직자의 신분이었습니다. 그는 자신의 지위를 말해주는 금색 문양을 새긴 모자를 쓰고 있었습니다. 그에게는 죄인들의 생사여탈을 결정할 권한이 있었고, 그의 주도로 재판이 진행되었습니다. 그리고 또 다른 장면들이 겹쳐 보였는데, 많은 여인들이 자신도 모르는 죄를 뒤집어쓰고 죽어가고 있었습니다.

그 처참한 장면들에 온몸에 소름이 돋았습니다. 그 과정에서 많은 선민善民의 아내를 마녀로 몰아 거짓 죄를 씌워 처형하는 장면이 보였는데, 그중 한 여인이 눈에 들어왔습니다. 바로 그녀가 현생의 남동생이었습니다. 그 여인은 사고로 불구가 된 남편의 회복을 위해 밤마다 뒷산에 올라가 기도했습니다. 그러나 그 재판관은 그런 행동을 마녀 짓으로 몰아 그녀가 가진 재산을 몰수하고 잔인하게 처형했습니다. 병든 남편은 아내의 죽음도 모른 채 돌아오지 않는 그녀를 기다리다 외롭게 죽어갔습니다. 리딩의 내용은 죽은 여인이 현생에서 남동생으로 태어나 그때 잃었던 재산을 되찾아 갔고, 불구의 남편은 지금의 아들로 태어나 그때 받은 영혼의 상처를 치유받고 있다고 말했습니다.

리딩이 끝나자 내담자는 죽음을 앞둔 자신이 어떤 마음으로 이번 생을 마무리해야 되는지 물었습니다. 저는 조심스럽게 동생을 찾아가 진정으로 용서해주라고 했습니다. 동생은 과거 생에서 빼앗긴 재산을 그렇게 되찾아 갔고, 당신은 그때 지었던 영적 채무를 그렇게 갚은 것이라고 말해주었습니다. 그러나 지금처럼 계속 동생을 원수같이 여긴다면 그때 지은 빚을 갚을 기회를 놓치게 된다는 말도 함께 해주었습니다.

그리고 한 달쯤 지난 어느 날 그에게서 전화가 걸려왔습니다. 그는 방금 동생을 찾아가 서로 끌어안고 회한에 젖은 눈물을 흘리면서 용서한다는 말을 했다고 했습니다. 그러고 나니 마음이 편안하고 무언지 모를 큰 해방감이 든다고 했습니다.

이 사례는 살아가면서 경험하는 아픔이나 불행은 우리가 알지 못하는 기억 저편에서 우리 자신이 지은 행위의 결과일 수 있다는 점을 보여줍니다. 또 전생을 공유한 사람들의 리딩에서 나타나는 가해자와 피해자는 실제로는 함께 풀어야 할 삶의 과제를 지고 있는 존재들이라는 점도요.

남편에게 일어난 교통사고가 도무지 이해되지 않는다는 30대 초반의 여성이 저를 찾아왔습니다. 이 여성의 남편은 밤늦게 차를 운전하다가 도로 위에 갑자기 이상한 물체가 나타나 그것을 피하려고 급히 핸들을 꺾었다고 합니다. 그런데 핸들을 꺾은 쪽으로는 인도가 있었고 하필 그곳을 지나가던 나이 많은 노인을 들이받고 말았습니다.

황급히 차에서 내려 확인해보니 노인이 피를 흘리며 신음하고 있었습니다. 그때 남편은 차로 사람을 치었다는 사실을 깨달았지만 갑작스러운 사고에 크게 당황한 나머지 아무 대책도 세우지 않고 정신없이 현장에서 달아났습니다. 그렇게 아침까지 길가에 유기되었던 노인은 숨을 거두고 말았습니다. 그 모습이 주변 CCTV에 고스란히 찍혀 있었고 다음 날 남편은 경찰에 체포되어 중형을 선고받았습니다.

"남편이 하는 말이 사고가 일어난 도로 위에서 분명히 이상한 물체가 차 앞을 가로막았다고 했어요."

어둠 속에 숨어 있던 괴물이 불쑥 달리는 차 앞에 나타나 가로막았다는 것입니다. 예기치 않은 사고로 큰 충격에 빠진 이 여성은 어떻게 된 영문인지 몹시 궁금해했습니다.

그녀의 리딩은 조선시대 기묘사화 때 많은 유생이 죽어가던 장면들을 보여주었습니다. 내담자의 남편은 그때 형조에서 근무하던 낮은 벼슬의 무관계급이었고, 당시의 혼란스럽고 어지러운 시기를 틈타 평소에 자신을 깔보던 유생의 집을 찾아가 그의 가족을 무참히 살해했습니다. 그때 아무런 잘못도 없이 비참한 죽음을 맞은 희생자들의 영혼들은 강한 분노를 품게 되었습니다. 분노에 사로잡힌 영혼들은 시공간을 뛰어넘어 가해자를 따라다니면서 좋지 않은 사건들을 일으키는 등 남편에게 고통을 주었고, 끝내 교통사고까지 만들어냈다고 리딩은 지적했습니다.

차 앞에 나타난 괴물 같은 형상도 바로 남편에게 살해당한 가족들의 원혼이 원인으로 작용하여, 그 순간 남편의 눈에 헛것이 보이게 만들었다고 했습니다. 그렇게 원혼들은 사고를 일으켜 그 생에서 억울하게 당한 원한을 갚으려 한 것입니다. 쉽사리 믿기 힘든 일이지만 카르마의 법칙에 의해 강렬하게 각인된 원념怨念은 적절하게 발현되어 해소될 때까지 몇 세기라도 그대로 온존한다는 사실을 알 수 있습니다.

이러한 몇 가지 사례들은 좋은 일이건 나쁜 일이건 우리 삶에서 일어나는 일들은 카르마의 법칙에 따른다는 것을 알려줍니다. 이처럼 전생 리딩은 우리에게 주어진 삶의 계획이 어떤 모습으로 나타나건 삶을 관통하는 내적 질서는 카르마의 법칙이라는 더 높은 영적 법칙으로 촘촘하게 짜여 있다는 사실을 거듭 보여주고 있습니다.

2

생의 흔적과 영혼의 사다리

기도와 정화의 시간

리딩에는 기도가 가장 중요합니다. 저는 아침저녁으로 기도를 하며 스스로를 돌아보고 반성합니다. 또 그날 만나게 될 분들을 떠올리며 저와의 만남이 내담자들에게 도움이 되기를 간절히 빕니다. 보통은 오전에 500배의 절 수행을 하고, 상담이 모두 끝난 뒤 저녁에 다시 500배의 절 수행을 합니다. 오전 기도는 내담자들을 맞기 위한 준비이고, 오후 기도는 상담하고 가신 분들이 남긴 감정의 부산물과 부정적 에너지를 정화하기 위해서입니다. 특히 오후 기도가 중요한데, 상담을 하고 나면 한 분 한 분의 에너지가 그대로 제게 전달되기 때문입니다. 그러므로 그것을 정화하는 기도는 맑은 마음 상태로 다음 날의 상담을 하기 위해서도 꼭 필요합니다.

그런데 제 기도는 그날 만나게 될 분들의 삶의 무게와 어려움에 많은 영향을 받습니다. 어둡고 무거운 과거 생의 카르마로 인해 무척이나 복잡하고 고통스러운 사연을 가져오는 내담자들을 만날 때는 저도 정말 죽을 만큼 힘든 기도시간을 보냅니다. 그런 날은 스스로 더욱 마음을 가다듬을 수밖에 없습니다. 그러면서 자신의 삶을 이해하고 긍정적으로 변화하고 싶어 하는 분들을 위해 제 리딩이 도움이 되기를 더욱 간절하게 바랍니다.

　하지만 처음부터 그런 마음으로 기도한 것은 아니었습니다. 오히려 리딩을 시작한 초기에는 리딩에 대한 의구심과 불안감을 잊기 위해 기도를 했습니다. 다른 사람의 전생을 읽어내는 것이 저의 진정한 능력인지 쉽사리 확신할 수 없었기 때문에 그런 의심을 스스로 극복하고 저를 추스르기 위한 수단으로서 기도는 저에게 중요했던 것이지요. 그런데 진실한 마음으로 기도할수록 리딩 능력도 발전해나가고, 또 내담자가 리딩 내용을 이해하고 공감하는 정도가 달라지는 것을 점차 확연하게 알게 되면서 기도는 제게 가장 중요한 일과로 자리 잡았습니다. 물론 하루 천 배의 절을 하는 기도가 너무나 힘들어 포기하고 싶을 때도 많았습니다. 그럴 때면 다시금 저 스스로를 가다듬고 '바보 이반'처럼 주어진 소명에 최선을 다하기 위해 인내하며 기도를 지속합니다.

　한편 전생 리딩은 많은 에너지를 소모하는 작업이어서 하루

45

에 상담할 수 있는 분이 그리 많지 않습니다. 되도록 세 명을 넘기지 않으려고 하지만, 외국에서 찾아오거나 결혼 같은 중요한 결정을 앞두고 상대방과의 전생 인연을 알고 싶어 하는 부득이한 경우에는 예정된 것보다 많은 분을 상담하기도 합니다. 그러나 최대한 노력해봐도 하루 다섯 명 이상을 리딩하는 것은 무리입니다. 그럴 때는 마무리 기도를 할 수 없을 정도로 기력을 소진합니다. 한번은 내담자들의 사정이 겹쳐 열두 명까지 상담한 적이 있었습니다. 그날은 과도한 에너지 소모 때문에 의식의 벽이 분리되면서 아득한 절벽에서 떨어지는 끔찍한 느낌을 경험했습니다. 그래서 그 후로는 무슨 일이 있어도 그렇게 많은 상담은 하지 않습니다.

또 저는 하루 일과를 마친 후 그날의 상담을 분석하기 위해 가벼운 명상도 합니다. 그날 상담하신 분들의 리딩 내용을 되돌아보기도 하고, 제 리딩이 내담자들에게 스스로가 세웠던 영적 계획을 보다 더 잘 이해하고 실천하는 긍정적인 계기가 되었으면 좋겠다는 기도도 함께 합니다. 그리고 일과 후는 그날 만난 내담자들에게서 읽어낸 여러 정보를 꼼꼼하게 정리해두는 시간이기도 합니다.

리딩과 상담에서 가장 중요한 것은 공감 능력입니다. 공감하는 만큼 상대방의 영혼적 에너지와 감정이 저에게 잘 이입되고, 그래서 정보를 더욱 명료하게 읽어낼 수 있습니다. 한편 내담자의 면면을 살펴보면 전생에 대한 단순한 호기심 때문에 저를 만나러 오는 분도 있지만, 대부분은 자신의 삶이 너무나 힘들고 고단해서 찾아옵니다. 그런 분들은 당연히 삶에 회의적이거나 부정적인 감정을 품고 오게 됩니다. 그럴 경우 저 역시 심리적으로 더 큰 부담과 피로를 느낍니다. 공명을 통해 이루어지는 리딩의 특성상 내담자의 부정적인 욕구와 업의 에너지가 리딩이라는 영적 접속 과정에서 저에게 그대로 전달되기 때문입니다.

때로는 내담자들의 의지보다 그분들의 삶에 영향을 미치고 있는 특정한 영가靈駕(망자의 영혼을 포함해 비물질적인 형태로 존속하는 실체)의 의지가 더 강하게 작용할 때도 있습니다. 그 영가들은 대부분 내담자에게 강한 유대감이나 질긴 인연의 끈을 가진 혈육이나 조상, 또는 전생의 인연으로 인해 빙의와 같은 방식으로 영향을 미치는 존재들입니다. 그런 영가들은 자신의 존재를 드러내기 위해 상담 과정에 어떤 식으로든 개입하려 듭니다.

그들은 상담 중에 나타나 저승과 이승의 경계점에 머무는 자신들의 상태를 알고 싶어 하기도 하고, 또 저나 내담자와의 소통을 원하기도 합니다. 또 그들은 모처럼 이루어지는 영적 상담에서 내담자가 인식하지 못하고 있는 자신들의 존재를 알아차리기를 바라거나, 내담자가 스스로의 명상과 기도를 통해 떠나지 못하고 있는 자신들이 벗어날 수 있도록 도와주기를 희망하기도 합니다. 저는 기도하면서 내담자뿐만 아니라 그런 영적

47

존재들도 정화되고 편안해지기를 함께 빕니다. 여하튼 기도로 저 자신을 닦아야만 흔들리지 않고 전생 리딩을 할 수 있기 때문에 기도는 저에게 가장 중요한 일입니다.

리딩 그리고 레코딩

리딩과 상담 내용은 내담자가 요청하지 않더라도 가급적 녹음을 해서 드립니다. 시대가 변한 요즘은 내담자들이 스마트 폰 등에 알아서들 녹음해 갑니다. 녹음해 드리는 이유는 전생과 연관된 이야기는 현생의 삶을 살아가면서 꼭 기억해야 할 중요한 내용이므로 거듭 듣고 반드시 알아야 하기 때문입니다. 즉 이번 생에서 배워야 하고 경계해야 할 부분을 명확하게 구분해 염두에 둘 필요가 있어서입니다. 우리 삶의 매 순간은 전체 생애라는 긴 관점에서 보아야 제대로 이해할 수 있습니다. 특히 리딩 내용이 자신의 전체적인 삶에서 갖는 의미가 온전하게 파악되는 시점은, 일정한 시간이 지나 현생에서 필요한 새로운 인연을 만나고 삶의 결정적인 전환기를 맞을 때입니다. 그래서 녹음된 내용을 수시로 듣고 참고할 필요가 있습니다.

게다가 자신의 전생 이야기를 들으면 당장은 그 흥미로움 때문에라도 일시적인 관심을 가질 수 있지만, 이런 관심은 금방 사라지기 마련입니다. 그래서 저는 리딩이 내담자의 현생이 품고 있는 전체성을 내담자가 이해하는 중요한 기회가 될 수 있도록 최대한 도우려고 합니다. 그런 이유로 삶의 전환기나 중요한 인연이 맺어질 시점에 리딩 내용을 다시 들어보고, 삶의 전체성에 입각해 내담자가 중요한 선택이나 결정을 하는 데 도움을 받을 수 있도록 녹음을 해드리는 것이시요.

하지만 상담 내용을 녹음으로 남기는 것은 상당히 예민한 일이기도 합니다. 미래에 대한 예측이 맞지 않거나, 일이 전혀 다른 방향으로 진행될 때는 그에 따른 도의적 책임을 피할 방법이 없기 때문입니다. 그러나 리딩 내용을 녹음해 드리는 데는 내담자에게 오랜 시간 동안 도움을 줄 수 있고 저 자신에게는 오류를 범하지 않도록 최선을 다하게 만드는 계기로 삼겠다는 다짐의 뜻도 있습니다. 그러므로 녹음은 전생 리딩의 의미를 더욱 분명하게 만들고, 제 마음을 굳건하게 하는 중요한 수단입니다. 이 점에서 상담 내용의 녹음은 전생 리딩 상담에서 빼놓을 수 없는 부분이라고 할 수 있습니다.

이해와 공감의 힘

'과연 내가 보는 것이 맞을까?' 타인의 전생을 리딩하기 시작한 초기에는 이런 의문이 저를 가장 괴롭혔습니다. 그리고 스스로도 확신하지 못하는 이야기들을 전달하는 것이 과연 옳은 일인가 하는 두려움에 많이 힘들었습니다. 그런 때는 차라리 신내림을 받아 신의 이름으로 이야기를 대신 전달하는 분들이 부러웠습니다. 신을 받았다면 매개체로서 신께 의지하면 되겠지만 저는 신을 받은 게 아니기 때문에 그 막막함이 너무나도 크게 다가와 저를 짓눌렀습니다. 그분들은 중간자의 역할이기에 그만큼 스스로 책임져야 하는 부분이 덜하다고 생각했기 때문입니다.

그러나 저의 전생 리딩은 깨어 있는 또렷한 의식 상태에서 스스로 해석한 이후에 왜곡 없이 내담자들이 이해할 수 있도록 정보를 전달해야 하는 탓에, 익숙해지기까지 많은 시행착오와 어려움을 겪었습니다. 리딩 초기에는 스승인 법운 선생님의 도움으로 어려움들을 극복할 수 있었습니다. 특히 선생님이 발전시킨 독특한 명상법으로 제 차크라를 많이 정화시키면서 리딩 능력이 점차 자연스럽게 안착되기 시작했습니다.

내담자들의 예상과 달리 다른 사람의 전생을 보는 것 자체는 그리 힘들지 않습니다. 오히려 리딩 과정에서 정보들이 매우 압축적으로 한꺼번에 주어지므로 그것들을 하나의 전체적인 틀로 묶은 다음에 풀어내어 전달하는 과정이 더 어렵습니다. 큰 틀에서 보고 이해하는 것은 순간적으로 단번에 이루어지지만, 압축파일과 같은 정보들을 풀어서 내담자가 공감할 수 있도록 전달하는 과정에는 많은 에너지가 소모되는 것이지요. 제가 순간적으로 읽어낸 내담자의 다양한 정보 중에서 현생의 삶에 가장 밀접하게 영향을 미치는 전생을 찾아내 전달하는 것이 제일 어렵습니다. 마치 고속으로 달리는 기차 안에서 순간적으로 지나가는 간이역의 이름을 읽어내 알려주는 것과도 비슷합니다. 그래서 처음에는 사막의 한복판에 혼자 버려진 것처럼 막막한 느낌이 들었습니다.

때로는 리딩 과정에서 지나치게 부정적인 정보를 보게 되어 곤란을 겪기도 합니다. 살인을 비롯해 매우 끔찍한 내용의 과거 생이 나타나는 경우에는 내담자에게 미리 양해를 구하고 어떠한 과거 생의 내용도 수용하겠느냐고 묻고 합의한 다음에 상담을 진행하기도 합니다. 그렇게 부정적인 내용을 듣게 되리라고 내담자가 전혀 예상하지 못한 경우가 많기 때문이지요.

그처럼 리딩된 내담자의 전생이 매우 부정적이라 할지라도 현생에서 겪고 있는 사건이나 처해 있는 상황을 이해하는 데 꼭 필요하다면 양해를 구하고 반드시 그 내용을 전합니다. 대부분의 내담자는 상담 예약을 할 때부터 어떤 과거 생이든 받아들일 마음의 준비를 의식적으로 아니면 무의식적인 차원에서라도 하고 오는 분이 많기 때문에 대개는 부정적인 내용을 포함해 전체적인 얘기를 듣고 가게 합니다.

기도와 명상을 통해 제 마음을 정화시켜 리딩 준비를 한다는 점과 타인을 이해하고 공감하려는 태도가 중요하다는 점은 이미 말씀드렸습니다. 그러나 아무리 많은 기도를 하고 공감의 자세를 가신다고 해도 부족한 점이 많습니다. 그래서 리딩의 전체적인 과정이나 우리가 살고 있는 세상의 여러 차원을 더 잘 이해하기 위해서 양자역학을 비롯한 과학서적을 포함해, 오랜 수행으로 깨달음[覺]을 얻은 선지식들의 책도 틈틈이 읽습니다. 특히 저자들의 좋은 에너지가 연결되어 있는 책들은 읽다 보면 정말 시간 가는 줄 모르고 몰입하게 됩니다.

좋은 책에는 저자의 오랜 노력과 공부에서 나오는 맑게 정화
된 에너지가 듬뿍 담겨 있으므로 그런 책을 읽는 것은 깨끗한
영혼을 리딩하는 것과 비슷한 효과를 갖습니다. 리딩이나 독서
에서 그런 맑은 에너지체를 만나는 일은 저를 참으로 기분 좋
게 만듭니다. 그런 에너지체는 제 영성을 한층 더 일깨우기 때
문에, 자연스럽게 제 리딩 능력을 성장시켜 줍니다.

맑은 사람, 탁한 사람

영혼이 맑은 사람의 전생은 참 잘 보입니다. 맑은 사람을 리딩
할 때에는 그들의 마음속으로 곧장 들어갈 수 있습니다. 그리고
마치 그 사람과 하나가 된 듯한 일체감마저 느낍니다. 그러나
물질적 탐욕이나 개인적인 욕망으로 탁해져 있는 사람은 전생
을 읽는 데 에너지가 많이 소모될뿐더러 잘 보이지도 않습니다.

그런 내담자를 리딩하는 일은 진흙 속을 헤치는 것과 흡사합
니다. 시계視界가 흐린 물속을 더듬어 수색하듯이 정말 많은 에
너지를 쏟아야만 합니다. 마치 한 치 앞을 내다볼 수 없는 흙탕
물 속이나 자욱한 안개에 싸인 산길을 걸어가는 느낌입니다.
그렇게 리딩을 하면 저 자신의 생명 에너지가 급속하게 소모됩
니다. 맑은 분 같으면 짧더라도 빨리 그리고 명료하게 리딩이
진행되는데, 그렇지 않은 분들은 시간도 더 많이 소요됩니다.
그간의 경험을 되짚어보면 그렇게 힘든 경우는 전체의 20퍼센

트 정도인 것 같습니다. 다섯 명 중 한 명꼴이지요.

조금 더 자세히 설명해보면요. 리딩이라는 영적 차원과의 접속 과정에는 물질적인 차원에서는 설명하기 힘들 정도의 엄청난 정보가 순식간에 전달됩니다. 맑은 영혼을 가진 내담자의 영적 정보는 더욱 많이 그리고 빠르게 보입니다. 수많은 생의 행적이 담긴 영적 정보를 다차원의 우주적 컴퓨터에서 한꺼번에 불러오는 것처럼 말입니다. 거기에는 지구의 삶뿐만 아니라 다른 차원에서의 삶도 포함되어 있습니다. 이렇게 읽어온 정보 중에서 내담자에게 무엇을 얼마나 많이 전달해줄 것인가를 결정하는 데는 그 사람이 얼마나 수용할 수 있을 것인가의 여부가 가장 중요합니다.

영혼이 맑은 사람들은 전생의 삶에서도 자기를 내세우지 않고 타인을 도와주려 하며, 어떻게 하면 이웃과 더불어 잘 살 수 있을까를 고민했던 '사랑'의 마음을 가졌습니다. 대가를 바라지 않고 봉사하고 배려하는 마음이야말로 영적 진보를 위한 유일한 사다리임을 그분들은 아는 것 같습니다. 이렇게 전생에 영적인 수행도 많이 하고, 실제 삶도 헌신하고 봉사했던 분들은 영혼이 굉장히 맑습니다. 그런 분들이 오면 리딩도 힘들지 않고, 오히려 그분들이 가지고 있는 좋은 에너지를 받으면서 저도 정화가 됩니다. 그런데 그런 분들은 정말 많지 않습니다.

반면에 나쁜 습관으로 인해 마음에 업심業心(전생에 나쁘게 살았던 삶의 흔적들)이 가득한 사람의 전생을 읽으면 저 역시 그런

53

기운에 휩싸이지 않을 수 없습니다. 그런 때는 굉장히 힘이 듭니다. 마치 지옥에 와 있는 느낌마저 듭니다. 또 어떤 영적 존재에 빙의가 됐다거나, 영적 허영이나 사리사욕에 집착하는 분들이 오면 더욱 힘들어집니다. 그리고 그 사람이 지닌 부정적 에너지 때문에 리딩하는 것도 어렵지만, 리딩 후에도 제 심신의 상태가 급격하게 저하됩니다.

믿기 힘든 얘기로 들리겠지만 전생에 살생의 인과가 많았던 내담자의 경우에는 그 사람에게 죽임을 당했던 영혼들이 배경처럼 함께 따라옵니다. 리딩하는 과정에서 전생에 살해당한 영혼들이 함께 보이는데, 그 얼굴들이 그 사람 뒤에 둥둥 떠 오버랩 됩니다. 내담자 뒤에 죽은 사람들의 영혼들이 마치 포도송이처럼 주렁주렁 매달려 있는 것이지요. 이런 내담자를 리딩하는 일이 얼마나 힘든지는 말로 설명하기 어렵습니다.

교만한 사람과의 상담도 여간 어렵지 않습니다. 커다란 바위산이 제 몸에 얹혀 있는 것 같습니다. 전생이 보이기는 하지만, 리딩하기에는 너무 무겁습니다. 보통 그런 사람들은 사회에서도 출세한 경우가 많습니다. 한번은 이런 일이 있었습니다. 리딩을 시작하자마자 그 내담자에게 건넨 제 첫마디는 "○○님은 너무 교만합니다"였습니다. 그분은 과거 생에서 부와 명예를 한껏 누렸던 높은 위치에 있었던 분이었습니다. 반면에 그만큼의 교만함이 현생에서도 크게 영향을 미치고 있었습니다. "교만을 정화시켜야 합니다"라는 제 얘기를 듣더니, 저를 쳐다

보면서 대뜸 "어, 이것 봐라!" 하시는 겁니다. 나중에 말씀하시길 본인도 자신의 교만함을 알지만, 그런 얘길 직접 듣는 순간화가 나서 자기도 모르게 거친 표현이 튀어나왔다고 했습니다.

또 스스로 공부나 수행을 많이 했다고 자부하는 사람들 중에는, 상담실에 들어왔다가 제 얼굴만 보고는 아무 말 없이 나가는 분들도 있었습니다. 그러면서 제 선생님께 "지금 뭐하자는 겁니까? 저런 어린애가 무슨 상담을 한다고"라고 쏘아붙이기도 합니다. 나이에 비해 어려 보이는 제 외모 때문인지, 얘기도 들어보지 않고 처음부터 대뜸 저희 선생님께 화를 내는 분도 종종 있었던 것이지요.

전생에서 비롯된 교만함은 현생의 뿌리 깊은 습習으로 연결되는 탓에 여러 사람들한테서 흔히 볼 수 있습니다. 특히 전생에 남보다 높은 위치에서 군림했던 사람들은 그때의 습관이 현생에서도 부지불식간에 나타나기 십상이라 할 수 있습니다. 이처럼 전생에서 비롯된 교만함과 같은 습習에서 자유로워지기란 한 생만으로는 좀처럼 어렵다는 경험을 많이 합니다.

3

전생 리딩에 관한 오해와 진실

전생 리딩과 최면의 교차 검증

전생을 아는 방법에는 여러 가지가 있습니다. 깊은 명상 상태에서 자신의 전생을 볼 수도 있고, 최면의 전생 퇴행 기법이나 전생을 읽을 수 있는 사람의 도움을 받을 수도 있습니다. 모두 장단점이 있는데, 최면은 스스로 확인할 수 있다는 장점이 있지만 최면 상태에 들어갈 수 없는 경우에는 불가능합니다. 게다가 최면 상태에서 특정한 삶을 기억해낸다 해도 실제로 그 사람의 전생인지는 확언하기 어렵습니다. 가끔은 최면 의식 상태에서 그 시대를 살다가 죽은 누군가의 삶과 실제로 연결될 수도 있기 때문입니다.

반면 리딩은 실패 확률이 낮습니다. 물론 다른 사람이 읽어낸 전생이 신뢰할 만한가라는 근본적인 문제는 여전히 남습니다. 저는 스승인 법운 선생님이 최면을 유도하는 사례를 수천 번이나 직접 옆에서 지켜봤고, 저 역시 다른 사람들을 직접 최면 상태로 유도한 경험이 많습니다. 그래서 최면과 리딩의 장단점을 직접적인 경험을 통해 알고 있습니다. 그런데 최면과 리딩은 뜻밖에도 서로 교차 검증을 해줄 수 있습니다. 최면 상태에서 본 전생의 장면이나 내용이 맞는지를 리딩을 통해 확인하는 것입니다.

리딩을 시작한 지 얼마 되지 않아서의 일입니다. 한번은 내담자가 선생님께 최면을 받으러 왔습니다. 저는 리딩과 최면의 차이를 비교해보려고 선생님에게 내담자가 최면을 받는 동일한 시간에 다른 방에서 리딩을 해보자고 제안했습니다. 그때 제가 본 내담자의 전생은 조선 중기에 창을 하던 사람이었지만, 당시의 상황이 매우 열악해 창만으로는 생계를 유지하기 힘들었습니다. 결국 어린 나이에 이곳저곳을 떠돌아다니다 거리에서 죽었다는 리딩이 나왔습니다.

말씀드린 것처럼 보통 리딩은 옆에서 누군가가 필요한 질문을 적절하게 하면서 진행됩니다. 질문에 맞추어 해당되는 인물들에 대한 영적 정보를 순차적으로 탐사하고, 내담자와 읽혀 있는 전생의 관계에 대해 설명하는 것이지요. 그때는 질문자 없이 혼자 리딩을 한 탓에 내담자의 더 자세한 전생 정보가 빠지기도 했습니다만, 전생 퇴행 최면과 리딩의 내용은 많은 부분에서 정확하게 일치했습니다.

내담자가 최면 상태에 들어가 본 장면도 떠돌이로 노래를 부르던 어린 소년의 모습이었습니다. 어느 잔칫집에 불려 가 노래를 부르는데 배가 너무 고파서 소리가 잘 나오지 않아 실수를 연발했습니다. 그러자 그 집 어른이 화를 내며 노래 삯도 주지 않은 채 쫓아냈고, 결국 거리를 헤매다 어느 외진 골목길에서 굶어 죽고 말았다고 했습니다. 리딩을 통해 제가 본 장면과 최면 상태에서 내담자가 본 정보가 정확하게 맞아떨어진 것이지요. 최면과 리딩을 비교하는 실험은 초기에 제가 리딩의 내용을 더 신뢰하게 만들어주는 중요한 계기가 되었습니다.

또 전생 리딩의 내용이 내담자의 꿈과 교차 검증되는 사례도 많습니다. 즉, 리딩을 통해 알게 된 전생을 이야기해주면, 내담자가 매우 놀라워하면서 그 내용이 과거에 자신이 꿈에서 본 장면들과 일치한다고 토로합니다. 그중 어떤 사람들은 제가 말한 내용들을 꿈속에서 이미 보았다고 하거나, 제 얘기를 듣는 순간 왠지 낯설지 않은 묘한 느낌이 강하게 들면서 이유를 알 수 없는 소름이 돋는다고 말하기도 합니다.

어느 내담자의 사례를 보면 그는 중국 진나라 때 환관으로 황제의 최측근으로 살면서, 일인지상 만인지하의 위치에서 최고의 권력을 누렸습니다. 그러나 그에게는 어린 시절에 아픔이 있었습니다. 어릴 때 집이 너무 가난하여 어느 집에 수양아들로 보내졌는데, 그가 성인이 될 무렵의 어느 날, 환관이었던 양아버지는 그에게도 환관이 될 것을 강요했습니다. 결국 거세를 했는데 그때의 충격이 너무도 크고 강렬해 그 사람의 무의식에 깊은 상처를 주었습니다. 전생 이야기를 듣고 돌아간 다음 날, 그 내담자는 아래와 같은 흥미로운 메일을 보내왔습니다.

「안녕하세요. 어제 상담 받았던 서○○입니다. 어제의 상담으로 많은 마음의 평온과 위로와 힘을 얻게 되었습니다. 고맙습니다. 현생의 제 아버지가 전생에 제가 환관이 되도록 받아준 양아버지였다는 이야기에, 지금도 생생히 기억하고 있으며 그때 이후로 아버지를 다른 사람처럼 생각하게 했던 초등학교 무렵의 꿈을 떠올리고 소스라치게 놀랐습니다. 그 꿈은, 아버지에게 거세당하는 꿈이었습니다. 꿈이 아주 뜬금없고 너무 무섭고 생생했던지라 꿈을 깬 후에도 아버지가 다른 사람처럼 보이고, 아버지를 조금은 멀리하게 된 계기가 되었죠. 전생의 일이 현생의 꿈에 나타난 것이었군요.」

내담자의 이런 고백은 전생 리딩의 신뢰성을 내담자뿐만 아니라, 저 스스로도 더욱 받아들이게 하는 중요한 계기가 되었습니다. 이처럼 내담자가 제가 리딩한 전생 장면을 상담 전에 이미 꿈에서 보았다는 사례는 열거할 수 없을 정도로 많습니다. 리딩의 신뢰성을 믿게 하는 다른 유형의 사례들인 것이지요.

무당이 아니랍니다

우리는 영적인 차원에서 가져온 정보를 전달하는 일이 통상 신내림을 통해서만 가능하다고 생각합니다. 전통적으로 무교 巫教

전통이 강한 우리나라에서는 더더욱 그러하지만 제 경우는 이런 방식과 전혀 다릅니다. 저는 신내림이라는 과정을 거치지 않았고, 우연히 발견하게 된 능력을 오직 수행으로 발전시켜 다른 사람의 전생을 보게 되었습니다. 그래서일까요. 어떻게 그런 일이 가능한지 이해가 잘 안 간다고 말씀하시는 분들이 많습니다.

익히 알려져 있듯이 접신 상태의 무속인들은 저와는 전혀 다른 과정을 거칩니다. 그분들은 접신이 된 상태에서 신神이 전해주는 이야기를 듣거나 보는 방식으로 정보를 얻어서 내담자에게 전달합니다. 그러나 저는 20세기에 전생 리딩으로 이름이 높았던 에드가 케이시Edgar Cacey와 많은 부분에서 유사합니다. 그는 '잠자는 예언자sleeping prophet'라 불린 것처럼 마치 잠을 자는 것과 같은 깊은 최면 상태, 다시 말해 고도의 집중된 의식 상태에서 리딩을 했습니다. 신내림이 아니라 깊은 의식 집중의 상태에서 아카샤 기록에 접속해 정보를 가져온다고 주장했다는 점에서 저와 같습니다.

그렇지만 깨어난 이후에는 본인이 한 얘기를 전혀 기억하지 못한다는 점에서 저와 분명하게 다릅니다. 저 역시 아카샤 기록에서 정보를 가져오지만 깊은 의식 집중 상태에서 벗어난 이후에도 제가 본 모든 정보를 생생하게 기억합니다. 또 케이시는 최면에 들어가는 데만 4~5분 정도의 시간이 걸렸다고 하는데 저는 리딩을 시작해 정보를 가져오는 데, 채 1분을 넘기지 않습니다. 그렇게 보면 저의 리딩 방식 역시 시대가 흐르고 인류의 의식이 성장하듯이 함께 자연스럽게 진화했다는 생각이 듭니다.

리딩이 일어나는 상태에 대해 조금 더 설명해보자면요. 리딩이 시작되면 제 몸 세포 사이사이의 공간이 열리는 느낌을 강하게 받습니다. 그렇게 몸과 의식이 확장이 되면서 상대방이 가진 에너지장에 완전하게 공명하게 됩니다. 공명과 동시에 상대방의 영적 정보장에 접속해 순간적으로 전체적인 정보를 얻게 되고, 그런 이후에 사고 작용을 통해 정보를 해석하는 과정을 거칩니다. 어떻게 그런 일이 가능한지 여전히 믿기 힘들지만 상대방에게 완전하게 공명하면 그 사람의 과거, 현재, 미래뿐만 아니라 의식, 무의식, 영혼 차원까지 한순간에 읽힙니다.

이렇게 무속의 신내림과 매우 다른 방식으로 정보를 얻지만, 저에게는 무속과 관계된 흥미로운 인연들이 있습니다. 뒤에 다시 설명하겠지만 제가 태어나서 돌이 되던 무렵 원인 모를 병으로 사경을 헤맬 때, 증조할머니가 무속인의 조언으로 사찰에 재물을 올려 제를 지내 저를 낫게 한 일이 있었습니다. 또 한참 이후 고등학생 때 일입니다. 제가 다니던 고등학교는 높은 산중턱에 자리하고 있었고, 그 옆에 오래된 굿당이 있었습니다. 고등학교에 입학하던 바로 그날, 하굣길에 학교 정문 옆에서 어느 무속인이 마지막으로 굿을 하고 떠났습니다. 친구들과 생전 처음 본 굿이라서 그런지 그 신기하고 이상한 장면들이

61

오랫동안 기억에 남아 있습니다.

또 가장 기억나는 일 중 하나는 저에게 영향을 미치려 했던 어느 영가靈駕 할머니와의 작별입니다. 법운 선생님을 만나 공부를 하면서도 항상 저 자신에 대한 의문과 마음속의 방황이 계속되어 하루에 천 배씩 백만 배를 하겠다는 원을 세우고 천일기도를 할 때였습니다. 천일기도가 끝날 즈음의 저녁 기도 중에 순간적으로 제 눈앞에 무복巫服 차림을 한 날카로운 눈빛을 가진 할머니 한 분이 나타났습니다. 그리고 그 할머니는 자신의 모자와 양손에 든 대나무와 방울을 내팽개치면서 '아이고, 힘들어서 이제는 더 못 있겠다!' 하고는 홀연히 제 가슴 차크라에서 떠났습니다. 지금 생각해보면 제 몸의 주신主神으로 자리 잡으려 했는데, 매일 천 배씩 하는 기도의 힘 때문에 머무르지 못한 것 같습니다.

무교와는 전혀 다른 원리로 리딩이 이루어지는 탓에 일상 생활도 영향을 받습니다. 무엇보다 저는 육식보다 채식 위주로 생활해야 합니다. 제가 채식을 하게 된 결정적인 동기가 있었습니다. 어릴 때는 육식에 특별한 거부감이 없었는데, 선생님을 모시고 수행을 하던 어느 날, 잠시 졸음이 밀려와서 깜박 잠이 들었습니다. 그때 눈이 왕방울만 한 황소 한 마리가 다가와 그 큰 눈에서 눈물을 뚝뚝 흘리면서 '네가 살갗을 찢는 고통을 아느냐'며 한참 동안 저를 노려보면서 꾸중하는 이상한 꿈을 꾸었습니다.

그리고 그때부터는 육식을 하면 온몸이 뒤틀리고 토하는 현상이 생겼습니다. 결국 황소 꿈을 계기로 저는 육식을 버릴 수밖에 없었습니다. 그렇게 채식을 시작했지만 이제는 항상 맑은 마음과 영혼을 유지하기 위해 섭생에 더욱 주의를 기울입니다. 또 저 자신을 닦고 가다듬으며, 전생 리딩을 계속해나가기 위해서 매일 천 배의 절 수행을 합니다. 이런 여러 가지 특징들이 무교의 접신이 아닌 심신을 맑게 만드는 수행을 통해서만 제 리딩 능력이 발전되고 유지되는 것임을 보여주는 증거가 아닌가 합니다.

위험한 리딩

전생을 리딩하기 위해 법운 선생님께 최면을 배우려 했던 젊은 스님이 있었습니다. 선생님은 한때 영적인 공부를 하려는 분들을 대상으로 최면에서 확장된 파동요법을 이용해 퇴마법을 가르쳤는데, 그 스님은 처음에는 별로 뜻이 없었지만 하다 보니 퇴마법에 강한 흥미를 느끼고 집중하게 되었습니다.

스님은 어느 정도 공부를 한 다음 절에 돌아가 신도들의 영적인 문제들을 해결하는 데 파동요법을 활용하려고 했습니다. 깊은 최면에 잘 빠지는 신도 한 명을 최면 상태로 만든 다음 그 사람으로 하여금 빙의로 인해 곤란을 겪고 있는 다른 사람의 전생을 보게 한 것입니다. 최면 상태에서 영적 문제가 있는 사람의 전생을 리딩하겠다는 의도였습니다. 그런데 평소에 머리

63

가 좋고 순발력이 뛰어났던 스님은 여러 신도들 앞에서 실력을 뽐내고 싶은 나머지 자극해서는 안 되는 영가들에게 영적인 힘을 행사하려다가 돌발적인 사태를 일으키고 말았습니다.

그 스님이 시도한 일은 마치 수영을 못하는 사람에게 보호 장비 없이 급류에 뛰어들게 하는 것과 같습니다. 그런 경우 빙의체들은 자신의 영역을 침범당한다는 위기감을 느끼기 때문에 무리를 이루어 한꺼번에 반응하면서 오히려 급성 빙의를 만들어내기도 합니다. 결국 깊은 최면 상태에 들어갔던 신도 역시 예기치 않게 심한 빙의 상태에 빠지고 말았습니다.

그 이후에 악성惡性을 가진 영가는 최면 상태에 들어갔던 신도에게서 떠나지 않았고, 일상의 삶은 완전히 망가졌습니다. 문제가 심각해졌지만 스님은 상황을 전혀 감당하지 못했습니다. 평상시에도 영에 대해 예의를 갖추고 진실한 마음으로 작업을 진행한 것이 아니라, 자신이 마치 신神이 된 것처럼 야단치고 명령하는 식으로 했기 때문입니다. 결국 멀쩡했던 신도가 갑자기 미친 사람처럼 변하자 가족이 법적인 책임을 묻는 소송을 걸었고, 스님은 종적을 감추고 말았습니다.

비슷한 원리로 망자亡者에 대해 리딩할 때도 각별한 주의를 기울여야 합니다. 내담자가 가족과의 인연법을 물으면서 가족 중에 죽은 사람의 리딩을 원하는 경우도 간혹 있습니다. 그런데 생명 에너지가 없는 망자는 그 독특한 기운 탓에 리딩을 진행하기가 어려울 때가 많습니다. 망자는 영혼의 등급에 따라 다르지만 대부분 떠나온 가족이나 지인들에게 메시지를 전하고 싶어 합니다. 그들은 리딩 때 열리는 저의 영적 채널을 이용하려고 접근해 오기 때문에, 그 기운에 제 온몸이 차가워지면서 극도로 힘들어지기도 합니다. 망자의 집착이나 집념으로 이루어진 강한 염원念願이 영적 접속 상태 때 열리는 통로를 거쳐 저에게 이입되기 때문입니다.

특히 망자의 집념 중에는 생전에 그 사람이 모은 재산과 관련되는 경우가 많습니다. 어쩔 수 없을 때는 망자의 상태를 확인하고 어떤 영적 공간에 어떤 방식으로 머물러 있는지 알아서 내담자에게 소식을 전합니다만, 망자에 대한 리딩은 가급적 피합니다. 그 주된 이유는 리딩의 방향이 망자와 같은 영적 존재에 의해 방해받을 수 있고, 내담자의 삶에도 큰 도움이 되지 않는 경우가 많기 때문입니다.

4

선택과 삶의 전환

카르마의 사계절

그간의 리딩 경험에 비추어보면 카르마가 삶에서 본격적으로 개입하는 시점은 사람들마다 다 다릅니다. 그러나 크게 봄, 여름, 가을, 겨울과 같은 네 번의 시기로 구분할 수 있습니다.

첫 번째 시기는 태어나서 25세까지로 '학습기學習期'라고 할 수 있습니다. 이 시기는 주로 부모님이나 선생님들로부터 삶의 경험과 지식을 전수받는 기간입니다. 이 중에서 특히 청소년기에는 자신에게 정해진 카르마가 있다 하더라도 부모님이나 주변의 도움, 그리고 자유의지에 입각한 자신의 노력으로 그 카르마적 한계를 뛰어넘을 수 있는 준비를 하게 됩니다. 이 기간에는 비교적 업의 개입이 덜하기 때문에 향후 형성되는 삶의 방향성을 만들어가는 데 주위의 도움을 받을 수 있는 매우 중요한 시기라고 할 수 있습니다.

두 번째 시기는 '가주기家住期'로 부를 수 있습니다. 대체로 25세부터 60세까지를 말합니다. 20대에 카르마적 개입이 가장 깊게 이루어지는 통로는 욕망, 성적 호기심입니다. 그렇게 성적 호기심에 이끌려 만난 인연으로 결혼 상대를 선택하고, 운명적 상대와의 교감이나 소통을 통해 자신의 카르마와 운명의 장이 점점 더 확연하게 설정되는 시기입니다. 이렇게 만난 인연과 결혼해서 가정을 꾸리고 사회적 의무를 다하는 것이지요.

이 시기에는 전생의 카르마가 보다 적극적으로 개입하게 됩니다. 선업을 많이 쌓은 사람은 좋은 배우자를 만나 자신이 계획하거나 진행하는 일들이 긍정적인 방향으로 흘러갈 수 있습니다. 또 그들은 다시 아기로 태어나는 영혼들에게 이 세상으로 오는 통로를 제공합니다. 반대로 좋지 않은 카르마를 가진 사람들은 카르마의 정도에 따라 배우자의 인연을 만나게 되는데, 결혼생활에서 힘든 경험이나 시련을 겪기 쉽습니다.

좋건 나쁘건 이 시기의 경험들은 각각의 교훈이 있습니다. 좋은 업을 가진 사람들은 자신이 성취하는 성공의 결과물을 다시 사회에 환원하는 지혜를 발휘해야 합니다. 반면 그 반대의 삶을 사는 사람들은 시련과 어려움을 슬기롭게 극복함으로써 영적으로 스스로를 치유할 수 있습니다. 그 점에서 양쪽의 경험들은 마치 시소와도 같습니다. 그래서 이 모든 경험들은 우리 스스로 영적 균형을 잡아 자신의 삶을 완성할 수 있도록 신이 우리에게 주는 선물이자 가르침이라고 할 수 있습니다.

세 번째는 '회향기回向期'로 60세부터 75세까지를 말합니다. 이 시기에 우리는 지금까지 살아왔던 시간을 되돌아보고 회상해야 합니다. 그러면서 삶의 좋은 측면이 가르쳐준 지혜는 자손이나 주변 사람들과 공유하도록 노력해야 하고, 잘못된 측면은 반성과 참회의 기도를 통해 자신을 완성하고 구원하는 계기로 삼아야 하는 시기입니다.

네 번째는 '단절기斷絶期'입니다. 75세 이후로 삶의 마지막 단계에 해당합니다. 이 시기에는 세속적인 집착을 완전하게 끊어버리고, 어떻게 하면 좋은 죽음을 맞이할 수 있을지를 준비해야 합니다. 또 다음 생에 태어날 자신의 모습을 떠올리며, 하늘에게 자신을 받아달라고 간절하게 기도드려야 하는 때이기도 합니다. 죽음에 대한 공포나 두려움이 이 시기에도 여전히 남아 있다면, 이는 세상에 태어날 때 약속한 카르마의 정화라는 숙제를 다 하지 못했기 때문에 일어나는 감정적인 현상들입니다. 공포와 두려움과 같은 감정은 현생에서 다 풀지 못한 카르마에 반응하는 것으로 볼 수 있습니다. 마치 학기를 마치지 않고 학교를 떠나버린 학생의 마음 상태와 비슷합니다.

특히 임종을 맞이하는 대부분의 사람들은 마지막 순간에 자신이 살아왔던 삶의 장면들을 한꺼번에 압축해서 보게 됩니다. 그 회고의 순간에 자신이 저지른 잘못을 명확하게 인식하게 되는데, 이런 인식을 거쳐 실수와 잘못을 보완하고 정화하도록 삶의 모습을 기획해 그에 맞는 다음 생을 선택하게 됩니다.

네 시기는 우리가 살아가는 봄, 여름, 가을, 겨울의 사계절과도 많이 닮아 있습니다. 봄은 희망의 계절이라서 좋은 땅에 뿌려진 씨앗은 뿌리를 쉽게 내릴 수 있습니다. 그러나 척박한 땅에 뿌려진 씨앗은 살아남기가 어렵습니다. 그 점에서 토양의 좋고 나쁨은 사람들이 가진 카르마에 비견될 수 있습니다. 저는 리딩할 때 그 사람이 나무라면 어떤 모습일까 떠올려보기도 합니다. 사람에 따라 좋은 나무의 씨앗(좋은 카르마)을 가진 사람도 있고, 그 반대의 특성(나쁜 카르마)을 지닌 씨앗을 가지기도 합니다. 이렇게 본다면 토양과 씨앗 모두 카르마의 표현이라고 할 수 있습니다.

봄은 다가올 여름을 위해 준비하는 시기인데, 여름에 좋은 꽃을 피우려면 이때 뿌리를 튼튼하게 해야 합니다. 마치 우리가 좋은 부모를 만나 잘 양육되는 것과도 같습니다. 그러나 척박한 땅에 떨어진 병든 씨앗이 뿌리를 내리고 꽃을 피우는 나무로 자라기 위해서는 얼마나 많은 노력이 필요할까요? 부정적인 카르마가 빚어내는 결과는 생각만 해도 마음이 아픕니다.

여름은 꽃을 피워 가을에 열매를 맺도록 맹렬하게 살아야 하는 시기입니다. 좋은 조건에서 뿌리내린 나무는 꽃과 열매를 맺는 데 수월합니다. 반면 열악한 환경에서 자란 나무는 많은 시련과 장애를 극복해야 합니다. 한 알의 열매가 가을에 성숙해지기 위해서는 천둥 번개와 같은 어려움도 겪어내야 합니다.

69

가을이 되면 나무는 앞서 노력한 성과와 결과물을 거두어들입니다. 잘 익은 열매는 사랑을 받지만, 그렇지 않은 열매는 태풍과 홍수 그리고 병충해 등으로 인해 결실을 맺지 못합니다. 그러나 비록 가을에 열매로 완성되지 않았다 하더라도, 나무는 새로운 씨앗으로 인연의 땅에 다시 뿌리를 내릴 수도 있습니다.

좋은 땅을 만나는 좋은 씨앗이 여러 계절을 겪어내고 성숙한 열매로 완성되는 것은 자연의 섭리입니다. 우리는 이렇게 익숙한 자연 현상 속에서도 삶의 큰 교훈을 배울 수 있습니다. 좋은 땅에서 자란 씨앗이 큰 나무가 되어 열매를 맺는 현상에서 우리는 순리에 따른 삶을 배울 수 있고, 비록 결실을 맺지 못하고 다음 해를 기다려야 하는 씨앗을 통해서도 인내와 희망의 가능성을 발견하기 때문입니다. 하지만 아쉽게도 자연의 이치와 꼭 닮은 카르마의 법칙을 따라 삶의 지혜를 구현하는 사람은 그리 많지 않습니다.

가능성이 큰 청소년 시기

상담을 하다 보면 중·고등학생의 미래 진로를 물어오는 경우가 있는데, 보통 소질의 발현과 그에 따른 운명의 흐름은 연령에 따라 다르게 나타날 수 있습니다. 예를 들어 예능인이나 스포츠맨으로 뛰어난 자질이 있는 사람이 청소년기부터 소질을 계발해 준비한다면 미래의 꿈이 이루어질 가능성은 크다고 볼 수 있습니다.

하지만 아무리 훌륭한 소질이 있다 하더라도 적절한 준비를 하지 못하다가 30대에 뒤늦게 특별한 재능이 필요한 예능이나 스포츠와 같은 분야에 진출하기를 희망하면, 저로서는 다른 진로를 찾으라고 조언할 수밖에 없습니다. 30대에 도전한다면 성공할 확률은 중·고등학생 때부터 준비한 사람보다 월등히 낮아지기 때문입니다.

이처럼 청소년기에는 선택의 여지가 많습니다. 이 시기에는 카르마의 간섭이 그리 심하지 않기 때문에 부모가 울타리 역할을 해주기도 하지만, 나쁜 카르마의 간섭이 비교적 약하므로 그 사람의 보호령이자 수호천사가 큰 힘을 발휘할 수 있습니다. 물론 전생에서 비롯된 무거운 카르마를 가지고 태어난 사람에게는, 수호천사마저도 힘을 쓰기 어려운 경우가 많습니다. 카르마의 법칙은 보호령도 함부로 간섭할 수 없는 더 높은 질서에 속하기 때문입니다.

본인의 자유의지에 따라 무엇을 선택해 어떻게 발전시켜 나갈 것인가와 같은 진로 선택 또한, 능력이 있거나 인성이 좋은 부모 밑에서 자랄 때 발전 가능성은 훨씬 넓어집니다. 그러므로 무엇보다 좋은 환경을 타고나는 것이 중요합니다. 하지만 청소년기에는 가족과 친구 등 주위 사람들의 영향이 더 크게 작용하므로 이때 많은 지혜와 지식을 쌓는다면, 과거 생의 카르마가 본격적으로 발현되는 20~30대에 긍정적 도움을 받을 수 있습니다. 즉, 성인이 된 후에 고난과 어려움을 만나더라도

71

어린 시절에 습득한 지혜와 올바른 심성이 있다면, 습관과 업의 힘을 변화시켜 삶의 전체적인 방향을 올바르게 만들어갈 가능성이 크다고 할 수 있습니다.

다시 설명하자면 20대 후반 이후는 카르마의 직접적인 영향이나 간섭이 본격화되는 시기입니다. 또 30대가 되면 보통 결혼을 하는데, 이를 계기로 원래 정해진 업의 상호작용이 일어날 카르마의 장이 더 분명하게 고착됩니다. 그래서 그 틀을 벗어나거나 깨트리는 것이 쉽지 않게 됩니다. 물론 비교적 좋은 카르마를 타고난 사람은 보통 이 시기에 그리 큰 어려움을 겪지 않습니다. 그렇다 하더라도 청소년기에 그 사람이 태어나면서부터 가진 카르마의 정체를 아는 것과 가족이나 주변 사람들의 도움으로 올바른 심성이나 지혜를 스스로 갖추는 일은 상당히 중요합니다.

특히 명상이나 기도생활로써 자기 성찰과 같은 마음공부를 청소년 시기에 의식적으로 한다면 카르마가 발현되는 성년기에 겪을 어려움에 적절하게 대응할 가능성이 더욱 커집니다. 그래서 교육을 통한 청소년의 의식 변화는 매우 중요합니다. 삶의 전체적인 방향과 가능성을 명확하게 인식한 부모님이나 선생님들이 이 시기에 교육을 통해 청소년들을 이끌어준다면, 참으로 많은 삶의 고통과 어려움이 긍정적으로 변화될 수 있다는 사실을 리딩은 보여줍니다.

청소년기의 중요성을 단적으로 보여준 사례가 있습니다. 성민 군은 학창시절에 전형적인 문제아였습니다. 친구들과 어울려 그 또래의 학생들이 할 수 있는 패싸움, 친구들 돈을 뺏는 등의 행동을 아무런 죄책감 없이 저지르고 다녔습니다. 어머니는 그 런 자식이 너무도 걱정스러워 상담을 받으러 왔습니다.

리딩은 조선의 건국에 공을 세웠던 어느 신진사대부의 삶을 보여주었습니다. 성민 군은 당시에 갑자기 얻은 부와 권력을 남용한 무관으로서의 삶을 살았습니다. 원래 그는 고려시대에 매우 낮은 관직에서 기를 펴지 못하고 가난하게 살던 집안의 자식이었습니다. 그런데 고려를 멸하고 새로운 나라를 건국하 려는 움직임이 있자 기회를 쟁취하기 위해 조선의 건국에 적극 적으로 동참했던 것입니다.

그는 공로를 인정받아 막강한 권력을 누리는 신진사대부가 되었고, 소망하던 대로 백성 위에 군림하면서 온갖 향락을 즐 기고 살았습니다. 그러나 그 과정에서 권력과 지위를 악용해 타인을 무시하고 방종한 삶을 살면서 부정적 카르마를 많이 쌓 았습니다. 이번 생은 과거 생에서 지은 부정적인 카르마를 정 화하기 위한 기회로 주어졌습니다. 그러나 과거 생에서 비롯된 뿌리 깊은 나쁜 습관들은 좀처럼 바뀌지 않았습니다.

어머니는 어린 시절에는 철이 없어서 그랬지만 자라면서 나 아질 것이라고 굳게 믿었습니다. 하지만 성민이는 또래 친구들

73

을 제압하고 지배하는 데 폭력이 매우 유용하다는 것을 알고 점점 더 폭력적으로 변했습니다. 어머니는 상담 당시 친구들을 충동질해 가출해서 2주째 돌아오지 않는 성민이가 자기 삶의 제일 큰 고민이라고 괴로워했습니다. 실제로 두 사람은 조선시대의 전생에서도 모자관계였고, 어머니는 성민이가 권력을 남용해 얻은 부와 명예를 누리면서 편안하게 살았습니다.

어머니는 노년에 이르러서야 관직에 있는 아들이 그릇된 삶을 산다는 것을 비로소 알게 되었고, 바르게 키우지 못한 자신을 크게 책망했습니다. 그래서 아들이 과거 생의 잘못을 교정하러 이번 생을 선택했을 때, 자신도 아들을 바르게 키우겠다는 영적 약속을 하고 다시 모자지간의 인연으로 오게 되었던 것입니다.

어머니는 성민이가 한술 더 떠 불량서클의 우두머리가 되자, 어떻게 이 문제를 해결할 수 있는지 그 답을 절실하게 알고 싶어 했습니다. 저는 리딩을 한 후에 이런 조언을 드렸습니다.

"성민이를 지나치게 나무라지 마세요. 우선 인내심을 가지시고 아이를 말로만 훈계하려 들지 마세요. 성민이의 문제는 어머니의 문제입니다. 아들만의 문제가 아닙니다. 오히려 말하지 말고 실천을 하세요. 성민이가 다른 사람을 아프게 하는 잘못을 저지르는 만큼, 어머니는 다른 사람의 아픔을 돕고 치유하는 봉사활동을 하세요. 그러면 성민이가 가진 그 부정적인 측면은 상쇄될 수 있습니다. 다시 말해 어머니가 타인을 위해 희생하고 봉사하면 그 긍정적 에너지가 되돌아와 다른 누군가가 성민이를 돕게 됩니다."

　이렇게 성민이의 어머니는 아들의 잘못을 정화하기 위한 숙제를 안고 돌아갔습니다. 1년이 지난 후 어머니는 아들의 진로를 상담하기 위해 저를 다시 방문했습니다. 그녀는 봉사의 방법을 찾다가 복지관에서 시행하는 독거노인들의 목욕 봉사를 선택하고 그 누구보다 열심히 노력했다고 했습니다. 독거노인들의 몸을 씻겨주면서 어머니는 성민이의 상처 난 마음을 씻겨준다고 생각했습니다. 또 성민이에게 맞거나 돈을 빼앗긴 아이들을 떠올리며, 아들을 대신해 그들에게 사죄한다는 마음으로 노인들을 목욕시켜 주었답니다. 그리고 다른 봉사자들은 하지 않는 손발 마사지도 성심성의껏 했습니다.

　그러나 어머니의 지극한 정성에도 불구하고, 성민이의 가출과 비행은 되풀이되었습니다. 하지만 다른 때와 달리 어머니는 야단치고 간섭하기보다 묵묵하게 타인을 위한 봉사활동에 전념했습니다. 그 모습을 본 성민이는 처음에는 그런 어머니의 행동을 이상하게만 여겼습니다. 이런 어머니의 모습을 한참 지켜보게 되면서 성민이는 자신의 과거를 반성하는 마음이 생기기 시작했다고 나중에 털어놓았습니다. 게다가 그 시점에 마치 어머니의 노력이 보이지 않는 힘을 발휘한 것처럼, 새로 부임한 담임선생님이 유난히 아들에게 많은 관심을 보여주기 시작했답니다. 선생님은 성민이를 보통의 학생처럼 만드는 것이 유일한 목표인 양 열의를 다해 친자식을 대하듯이 성민이를 야단치기도 하고 달래기도 했다고 합니다.

나중에 알고 보니 선생님도 학창시절 불우한 가족 문제 때문에 많은 갈등을 겪었고, 숱하게 방황을 했던 비행 청소년이었습니다. 하지만 그런 자신을 포기하지 않고 끝까지 인내심을 갖고 설득하고 인도해준 좋은 선생님 덕분에 끝내 어려움을 극복하고 교사가 될 수 있었습니다. 그런 이유로 선생님은 비행 청소년의 리더인 성민이를 변화시키면 자연스럽게 다른 아이들도 올바른 길로 이끌 수 있다고 생각하고 열과 성을 다했던 것입니다.

또 선생님은 과거의 자신과 꼭 닮은 성민이를 바른 길로 안내하는 노력만이 자신이 받은 여러 사람들의 은혜에 보답하는 길이라고 믿었습니다. 결국 어머니의 열성적인 봉사와 선생님의 헌신적인 노력 덕분에 성민이는 자기 자신을 되돌아보고 반성하기 시작했습니다. 그러면서 공부도 다시 시작했고, 대학 진학도 진지하게 고려하고 있다고 했습니다.

이후 성민이는 건축학을 전공해 건설회사에 입사했고, 저개발 국가의 건설현장을 다니면서 열심히 자기 삶을 살아가고 있다고 전해왔습니다. 성민이의 사례는 청소년기가 우리에게 얼마나 중요한 시기인지를 잘 보여줍니다. 학창 시절 그를 바르게 안내하려는 어른들의 도움이 없었더라면 어떤 일이 벌어졌을까요? 또 이 사례는 어른들의 행동이 백 마디 말보다 아이들에게 더 깊은 가르침을 준다는 것을 분명하게 일깨워줍니다.

2부

주어진 재능을
받아들이다

살아가면서 경험하는 삶의 고단함은 어쩌면 우리가 지금은 기억
하지 못하는 어느 시점에 우리 스스로 선택하고 온 영적 약속의
결과일지 모릅니다. 우리가 그 의미를 명확하게 인식하지 못
하더라도 말입니다. 그런데 어떤 계기로든 우리가 현생에서
겪고 있는 어려움과 고난을 더 큰 맥락에서 바라보게 되
면, 우리의 삶은 놀랍게 변할 수 있습니다. 저는 내담자
들의 전생을 리딩하면서 참된 변화가 다름 아닌 우리의
내면에서 시작된다는 사실을 거듭 알게 되었습니다.

5

저에 대해 말씀드립니다

외가로 쫓겨난 젖도둑

어머니는 저를 임신하고 나서 열 달 내내 토마토를 손에서 떼지 않고 드셨다고 했습니다. 토마토가 아직 익지 않은 계절에는 익지 않은 푸른 토마토를 광주리째 안고 종일 드셨다고 했습니다. 그래서일까요. 저는 엄마 배 속에서부터 채소에 들어있는 좋은 에너지를 많이 받은 듯합니다. 그 토마토가 가진 의미가 무엇인지는 모르지만 말입니다. 태아의 욕구가 임신 중에 산모의 특징한 입맛으로 발현된다는 학설이 있기도 합니다만, 저는 어쩌면 과학적으로는 밝힐 수 없는 토마토의 미세 영양분이나 특별한 에너지에 영향을 많이 받고 태어났을지도 모른다는 생각을 가끔 합니다.

부산에서 태어난 저는 어린 시절 지독한 울보였습니다. 자영

업을 하셨던 부모님은 대부분의 시간을 밖에서 보냈습니다. 방에 홀로 남겨져 있던 제게 아직도 가장 기억에 남는 장면은 천장에서 나를 내려다보고 있는 무서운 눈을 가진 존재들이었습니다. 두려움에 떨면서 누군가가 저를 보호해주고 지켜주기를 바랐지만 저는 혼자였습니다.

한참이 지나 리딩 능력이 생기면서 알게 된 사실이지만 그때 본 무서운 눈들의 정체는, 제 큰아버지로 인해 죽임을 당했던 사람들의 영혼이었습니다. 아버지에게는 형님이 한 분 계셨는데, 그분은 제가 태어나기 전 베트남전에 참전했다가 전사하셨습니다. 베트남에서 큰아버지는 어느 마을을 지나다가 민가에 은신해 있던 적군에게 수류탄을 던졌고, 그 바람에 집 안에 있던 부녀자를 포함해 민간인들도 함께 죽었습니다. 그때 억울하게 죽은 원령怨靈들이 어린 저에게 보였던 것입니다.

당시에 어린 저는 온몸을 비틀어대는 듯한 울음소리로 그 두려움과 공포를 표현했습니다. 물론 다 그런 것은 아니지만 어린아이가 이유도 없이 자지러지게 울어댈 때는 어른들이 느끼거나 보지 못하는, 다른 차원의 존재들이 보여주는 무서운 모습이나 그들이 내뿜는 귀기鬼氣에 반응하는 경우가 꽤 있습니다. 하지만 그럴 때마다 부모님은 저를 예민하고 까다롭고 귀찮은 아이라고만 여길 뿐이었습니다.

저는 병치레도 잦아 항상 걱정하고 염려해야 하는 아이였습니다. 돌잔치를 막 끝냈을 즈음 원인 모를 병으로 갑자기 피를 많이 쏟았습니다. 병원에서는 장腸에 복합적인 병이 생겨 내장 깊은 곳에서부터 출혈이 계속되고 있다고 진단했습니다. 그리고 당시로서는 더 이상 치료법이 없다고 했습니다.

집에 돌아와 서서히 죽어가는 저를 보며 부모님의 가슴은 타 들어 갔습니다. 그러자 원인 모를 병으로 생사를 헤매는 증손 녀를 측은하게 생각하신 증조할머니가 용하다는 무당에게 가서 점을 봤습니다. 무당은 제가 단명할 팔자를 가지고 태어났다는 점괘를 내놓았습니다. 그래도 증조할머니는 살릴 방법이 없는지 물었고, 무당은 절에 쌀 한 가마니를 바치고 치성을 드리라고 했습니다. 정성이 지극하면 보름이 지날 즈음 제가 자리를 털고 일어날 수 있을 거라고 덧붙이면서요. 신기하게도 그렇게 치성을 드린 지 보름째 되는 날, 물 한 모금도 넘기지 못하던 제가 자리에서 일어났습니다.

어머니는 딸 다섯 중 장녀로 태어났습니다. 딸만 다섯을 낳은 외할머니는 마음에 상처를 많이 받으며 살았습니다. 친정어머니의 상처를 오랫동안 지켜보고 자란 어머니는 아들에 대한 집착이 남달랐습니다. 그래서인지 어머니는 결혼해서 첫 자식으로 아들을 얻자 어쩔 줄 모를 정도로 기뻐했다고 했습니다. 그런데 첫아들인 오빠를 낳았을 즈음에 할아버지가 암으로 많이 편찮았습니다.

어머니는 시부모를 모시고 병수발까지 하면서 오빠와 연년 생으로 저를 낳았고, 오래지 않아 다시 동생까지 임신하게 되어 난감한 처지에 놓였습니다. 그래서 저는 자연스럽게 부모님의 관심 밖으로 밀려날 수밖에 없었습니다. 연년생을 키우기에는 젖이 부족해서 오빠를 극진히 아꼈던 할머니는 저를 '젖도둑'이라고 부르기까지 했습니다. 임신한 상태에서 시아버지 병수발을 하고 두 젖먹이까지 키우기가 힘에 벅찼던 어머니는 결국 저를 밀양에 있는 외가로 보냈습니다.

내 기억 속의 풍경

원인 모를 병에서 회복되어 건강을 되찾은 지 얼마 되지 않은 세 살 무렵에 저는 외가로 가게 되었습니다. 붉은색 포대기에 싸여 엄마 등에 업혀 간 그때가 이상하게 들리겠지만 지금도 생생하게 기억납니다. 엄마는 외가에 도착하자 떨어지지 않으려는 저를 달래려고 "가게 가서 과자 사 올게" 하고는 대문 밖을 나섰습니다. 그때 어린 저는 그 순간 황급히 뛰어가는 엄마의 뒷모습에서 한 짐을 덜어놓은 듯 홀가분해하는 마음을 보았던 것 같습니다.

엄마가 휑하니 신작로를 지나 멀어지고 골목길에 남은 저는 어린 나이에도 '아, 나는 이 세상에 혼자구나' 하고 외로움을 느꼈습니다. 그리고 뒷모습을 보인 채 휑하니 가는 젊은 여인이 어쩌면 내 엄마가 아닐 수도 있다는 생각마저 들었습니다.

새벽부터 밤늦게까지 집안일과 농사일을 해야 하는 외할머니에게 저는 또 다른 짐이었습니다. 제가 할 수 있는 일은 누구에게서든 두 번 다시 버림받지 않기 위해 얌전하게 행동하고 말도 잘 듣는 착한 아이가 되는 것이었습니다. 할머니 말고는 저를 돌봐줄 사람이 없었기 때문에 새벽 일찍 밭에 나가는 할머니를 따라 들판으로 갔습니다. 할머니는 하루 종일 농사일을 해야 했기 때문에 저도 새우깡 한 봉지를 움켜쥐고 매일 들판을 돌아다니며 혼자 놀아야 했습니다.

들판에 홀로 버려진 아이였지만 외할머니한테마저 외면당하지 않기 위해 혼자 노는 법을 터득했습니다. 눈앞에 청개구리가 나타난 날은 청개구리와 숨바꼭질하며 하루를 보냈고, 무당벌레가 보이는 날은 무당벌레와 술래잡기를 했습니다. 봄이 되면 피어나는 새싹을 보며 신기해했고, 들판과 냇가에 핀 꽃의 향기를 맡으며 뛰어다녔습니다.

가장 좋았던 때는 일을 마친 할머니와 어스름 내리는 논길을 따라 집으로 돌아가는 가을 저녁이었습니다. 집에 가까워지는 동안 황금색 들판의 물결과 붉게 물든 노을이 배어 있는 풍경은 어린 저에게 대단히 신비롭고도 아름다웠습니다. 그때의 놀라운 장면은 지금도 잊히지 않고, 힘들고 외로울 때 꿈속에 나타나 지친 저의 영혼을 위로해줍니다. 그렇게 외가에서 몇 년을 보낸 뒤 유치원에 갈 나이가 되었을 때 부산 집으로 돌아왔습니다.

사막의 영혼

집에 돌아온 뒤에는 다시는 집에서 쫓겨나지 않아야 한다는 생

83

각에 일찍 일어나고 부모님 말씀도 잘 듣는 착한 아이가 되려고 노력했습니다. 초등학교에 들어가기 전까지는 다행히 크게 아프지 않고 건강하게 잘 자랐습니다. 그러다 아홉 살 겨울방학 때, 어쩌면 제 인생에서 가장 중요한 전환점이 될 수 있는 사건을 경험했습니다.

겨울방학이 시작되자마자 몸이 아파오기 시작했습니다. 처음에는 그냥 감기라고 생각했습니다. 독감이 유행하고 있었기 때문에 부모님도 크게 염려하지 않으셨습니다. 그런데 불과 며칠 사이에 저는 앓아누웠고, 먹지도 일어나지도 못하는 상태가 되어버렸습니다. 아버지 등에 업혀 병원에 갔는데, 의사는 독감을 심하게 앓는다며 약을 먹고 집에서 쉬면 괜찮아질 거라고 했습니다. 하지만 상태는 계속 나빠졌습니다.

몸을 움직이지도 못하고 종일 방 안에서 혼자 천장만 보며 누워 있어야 했던 두 달 동안, 확연히 인식할 수 있는 아주 독특한 체험들이 시작되었습니다. 비몽사몽간에 몸 밖으로 빠져나가는 체험도 했습니다. 아무것도 먹지 못하고 독한 감기약만 먹고 누워 있는 동안 머리는 빙글빙글 돌고 정신은 어느새 아득해졌습니다. 꿈인지 생시인지 분간이 안 되는 몽롱한 시간이 길어지자 본능적으로 정신을 차리려고 무던히도 애를 썼습니다. 순간 갑자기 제 의식이 형광등 갓 위에 쌓여 있는 먼지를, 그 위의 공간에서 내려다보고 있었습니다. 오래되고 낡은 형광등 갓 위에 세월만큼 쌓인 먼지들을 보는 순간 '어?! 이게 뭐지?' 하는 생각이 들었고, 그 순간 제 의식은 몸 안으로 빨려 들어왔습니다.

그때 처음 유체이탈 체험을 했던 것 같습니다. 의식이 몸에서 분리되어 있다는 사실을 깨닫는 순간 본능적으로 의식이 몸 안으로 빨려 들어왔고, 팔다리의 감각을 느끼는 순간 살아 있다는 안도감을 느꼈습니다. 부모님은 가게를 하셔서 제 곁을 지켜줄 수 없었습니다. 밤에 정신이 조금 돌아올 때 부모님께 낮에 경험한 이야기를 들려주었지만, 부모님은 제가 너무 아파 정신이 혼미해진 것이라며 예사로 넘기셨습니다. 그런데 그 체험을 시작으로 꿈도 아니고 생시도 아닌 정신이 혼미한 상황이 지속되면서 점점 더 특이한 차원을 경험하게 되었습니다.

그때의 체험 가운데 특히 기억에 남는 것은 어두운 사막을 떠돌던 해골 무리들이었습니다. 분명히 방 안에 누워 있는데도 저는 어느새 다른 공간, 다른 차원에 존재하고 있었습니다. 당시 매일 보였던 장면은 칠흑같이 어두운 사막이었습니다. 그곳에는 어둠을 더 짙게 만드는 모래폭풍이 불고 있었습니다. 그리고 결코 이탈할 수 없도록 완벽하게 대열을 갖춘 해골 무리가 모래폭풍 속에서 나타나 제 쪽으로 걸어왔습니다. 처음에는 그 모습이 무서웠지만 그런 장면을 반복해서 보게 되면서 더 이상 두렵지는 않았습니다. 어느 순간 그들의 몸을 어루만져 주어야 한다는 생각을 했고, 만지는 순간 해골들은 순식간에 먼지처럼 허물어져 모래폭풍 속으로 사라졌습니다. 이후에

85

도 계속 그와 비슷한 장면이 매일 반복되듯 나타났습니다.

훗날 선생님과 공부하게 되면서 그 장면들을 이해할 수 있었습니다. 그들은 이승과 저승 사이를 떠도는 영혼들이었고 제가 그들을 그 상태에서 벗어나게 해준 것이었습니다. 또 어느 날은 우주공간을 유영하기도 했고, 빛으로만 이루어진 지구와는 전혀 다른 행성에 가 있기도 했습니다. 현실에서는 제 육신을 가누기 힘들었지만 의식은 여러 차원을 여행하며 신기하고 놀라운 일들을 많이 경험했습니다.

당시에는 그 의미를 명확하게 알지 못했지만, 그때의 체험들은 제 인생에서 중요한 전환점이 되었습니다. 몸져누웠던 그 시기에 겪은 영적 체험들이 저에게 물질세계가 아닌 다른 차원으로의 통로를 열어놓았다고 생각하기 때문입니다. 그 시기에 저는 검은 옷을 입고 있는 키 큰 남자를 자주 보았는데, 그 사람이 주위에서 항상 저를 내려다보면서 지켜주고 있다는 느낌을 받았습니다. 나중에 설명하겠지만 왜 그런 느낌이 들었는지는 대학을 졸업할 때 비로소 알게 되었습니다.

병은 개학 즈음 거짓말처럼 나았습니다. 돌 무렵 병치레를 했을 때와 마찬가지로, 어느 날 문득 자리에서 일어날 수 있을 것 같다는 생각에 몸을 일으켜보니 혼자서 몸을 움직일 수 있었습니다. 다시 일상을 되찾으면서 유체이탈이나 환시 같은 현상도 완전히 사라졌고, 또래 아이들처럼 평범한 아이로 돌아왔습니다. 건강을 회복하자 아플 때 열렸던 다른 차원으로의 통로는 자연스럽게 닫혔고, 그 이후로 오랫동안 남들처럼 평범한 일상 생활을 하면서 지냈습니다. 그러면서 그 특이한 체험들도 단지 몸이 너무 아파 나타난 환상 정도로 기억하게 되었습니다.

한 가지 이상한 점이라면, 그 시기를 지난 이후로 잠이 들면 꿈속에서 제 의식이 다른 차원으로 가는 일이 흔해졌다는 것입니다. 그리고 꿈은 저에게 커다란 위안을 주었는데, 어린 시절 밀양에서 본 붉은 저녁노을을 늘 만날 수 있었기 때문입니다. 어느 날의 꿈에서는 가장 외로웠을 때 저와 같이 놀아주던 작은 청개구리와 빛깔이 예쁜 무당벌레들을 만날 수 있었는데, 그 존재들과 대화하면서 자연과 생생하게 교감하는 법을 느끼고 배웠습니다. 비록 제가 명확하게 인식하지는 못했지만, 저에게는 꿈이 다른 차원으로 가는 통로가 되었던 것입니다.

땅이 하늘을 업다

기억나는 또 다른 사건은 열한 살 때의 일입니다. 어느 날 갑자기 배가 아파 데굴데굴 구르며 비명을 질렀습니다. 부모님이 급하게 저를 데리고 병원에 가 진찰을 받았는데, 의사선생님이 맹장염인 것 같다며 빨리 수술을 하자고 했습니다. 그런데 부모님은 의사의 말을 무시하고 조금 더 지켜보겠다고 하면서 그냥 집으로 데리고 왔습니다. 제가 눈물을 흘리면서 비명을 지르는데도 말입니다. 다행히 집에 돌아오자마자 그렇게 아프던 배가 하나도 아프지 않았습니다. 결국 극심한 통증의 원인은 알 수 없었습니다.

그런데 그 일로 어린 마음에도 '나는 이 집안에서 아무 쓸모도 없는 사람이구나. 오빠는 저렇게 사랑을 받는데 부모님은 왜 나를 이렇게 대할까? 만약 오빠가 아팠다면 나처럼 했을까' 하는 생각이 들었습니다. 이런 경험과 생각이 저를 점점 더 외로운 아이로 만들어갔습니다. 지금은 부모님 마음을 이해할 수 있습니다. 워낙 병치레가 잦았고, 용하다는 무당이 '이 아이는 오래 살지 못한다'고 했던 말이 부모님께 큰 영향을 미쳤던 듯합니다. 자연히 저에 대한 기대도 낮았고, 장성한 이후에도 특별히 저를 배려하지 않았던 이유는, 마치 언젠가는 떠나갈 아이처럼 생각되어 다가올 이별을 준비하는 마음이셨던 것 같습니다.

제가 다닌 고등학교는 신설학교로 높은 산비탈에 있었습니다. 여름철에 비탈진 등굣길을 올라가노라면 온몸이 땀으로 젖어버렸습니다. 사춘기에 접어든 여학생들에게 등굣길은 군사훈련처럼 힘들었습니다. 등굣길에 익숙해진 2학년 무렵 어느 하교 시간, 무심코 교실 창문 밖으로 서쪽 하늘에 걸려 있는 붉은 노을을 보았는데, 그 순간 어릴 적 외할머니를 따라 들판에 갔을 때, 그때 그 어린 시절 하늘에 걸려 있던 노을이 함께 떠올라 갑자기 눈물이 펑펑 쏟아졌습니다. 당시 학교는 산중턱에 있어 노을을 보기가 아주 좋았습니다. 그 이후로 노을 지는 시간이면 창가 자리의 친구와 자리를 바꾸곤 했습니다.

붉은 노을을 넋을 놓고 바라보면서 이 학교에 오게 된 것이 어쩌면 저 노을을 만나기 위해서가 아닐까 하는 생각까지 했습니다. 그런 날이면 눈을 감고 창밖 가득한 그 노을 길을 따라 들판으로 달려가곤 했습니다. 노을 바다에 청개구리는 헤엄치고, 고운 빛깔의 무당벌레는 노을 속 들판에서 숨바꼭질하고……. 그때 저는 노을을 보며 땅이 하늘을 업으려고 허리에 두른 붉은 포대기 같다고 생각했습니다. 어머니가 저를 밀양에 데려다 줄 때 둘렀던 그 붉은 포대기처럼요.

6

천사의 마음으로 바보처럼 살아라

운명을 바꾼 만남

대학 때 병리학을 공부하면서 병원에서 실습을 한 적이 있습니다. 그때 제일 중요한 것은 혈액을 채취할 바늘을 혈관에 주입하는 일이었습니다. 그런데 주삿바늘을 환자의 혈관에 꽂을 때면 묘하게 긴장이 되면서 설명하기 힘든 특별한 느낌이 전해져 왔습니다. 그 느낌의 정체는

'아! 이 사람은 병이 낫기 힘들겠구나.'

'이 사람은 운명적으로 어떻게 되겠다.'

'참으로 고단한 삶을 살게 되겠구나.'

'잘 낫겠다!'

'이 사람은 며칠 안으로 죽겠구나.'

하는 일종의 예감 같은 것이었습니다.

중환자실 환자들은 하루에도 여러 차례 혈액검사를 합니다. 그런데 아침에 분석을 의뢰했던 환자의 검체가 그날 오후나 다음 날에도 병리실에 올라오지 않으면, 대개 그 환사는 다른 병원으로 옮겼거나 사망했을 가능성이 큽니다. 하루는 제가 혈액을 채취하면서 불길한 예감이 강하게 들었던 환자 이름을 영안실 명단에서 목격하고 소름이 돋았던 기억이 납니다.

또 구급차가 위급한 환자를 싣고 와 응급실 앞에 멈추는 장면을 우연하게 보게 되면, 그 환자의 생사가 어떻게 될지 확연하게 와 닿는 경우도 있었습니다. 어떤 때는 채혈하려고 중환자실에 누워 있는 환자의 얼굴을 보는 순간 환자의 얼굴 위에 검은 띠를 두른 영정 사진이 겹쳐 보일 때도 있었는데, 그럴 때면 어김없이 그 환자는 죽음을 맞이했습니다.

이런 경험을 여러 차례 하면서, 리딩의 능력을 발견하기 전이었지만 저는 제가 사람의 운명에 대해 남다른 직감이 있다고 여기게 되었습니다. 하지만 그런 막연하고 은밀한 느낌을 실습 나온 친구나 주위 사람들에게 쉽게 말할 수는 없었습니다. 그럼에도 병원에서의 경험은 저에게 매우 특별한 의미로 다가왔습니다. 물론 그런 경험들이 전생 리딩 능력의 선조라는 사실을 그때는 전혀 몰랐습니다.

채혈 파트에서 실습하던 어느 날, 중환자실에서 채혈하라는 지시가 내려졌습니다. 중환자실은 원래 실습생이 가지 않는 곳인데, 채혈 파트 선생님은 직접 보면서 배우는 것도 중요하다면서 여러 학생 가운데 저를 데리고 중환자실로 갔습니다. 중환자실 문이 열리는 순간 제 눈앞에는 온몸에 붕대를 칭칭 감고 눈만 겨우 내놓은 상태로 링거 줄에 몸을 맡긴 환자들이 보였습니다. 동시에 고요하다 할 정도로 조용한 중환자실이었지만, 저에게는 고통으로 힘겨워하는 무거운 신음소리들이 마치 쓰나미처럼 휘몰아쳐 왔습니다. 순간 저도 모르게 터져 나오는 울음을 참지 못하고 그 자리에 서서 펑펑 울어버렸습니다. 중환자실을 나와서도 계속되는 알 수 없는 슬픔을 제어할 수 없었고, 오랜 시간 그렇게 바보처럼 혼자서 울고만 있었습니다. 지도 선생님은 저의 그런 모습에 무척 당황했고 엘리베이터를 타고서도 내내 울음을 멈추지 못하는 저에게 "사람들이 내가 너를 야단쳐서 우는 줄 알겠다"며 난처해하셨습니다.

지금 돌이켜보면 그때 제게 덮쳐오듯 밀려온, 보이지 않는 무거운 에너지들은 환자들이 겪고 있던 병의 원인이었던 것 같습니다. 또 환자들이 고통스럽게 병마와 싸우면서 힘들어하는 과정은 자신이 지은 부정적인 업業을 정화시키는 과정이라는 것도 알게 되었습니다. 그 당시 경험을 통해 저는 사람이 겪는 불행과 고통 속에는 그 사람의 부정적인 업을 정화하기 위한, 높은 차원의 질서에서 비롯된 신神의 목적이 숨어 있다는 것을 어렴풋하게나마 느꼈던 것 같습니다.

학교를 졸업하고 병원에서 몇 달 정도 근무하면서 병원 일이 저에게 맞지 않는다는 것을 느꼈습니다. 병리사로서 환자들의 혈액을 채취해 분석하는 일은 너무 소극적인 역할이라는 생각이 들었습니다. 저도 모르는 사이 마음 깊은 곳에서는 사람들에게 직접 다가가 도움을 주고 싶다는 생각이 커져갔습니다. 인간의 삶에 대해 더 근원적인 공부를 하고 싶다는 생각도 들었습니다. 어떤 사람은 건강하게 일생을 살아가는데, 왜 어떤 사람은 병으로 고통받아야 하며, 왜 그렇게 죽어가야 하는지에 대한, 근본적인 의문이 강해지기 시작했던 것입니다.

병원은 질병으로 인해 고통에 빠진 사람들이 오는 괴로움이 많은 장소입니다. 동시에 고통을 덜어주고 낫게 해주는 곳이기도 합니다. 저는 병원이 죽음을 가장 가까이에서 보고 느낄 수 있는 장소라는 사실을 절감했습니다. 병원에서 근무한 경험 덕에 삶과 죽음, 그리고 고통의 근본 원인이 무엇일까에 대한 진지한 관심에 눈을 뜬 것입니다. 그리고 제 삶의 모습을 송두리째 바꾼 스승 법운 최영식 선생님을 만나게 되었습니다.

신의 가면을 벗겨준 스승

제가 스승인 법운 최영식 선생님을 만난 것은 정말 우연이었습니다. 법운 선생님은 제가 뵙기 이전부터 사주명리학에 조예가 깊고, 최면술 방면에서 꽤 이름이 난 분이었습니다. 당시 저는 막연하게 사람마다 타고난 운명이 있고, 그 운명이 전생의 영향을 받는다는 사실에 호기심이 약간 있었습니다. 그러던 어느 날 친구를 따라 최면을 잘한다는 선생님을 반신반의하는 마음

93

으로 찾아갔습니다. 그런데 정작 저와 함께 간 친구는 최면에 잘 걸리지 않았고 무심코 따라간 제가 너무나 빨리 깊은 최면 상태에 빠져들었습니다.

첫 최면 상태에서 다른 차원의 세계를 넘나들면서 전생에 대한 정보를 많이 얻었습니다. 가장 기억에 남는 장면은 제가 어느 도서관에 들어갔을 때였습니다. 도서관은 높은 언덕에 위치해 있었는데 그 규모가 너무 크고 웅장해서 놀랐습니다. 도서관 안에는 방대한 서적이 책장에 가지런히 꽂혀 있었고, 저는 사다리를 타고 올라가 마음 가는 대로 책을 뽑아서 보기 시작했습니다. 그런데 어떤 책은 손에 잡으면 그냥 먼지처럼 사라져버리고, 어떤 책은 그 내용들이 순식간에 제 몸 안으로 쑥 빨려 들어왔습니다. 또 어떤 책은 제가 다가가기도 전에 공중에 떠서 먼저 다가오기도 했는데, 이런 장면들은 제가 앞으로 많은 사람들의 전생을 읽게 되리라는 것을 미리 보여준 듯합니다.

그렇게 영적 공간에 머물다가 깨어나는 순간 갑자기 몰려온 심한 어지럼증과 함께 한 가지 사실을 명확하게 알았습니다. 그것은 어린 시절 심한 병치레로 생사를 헤맬 때, 옆에서 계속 저를 지켜주던 검은 옷을 입고 있던 의문의 사람이 지금 저에게 최면을 유도하는 사람과 일치한다는 것이었습니다. 최면 전에는 전혀 떠오르지도 않았던 어릴 적 그 사람에 대한 느낌과 인상이, 바로 제 앞에 있는 법운 선생님의 모습과 일치한다는 것을 깨달았던 것이지요. 선생님은 나중에 이 일에 대해 이렇게 말씀하셨습니다.

"우연이란 없어. 우연이란 신이 쓰는 가면일 뿐이야. 우연은
필연이라는 호수에서 흘러내리는 실개천 같은 것이지. 우연이
주는 진정한 메시지를 알아내지 못하면 신이 주는 기회를 놓치
는 거야."

얼마 후 아버지께 선생님의 책을 들고 가 설명하면서 이런
공부를 하고 싶다고 말씀드렸습니다. 저를 물끄러미 바라보시
던 아버지는 "네가 잘 선택하고 결정했으면 열심히 해봐" 하시
며 의외로 쉽게 허락해주셨습니다. 허락해주셔서 안도했지만
한편으로는 지난 일들이 생각나면서 섭섭한 마음도 들었습니
다. 딸이 어렵고 낯선 길을 가려는데 어쩜 저리도 쉽게 생각하
실까, 오빠가 아버지에게 같은 이야기를 꺼냈다면 뭐라고 대답
하셨을까 하는 궁금증이 일면서, '나는 역시 이 집안에서 투명
인간이구나!' 하고 울적해지는 건 어쩔 수 없었습니다.

바보가 된 천사처럼

선생님은 제가 선생님의 연구소에 처음 찾아갔을 때 말은 안
했지만 저를 보고 많이 놀라셨다고 합니다. 자신보다 높은 영
적 능력을 타고난 저에 대한 질투심 때문이었다고 나중에 말씀
해주셨습니다. 제가 가진 후광이 두렵기까지 했다고 하셨습니
다. 처음 보는 순간부터 과거 생의 인연법에 따라 앞으로 자신
의 제자가 될 아이라는 것도, 그리고 동시에 자신의 스승이 될

아이라는 것도 함께 알았다고 합니다. 이 아이를 성장시키고 뒷바라지하는 역할로 이번 생을 살아야 한다는 사실을 영적인 감각으로 분명하게 느꼈다고 하셨습니다.

"천사의 마음으로 바보처럼 살아라."

처음 선생님이 저에게 하신 말씀입니다. 그때는 그 의미를 알 수 없었지만 시간이 지나면서 말뜻을 실감했습니다. 바보는 곧 천사입니다. 천사는 지상에 내려오면 바보로 살아가야 합니다. 세속의 이해관계에 무심해야 하고, 자신이 선택한 일의 득실을 따지지 않아야 하며, 묵묵히 앞만 보고 걸어가야 하기 때문입니다. 그런 사람만이 영적으로 바른 길을 갈 수 있고, 그 길에서 뜻을 이룰 수 있다고 하셨습니다.

선생님은 저의 예지력이 발전을 거듭해 당신 스스로 믿을 수 있을 때까지 여러 가지 방식으로 혹독하게 훈련을 시켰습니다. 선생님 댁은 저의 집과 반대 방향에 있었습니다. 일과가 끝나면 대개 밤 10시가 넘는데 연구소에서 나와 저를 차에 태우고 중간 지점에 내려놓고 가셨습니다. 그런데 늘 저를 내려주시는 장소가 문제였습니다. 위로는 고속도로로 빠져나가는 고가도로가 있고, 아래로는 큰 도로들이 교차하고 있어 한밤중에는 사건사고가 끊이지 않는 위험한 곳이었습니다.

주위에는 으슥한 기운이 느껴지는 비어 있는 창고도 많아서 낮에도 사람들의 통행이 거의 없는 우범지대였습니다. 그런 곳에, 그것도 한밤중에 세상물정도 잘 모르는 나이 어린 제자를 내려놓고 선생님은 뒤도 돌아보지 않고 집으로 가셨습니다. 그런 날들이 석 달 가까이 계속되더니, 어느 날 선생님은 저를 보고 "이제 되었다"는 뜻 모를 말씀을 하셨고 그때부터는 집까지 데려다 주셨습니다.

한참이 지나 알게 되었는데 선생님은 저를 그곳에 내려놓고 어둠 속에 숨어서 지켜보시다가 제가 택시를 잡아타고 무사히 그곳을 빠져나가는 걸 확인한 뒤에 집으로 가셨다고 했습니다. 그때 컴컴한 어둠 속에 서 있는 제 주위의 공간에서 '아우라' 같은 빛을 봤다고 하셨고, 그래서 정말 어떤 높은 영적 존재가 저 아이를 보호하고 있다면 분명 저 아이를 지켜주겠지 하는 믿음을 가지고 그 상황을 지켜보았다고 나중에 말해주었습니다. 그것은 선생님이 가진 특별한 영적 시각에서 가능한 일이었습니다.

선생님은 보통 사람은 상상할 수 없을 정도로 강한 독기와 살기가 있는 분입니다. 저를 수련시키는 과정에서 한 번씩 뿜어내는 그 살기는 저를 죽일 듯 숨 막히게 했고, 영적인 훈련을 위해 닦달하고 다그칠 때에는 선생님의 얼굴이 악마의 모습처럼 보일 때도 있었습니다. 선생님의 이런 면모에는 과거 생과 연결된 어쩔 수 없는 사나운 업력도 개입되어 있지만, 저를 만날 때까지 겪어온 이 생에서의 삶의 경험이 참으로 힘들고 괴로워서입니다.

심지어 고통을 잊기 위해 방어기전defense mechanism이 지나치게 활성화되면서 에너지가 고갈되는 '해리성 기억 상실증'(표면의식이 가진 여러 개의 단계에서 어느 한 부분이 자동으로 폐쇄되는 질환)으로 고생한 적도 있었습니다. 그러나 지난 시간의 고통스러웠던 경험들이 오히려 선생님에게는 영적인 공부를 하면서 맞닥뜨릴 수 있는 고단함과 어려움을 헤쳐 나가는 데 긍정적인 에너지가 되었습니다. 고통과 어려움이 굳건한 담력을 갖게 해 주었고 영적인 현상에 대한 인내심도 키워주었다는 것입니다.

나중에 리딩으로 알게 된 선생님과 제 전생 인연은 참으로 다양했습니다. 저와 선생님은 아주 많은 생에서 여러 번의 인연이 있었습니다. 과거 생에서 제가 선생님의 어머니였던 적도 있었고, 또 어떤 생에서는 딸로 살았던 삶도 있었습니다. 또 다른 전생에서는 지금처럼 스승과 제자의 인연으로 살았던 삶도 있었습니다. 그런 흐름 속에서 과거 생의 부족했던 기도와 학문을 연마하기 위해 선생님을 스승으로 다시 만난 것이지요.

선생님의 이력은 참으로 특이합니다. 비교적 유복한 가정에서 장남으로 태어났지만, 중학교 3학년 때 어머니께서 병으로 돌아가셨습니다. 오랫동안 결핵을 앓으셨던 어머니는 큰아들이었던 선생님을 너무 사랑하셨습니다. 그래서 항상 가까이에서 아들을 지켜보고 싶어 늘 자신의 곁에서 잠들게 했는데, 방을 함께 쓰는 바람에 어머니는 그렇게 사랑하던 아들에게 결핵이라는 유산을 남기고 돌아가셨습니다.

선생님은 자라면서 지병 때문에 고생이 많으셨는데, 고등학교 3학년 때는 합병증인 늑막염과 장티푸스를 함께 앓는 바람에 의사로부터 석 달을 넘기기 힘들다는 시한부 판정까지 받았다고 합니다. 그러나 남다른 투병 의지로 기적처럼 생사의 고비를 넘겼지만, 대학 때 다시 병이 악화되어 마산 결핵요양소에 장기간 입원하게 되었습니다. 그때 자신도 죽음의 문턱에 처해 있으면서, 함께 투병했던 동료들이 하나씩 죽어가는 모습을 보며 인생의 허무함을 절실하게 깨달았다고 하셨습니다. 입원 중에 선생님은 몇 차례나 임사체험을 경험했다고 합니다. 가까스로 건강을 회복해 결혼하고 가정도 꾸렸지만, 이혼으로 혼자가 되신 후로 선생님은 영적 세계를 탐구하며 오랜 시간을 보내다가 부산 백양산 자락의 초읍동에 자리를 잡고 이번 삶에서 맡은 영적인 일을 하기 위해 저를 기다렸다고 하셨습니다.

칠십이 다 되도록 온갖 우여곡절을 겪으면서도 꿋꿋하게 보이지 않는 세계만을 탐구하며 살아온 분도 드물 것입니다. 혼자만의 정신세계에 오랫동안 집중해온 탓에 다른 사람들로부터 이상하다고 오해를 받는 일도 많았습니다. 그러나 저에게 선생님은 제 능력을 발견하고, 어려움으로 점철된 영적인 길을 묵묵히 걸어갈 수 있도록 저를 보호해준 고마운 분입니다.

나도 몰랐던 능력과의 만남

선생님과 저는 모두 부산에서 태어났습니다. 1998년에 맺은 인연은 선생님이 운영하시던 연구소 일을 돕는 것에서부터 시

99

작되었습니다. 사주명리학에 조예가 깊은 선생님은 운명 상담과 최면술 치유를 동시에 하셨습니다. 명성이 대단해서 최면으로 전생을 알고 싶어 하는 많은 사람들이 연구소를 방문했습니다. 수개월 전에 예약한 사람들이 날마다 순서를 정해 연구소를 찾아올 정도였습니다. 또 그때는 같이 온 가족이나 지인들이 대기실에 설치된 TV 모니터를 통해 최면실의 모습을 녹화할 수 있도록 해주었습니다.

그런 어느 날, 저는 평소처럼 무심하게 TV 화면으로 최면이 진행되는 과정을 보고 있었습니다. 그런데 그날따라 갑작스럽게 그 과정이 답답하게 느껴지기 시작했습니다. 나중에 곰곰이 그 이유를 생각해보니 저는 최면에 들어간 피시술자의 전생을 이미 보고 있었던 것입니다. 최면에 들어간 피시술자는 자신이 어떤 상태에 있는지 정확하게 파악하지 못해서 말로 표현할 수 없었던 것인데, 부지불식간에 먼저 전생을 알아버린 저는 최면의 느린 진행에 답답함을 느끼고 있었습니다.

그날 최면을 통해 전생 퇴행이 막 이루어지던 순간부터 저는 내담자가 맨발에 속옷 차림만 하고 산길을 달려가고 있는 장면이 보이기 시작했습니다. 그런데 정작 최면에 들어간 여성 내담자는 선생님이 아무리 암시를 주어도 아무 말도 하지 않았습니다. 저는 마음속으로 '아니 속옷을 입고 산길을 달려가고 있는데, 왜 얘기를 안 하지? 아, 답답해' 하고 있었습니다. 선생님도 내담자에게 "어떤 장면이 보입니까? 지금 어떤 상태입니까?"라고 물었는데도 그녀는 계속 아무 대답을 하지 않았습니다.

저는 또다시 마음속으로 '지금 저런 장면들이 보이는데 왜 말을 안 하고 있지?'라고 생각했습니다. 그리고 얼마의 시간이 지난 뒤 내담자는 그제야 자신의 이야기를 시작했습니다.

"…… 속옷을 입고 있습니다. 그리고…… 맨발이고…… 산 길을…… 진흙길을 막 가고 있는 것 같습니다. 그런데 확실 하게 보이지는 않아요. 그냥 제 느낌으로 가고 있는 것 같아 요……."

그렇게 30분 정도의 시간을 끌고 나서야 내담자는 자신이 보고 있는 장면을 겨우 이야기했습니다. 하지만 제가 내담자의 전생을 보고 알게 된 것보다 훨씬 더 많은 시간이 걸렸습니다.

제가 본 그 사람의 전생은 다음과 같이 전개되었습니다.

비가 억수같이 쏟아지는 어느 여름날 저녁 무렵, 그녀가 살 던 마을 뒷산 저수지 둑이 산으로부터 밀려드는 강한 물줄기들 을 감당하지 못하고 무너져 터져버렸습니다. 순식간에 온 마을 이 흙탕물이 된 급류에 잠겨버렸습니다. 그때 저수지 옆 밭에 일하러 나간 남편이 염려된 그녀는 맨발에 속옷 차림으로 허겁 지겁 산길을 달려갑니다. 그러나 남편은 이미 급류에 떠내려가 고 있었습니다. 그녀는 남편을 보고는 무작정 물속에 뛰어들었 습니다. 허우적대다가 간신히 남편의 손을 잡았지만 거친 물살 을 헤어 나오지 못하고 두 사람은 서로 꼭 끌어안은 채 생을 마 쳤습니다.

그녀는 평소에도 부엌에서 수돗물 소리가 나면 이유도 없이 찾아오는 공포감 때문에 안절부절못했습니다. 선생님을 찾아온 것도 그 이유를 알고 싶어서였습니다. 그렇지만 그날 그녀는 더 깊은 최면 상태로는 들어가지 못했고, 제가 알게 된 전체 장면들을 보지 못했습니다. 제가 본 장면들은 그녀의 현재 의식에서 차마 마주하기 힘들 정도로 두려운 것이었기 때문입니다. 내담자의 영적 자아가 그녀가 직면하기 힘든 과거 생의 장면들을 피하게 만들었던 것입니다.

전생 퇴행이 끝나고 난 후 저는 선생님께 여쭈었습니다.

"선생님, 저 사람이 퇴행 중에 어떤 상태이고 무엇을 경험하는지 저에게는 환하게 보이는데 왜 당사자는 말을 시원스럽게 안 할까요?"

선생님은 최면에 들어가는 사람의 상태가 저마다 달라서 의식이 변형될 정도의 깊은 최면에 들어가는 경우는 많지 않다고 했습니다. 제가 본 내담자의 전생 이야기를 해드렸더니, 선생님도 놀라면서 과거 생의 트라우마가 깊으면 영적 자아가 방어기전을 형성해 더 이상 최면이 진행되지 않을 때가 많다고 말씀하셨습니다. 그런데 이런 일이 반복되면서 저와 선생님은 제가 다른 사람의 전생을 볼 수 있음을 점점 더 분명하게 알게 되었습니다.

그렇게 우연히 저의 재능을 발견하면서 선생님과의 공부가 본격적으로 시작되었습니다. 하지만 정작 선생님은 저에게 무엇을 어떻게 하라고 알려주지 않았습니다. 언제 오고 가라는 말조차 없었습니다. 제가 경험했던 영적인 현상들이 왜 그리고 어떻게 일어나는지에 대해서도 자세하게 설명해주지 않았습니다. 저는 선생님의 말을 좇아 그저 진리를 구하기 위해 산중 도인을 찾아가 밑바닥부터 수련하는 사람처럼 청소, 손님 차 대접을 비롯해 사소한 일들을 하면서 시간을 보냈습니다.

그리고 이런 일들이 이 분야에서 공부하기 위한 기초적인 규칙이라고 굳게 믿으면서 하루하루 인내심으로 견뎌나갔습니다. 오히려 '버텼다'라는 표현이 더 맞을 것 같습니다. 실제로 매일매일 저에게 주어진 일과가 너무 힘들었지만, 그것들을 인내해야 했습니다. 그렇게 인내할 수 있었던 가장 큰 이유 중 하나는 연구소에 찾아오는 사람들의 다양하고도 놀라운 사연들에 강한 호기심을 느꼈기 때문이었습니다.

그때 연구소를 방문한 사람 가운데는 산중 깊은 암자에서 18년 동안 염불만 하던 스님이 있었습니다. 그런데 기도가 깊어지던 어느 날, 갑자기 스님은 자신의 정체성을 잃어버리게 되었습니다. 자신에게 밀려드는 알 수 없는 고통과 혼란스러움에 당황하다가 그 원인을 알고자 상담하러 오셨습니다. 선생님은 깊은 명상에 들어가 그 원인을 찾아냈는데, 같은 산속에서 기도하다가 죽은 한 비구니의 혼이 빙의령으로 와 있다고 했습니다. 또 그 비구니는 으슥한 산길에서 괴한에게 강간을 당하고 살해되었다고 했습니다. 그런데 상담 중에 스님은 괴성에 가까운 비명을 내지르고 이상한 행동을 보여 어린 나이의 저는 그런 모습들이 너무 무섭고 두려웠습니다.

그 장면이 너무나 끔찍스러워 '정말 내가 이 공부를 할 수 있을까?' 하는 깊은 의구심이 들 정도였습니다. 그러나 이런 종류의 이해하기 힘든 기묘한 현상들을 날마다 접하면서 영적 현상에 대한 이해의 폭이 조금씩 넓어졌고, 인내심도 더 자라났습니다. 이렇게 선생님의 상담과 최면을 매일매일 옆에서 지켜보고 도우면서 혼란스러웠던 마음도 정리하고, 많은 것들을 배워나갈 수 있었습니다.

제가 선생님의 도움으로 타인의 전생을 보기 시작했을 무렵 겪었던, 아직도 생생하게 기억나는 일이 있습니다. 어느 임산부와 태어날 아이의 전생 인연을 살피던 중이었는데, 리딩은 출산할 때 태아가 거꾸로 나올 수 있으니 평소 아이와 교감하는 시간을 많이 가지라고 말해주었습니다. 실제로 산모는 태아의 위치가 뒤집혔다는 것을 나중에 병원에서 알게 되었습니다. 그렇지만 평소 태아와 소통하려고 노력한 것이 효과가 있었는지 제왕절개를 하지 않고 무사히 아이를 출산했다는 기쁜 소식을 전해왔습니다. 이 사례는 제가 리딩으로 남을 도울 수 있다는 것을 분명하게 느끼게 해주었고, 그래서 리딩의 가치를 스스로 더 긍정적으로 받아들이는 좋은 계기가 되었습니다.

많은 사람의 전생을 리딩하기 시작하면서 저는 삶의 소중한 진실들을 알게 되었고, 제 과거도 더 잘 이해하게 되었습니다.

특히 선생님을 포함해 영적인 계통에 몸담고 있는 사람이나 종교 수행자들의 대부분은 혈연과 같은 세속적 인연이 상대적으로 약할 수밖에 없다는 사실을 인식했습니다. 그래서일까요. 영적인 삶을 선택한 사람들은 인연이 담백하고 자성自省이 강해야 합니다. 그 이유는 인연이 복잡할수록 자성은 약해지지만 자성이 강해지면 자연스럽게 인연이 단순해지기 때문입니다. 그래서인지 저는 부모님이나 가족과 맺는 인연이 다른 사람들에 비해 강하지 않았습니다. 아주 어릴 때부터 성장기 전체를 지배해온 '나는 혼자다'라는 인식도 거기에서 유래한 게 아닌가 생각합니다.

나의 전생, 나의 임무

많은 사람이 저에게서 자신의 전생 이야기를 듣고 갑니다만, 그중에 적지 않은 분들이 제 전생을 궁금해합니다. 또래 여성들과는 전혀 다른 삶을 살고 있는 제가 '도대체 왜?' 이런 일을 하는지 의문이 드는 모양입니다. 앞서 밝힌 것처럼 법운 선생님을 만나 최면에 들어갔을 적에 저는 제 여러 전생들을 보았습니다.

그때 제가 본 대표적인 전생은 영국에서 비참하고 애달픈 삶을 살았던 여왕의 삶이었습니다. 포위하듯 주위를 둘러싼 막강한 영주들의 세력에 밀려 여왕은 힘을 쓰지 못했습니다. 비 오는 날 밤, 말을 타고 거리를 헤매기도 하고, 신하들의 반대로 일이 뜻대로 풀리지 않을 때는 분노를 삭이지 못하고 외곽의 성으로 도망가버리기도 했습니다. 가장 기억에 남는 것은 성당에서 눈물을 흘리며 참회의 기도를 하는 장면이었습니다. 스테인드글라스로 장식된 성당 안에서 눈물과 함께 '저의 죄를 사하여주십시오'라고 기도하며 굳은 약속을 합니다. 이번 생에도 평생 참회하고 다음 생에도 참회를 거듭하겠다고 말이지요. 나라 안팎이 혼란스럽고 모든 일이 뜻대로 되지 않는 상황이 저의 죄로 인해 하느님의 심판을 받는 것이라 생각했기 때문입니다.

그 생은 실제로 여왕에게는 왕국을 위한 참회의 시간이었습니다. 백성들의 회개를 도와주기 위해 왔다는 것을 알았기에, 그렇게 밤낮으로 기도를 했던 것입니다. 백성들을 위해 참회기도를 함으로써 저 자신도 깊어지고 완성된다는 영적 사명이 있었음을 여왕은 무의식적으로 알고 있었던 것 같았습니다. 그러나 한편으로 그 여왕에게는 현실적인 곤경에도 불구하고 자신만만하고 교만한 마음이 있었습니다. 그런 전생의 교만을 교정하기 위해서 저는 현생에 사회적으로 가장 인정받지 못하는 낮은 곳에 와 있다고 할 수 있습니다. 그 당시에도 지금 제가 하는, 보이지 않는 차원과 관계되는 일은 천민의 직업이었으니까요.

제가 여왕으로 살았던 전생에서는 이해관계가 맞지 않는 주위의 영주들로부터 독살의 위협이 많았습니다. 그래서 어쩔 수 없는 죽음의 두려움 앞에서 불면의 밤을 보낼 때, 음모 세력의 지시를 받은 시종이 가져다주는 술잔의 가장자리에 묻은 독이 조금씩 몸을 잠식해갈 때, 그 괴로움과 고통에서 벗어나고픈 강한 열망으로 몸과 마음을 분리시키는 데 혼신의 노력을 다했습니다. 그때 불가피하게 익혔던 유체이탈의 능력이 현재의 영적 소명과 재능을 발견하는 중요한 밑거름이 되었다고 할 수 있습니다.

법운 선생님을 만나 전생 퇴행 최면으로 제 전생을 보는 체험을 마친 후, 친구와 커피를 마시면서 그 일을 이야기했습니다. 저와 함께 갔던 친구는 그날 제가 본 전생에서 여왕의 시녀로 나왔는데 평소 자존심이 강했던 터라 처음에는 제 얘기를 듣고 무슨 말이냐며 불쾌한 표정을 지었습니다. 미안해진 제가 전생은 전생일 뿐이라며 웃음을 보이자 친구는 굳은 표정을 풀고 놀라운 이야기를 해주었습니다.

"실은 나 예전에 네가 말한 그 장면 본 적 있어!"

고등학교 시절 최면요법이 매스컴을 타기 시작했을 때, 자기 반 친구 한 명이 최면 유도 문구가 녹음된 테이프를 학교에 가져온 적이 있었다고 합니다. 호기심이 강했던 몇몇 친구가 방과 후 교실에서 그 테이프를 들었답니다. 대부분 최면에 들어가지 못하고 머리만 띵하고 아팠다는데, 친구는 최면 유도 멘트가 끝나는 순간 머리에 흰 두건을 쓰고 하얀 앞치마를 두른 하녀 복장을 한 자신의 모습을 봤다고 했습니다. 또 머리에 관을 쓰고 높은 자리에 앉아 있는 저를 보았지만, 그 순간 자존심이 너무 상해 그 장면들을 무시하고 아무 말도 하지 않았다고

107

했습니다.

한번은 제가 또 다른 친구를 상대로 직접 최면을 유도한 적이 있었습니다. 제가 무엇을 공부하는지도 잘 모르던 그 친구는 마침 매스컴에서 최면에 대한 기사나 보도가 많이 나오자 자신의 전생을 궁금해했고, 저 역시 다른 사람에게 시험해보고 싶다는 마음에 최면을 유도했습니다. 의외로 친구는 깊은 최면에 쉽게 들어갔습니다. 당시 친구는 짝사랑하던 남자와의 인연을 알고 싶어 했습니다. 그래서 최면 유도는 친구가 짝사랑하는 남자와 인연을 맺었던 과거 생을 보는 것으로 시작되었습니다.

최면에 들어간 친구는 영국에서의 삶을 떠올렸습니다. 그 생에서도 친구는 여성이었고, 현생에 짝사랑하는 남자는 그 생에서도 짝사랑하던 상대였습니다. 그러던 중에 갑자기 친구가 말했습니다.

"어! 네가 있어. 높은 곳인데…… 상당히 높은 사람이야!"

친구는 짝사랑하던 상대가 오랜 해외여행을 끝내고 참석한 축하파티 장면이 보인다고 했습니다. 그곳에서 저는 머리에 관을 쓴 여왕의 모습으로 있더라는 겁니다.

그 밖에도 다른 사람들이 최면 상태에서 간혹 저의 여러 과거 생을 떠올리고 말해주기도 합니다. 그중에 저에 대해 아무것도 모르는 생면부지 사람들이 최면 상태에서 머리에 관을 쓴 높은 신분의 여인으로 저를 묘사할 때는 기분이 묘해지곤 합니다. 어쨌든 지금 제가 하고 있는 전생 리딩 작업이나 저 자신이 겪고 있는 여러 일이 과거 생의 높은 지위와 현생에서의 낮은 지위와 맞물려 어떤 영적 균형을 이루고 있다는 느낌이 들 때마다 카르마의 법칙이 보여주는 절묘함에 감탄하지 않을 수 없습니다.

내담자들 중에도 저를 만나고 난 뒤 혹은 만나기 전 꿈에서 저의 전생을 보았다는 분들이 간혹 있습니다. 전생 상담을 하고 간 어느 여성 한의사 한 분은 다음 날 갑자기 전화를 해서 어젯밤 꿈에 저를 보았다고 했습니다. 꿈에서 저는 조선시대 젊은 무당이었는데, 관아의 높은 사람들이 저를 괴롭히는 바람에 나무에 목을 매 죽었다는 얘기를 조심스럽게 전해주기도 했습니다.

어떤 분은 저를 만나기 전날 밤 꿈을 꾸었는데, 연꽃 밭에서 놀고 있는 동자승을 만났다고 얘기한 적도 있습니다. 그리고 꿈에서 본 동자승과 제가 꼭 닮았다고 했습니다. 제가 상담할 때 앉아 있던 의자 뒤에 연꽃 그림으로 가득한 여덟 폭 병풍이 있었는데, 꿈에서 본 연꽃 밭과 병풍의 그림이 같다면서 무척이나 신기해했습니다. 이 두 분은 마음공부를 많이 해서 영적으로 맑은 편이었고, 평소에도 앞날을 예견하는 예지몽을 꾸는 일이 많았다는 공통점이 있었습니다.

또 과거 생에 저와 인연이 있던 사람들이 내남사로 저를 찾아오기도 합니다. 초창기에는 그런 사람을 만나면 오히려 제가 당황해 리딩에서 인연이 있는 장면들을 놓치기도 했습니다. 내담자의 전생에서 제가 보조적인 역할을 했을 때도 있고, 어떤 때는 제가 중요한 역할을 맡을 때도 있었습니다. 그런 때는 가

109

급적 리딩의 큰 틀을 놓치지 않는 범위 안에서 마무리하려고 노력합니다. 그리고 내담자에게 밝히지는 않지만 어떤 사람을 만나면 설렐 때도 있었고, 어떤 때는 슬퍼서 눈물을 흘릴 때도 있었습니다. 그러나 지금은 어떤 인연을 만나도 그냥 마음속으로 스쳐 보낼 뿐 감상에 젖지 않도록 노력합니다.

내 가족의 전생

전생 리딩을 하면서 알게 된 제 가족과의 인연도 흥미롭습니다. 현생에서 아버지와 오빠는 사이가 좋지 않은 편입니다. 두 사람은 서로 이해하지 못하고 갈등하는 일이 많았습니다. 그 바탕에 그전 삶의 카르마적 원인이 작용하고 있음을 전생 리딩을 하면서 알게 되었습니다.

조선 후기 땅을 좀 가진 나이 많은 농부가 있었습니다. 그분이 현생에서 저의 아버지입니다. 노인은 어떤 영문인지 늘 밥을 굶으며 건넌방 작은 마루에 쪼그리고 앉아 있습니다. 그때 어느 여인이 부엌에서 나오는데, 그녀는 노인의 재취 부인이었습니다. 이 여인이 현생의 제 어머니입니다. 그녀는 노인을 돌본다는 명분으로 시집을 왔기 때문에 남이 볼 때는 상냥하게 굴었지만, 실제로는 노인을 무시하면서 밥도 잘 챙겨주지 않았습니다. 그녀는 전남편과의 사이에서 태어난 어린 아들을 데리고 들어와 함께 살았는데, 그 아들이 현생의 저였습니다. 노인은 아내가 일찍 죽고 하나 있던 딸마저 시집가고 나서는 홀로 살아왔는데, 여자는 노인이 가진 땅을 보고 시집을 왔던 것이지요.

여인에게는 예전부터 알고 지내던 애인이 있었는데, 젊고 건장하게 생긴 보부상이었습니다. 그 남자가 현생에서는 저의 오빠로 태어났습니다. 두 사람의 관계는 그녀가 노인의 집에 들어온 후에도 이어졌습니다. 결국 그 집 주인이었던 노인은 그녀가 돌보지 않아 굶어 죽고 맙니다. 리딩은 노인과 여인이 그때 생에서의 부족한 역할을 채우고 잘못된 카르마를 반성하기 위해 현생에서 부부로 다시 만났다는 점을 보여주었습니다. 서로가 카르마적으로 해결할 역할에 의미를 두고 살아야 한다는 교훈을 담고 있는 과거 생의 인연이라 할 수 있습니다.

현생에서 제 아버지는 부모로부터 물려받은 재산이 많아 평생 직업에 얽매이지 않고 여행을 즐기며 유유자적 살았습니다. 그런데 역시 어렵지 않은 성장기를 보낸 어머니는 이상스럽게도 아버지와 결혼하면서부터 30년 동안 하루도 빠짐없이 끼니마다 반찬을 달리해서 밥상을 차렸습니다.

저는 어머니의 수고로움과 희생을 어릴 때부터 지켜보며 자랐습니다. 아버지가 평소 유난히 맛있는 음식에 집착하는 성향과 미식가가 된 이유를 전생 리딩을 통해 이해하게 되었습니다. 그렇지만 저와 형제들은 어릴 때부터 늘 집에서만 식사하시는 아버지 때문에 불만이 많았습니다. 외식도 가끔 하고 싶었는데 그럴 기회가 많지 않았기 때문입니다.

이번 생에서 30년 동안 삼시세끼를 차려드린 덕에 어머니는

111

그때 지은 영적 채무를 다 갚았습니다. 그래서 지금은 아버지의 식사에 크게 신경 쓰지 않아도 될 정도로 여유가 생겼습니다. 특이한 것은 어떤 합의가 있었던 것은 아니었지만, 카르마가 해소되는 시점부터는 어머니가 집에 안 계셔도 식사 때가 되면 묘하게도 아버지가 알아서 챙겨 드신다는 사실입니다. 그러니 두 분이 같이 사신 30년 동안 어머니는 자신의 역할에 최선을 다한 셈이고, 그 노력으로 카르마의 멍에가 다 풀렸다고 할 수 있습니다. 어머니의 경우는 과거 생에서부터 주어진 숙제를 잘 해결한 것이지요.

그 생에서 유래한 또 다른 결과로 어머니는 오빠를 끔찍하게도 아낍니다. 과거 생에서 내연관계였던 어머니와 오빠는 이번 생에서 비록 모자지간의 인연으로 만났지만, 그때 생에서의 영적 기억 때문에 오빠가 결혼하면 어머니의 질투가 심해질 수도 있습니다. 아들에 대한 애착은 이번 생에서 풀어야 할 어머니의 마지막 숙제입니다. 현생에서의 모자관계가 전생의 연인이나 부부의 연에서 비롯되었을 경우, 그때의 영적 기억으로 인해 아들이 결혼하면 고부갈등으로 이어질 가능성이 큽니다.

제 부모님의 사례는 현생에 경험하는 여러 가지 일이 과거생에 영혼이 겪은 일들로부터 간접적으로 영향을 받는다는 점을 잘 보여줍니다. 제 가족의 인연법으로 인해 부정적이든, 긍정적이든 생과 생 사이의 경험에는 우리가 가진 카르마의 균형을 맞추려는 신의 절묘한 뜻이 숨겨져 있음을 저 역시 절실하게 느낄 수 있었습니다.

처음에는 리딩에서 보이는 대로 내담자의 전생을 선생님에게 전달만 했습니다. 그러면 선생님께서 그분이 전생과 현생의 연결점과 교훈을 큰 틀에서 이해하기 쉽도록 정리해주셨습니다. 당시 저는 '내가 하는 얘기가 과연 맞는 걸까. 진실한 걸까? 찾아온 분들에게 도움이 되는 정보일까?' 하는 생각을 멈출 수가 없었습니다. 또 제가 모르는 누군가에게 평가받는 게 두렵기도 했습니다. 솔직히 말해서 그 당시에는 이 일을 직업 삼아 살아갈 수 있을지 자신이 없었습니다.

　선생님 곁에서 돕는 건 할 수 있지만, 전면에 나서 리딩을 감당할 용기가 나지 않았습니다. 특히나 리딩을 객관적인 기준으로 검증할 수 없는 탓에 평가나 비판에 대한 막연한 불안감이 저를 힘들게 했습니다. 다행히 지금은 오랫동안 경험이 쌓여 저 스스로도 리딩에 대해 훨씬 더 굳건한 믿음을 가지게 되었습니다. 그리고 그 덕분에 내담자들에게 흔들림 없이 전생의 내용과 그 전체적인 의미를 해석해주고 있습니다.

　이 과정에서 리딩 내용을 들은 내담자들이 눈물을 흘리며 자신이 치한 어려운 상황과 함께 주변 사람들을 이해하고 받아들이게 되는 것을 보고 큰 힘을 얻었습니다. 또 내담자들이 제 조언이 이후의 삶을 꾸리는 데 결정적인 도움을 주었다는 감

113

사 인사를 해오면, '아! 나의 리딩이 사람들에게 도움이 되는구나!'라는 생각과 함께 회의적이었던 제 마음이 점점 믿음으로 변화되었습니다.

그러면서 저에게도 변화가 일어나기 시작했습니다. 상담을 받은 사람의 마음이 치유되고, 내담자가 전해주는 치유의 얘기를 들으면서 '아, 그래서 그렇구나' 하는 영적 통찰과 함께 저 또한 영혼의 깊은 위로를 받게 되었습니다. 리딩을 하면서 도리어 제 마음도 함께 치유가 된 셈입니다.

상담을 원하는 사람들은 삶의 경험도, 사는 환경도 제각각입니다. 저마다 개성이 있고 고민도 있고 자부심도 있습니다. 그런데 그들의 현재 삶을 전생과 연관시켜 설명하면 현재의 고민이나 특성, 개성 같은 것들이 더 큰 차원에서 일관성 있게 설명되는 것을 거듭 확인할 수 있었습니다. 제 얘기를 듣고 내담자들이 더 큰 차원에서 삶의 균형과 의미를 찾아가는 것이 분명하게 보였습니다. 이렇게 리딩의 내용이 내담자들의 삶을 실제로 변화시키는 것을 저 자신이 오랫동안 목격하면서 전생 리딩이 확인시켜주는 섭리와 인연법에 대한 믿음 역시 확고해졌습니다. 그렇지만 이런 변화가 있기 위해서는 내담자의 태도가 무엇보다 중요하다는 점도 알게 되었습니다.

한편 기도나 리딩을 하다 보면 여러 메시지가 찾아옵니다. 그런데 그것을 아무런 조심성 없이 맹종하는 사람이 있습니다. 평범한 사람도 기도를 많이 하는 분들 중에는 내일 생길 일을 예견하게 되는 경우가 더러 있습니다. 이렇게 미래를 보게 되면 자신의 예언이 맞는 일도 생기는데 이를 마냥 신기해하고 재밌어합니다. 문제는 기도할 때마다 예언적 메시지를 보기를 바라고, 또 보이는 것을 있는 그대로 믿고 맹신하기 시작하면서 생깁니다. 그러면 그 예견 능력이 점점 마魔로 자라나 참된 마음공부를 방해하는 가장 큰 적이 되기 십상입니다.

무엇이 보이거나 느껴지거든 알아차리고도 바로 버려야 합니다. 어떤 장면이나 메시지가 나타나면 보는 순간 그냥 '아, 그렇구나' 하고 버리고, 또 나타나도 '그렇구나' 하고 바로 흘려보내는 공부를 해야 합니다. 자꾸 의미를 두면 그게 큰 마장魔障(귀신의 장난이라는 뜻으로 일의 진행에 나타나는 뜻밖의 방해를 이르는 말)이 됩니다. 거기에 갇히게 되는 겁니다. 그때부터는 더 이상 발전도 없고 그 속에서 맴돌게 됩니다.

백화점에서 비싸고 좋은 물건을 그냥 준다고 생각해보십시오. 처음에는 주춤거리며 망설이다가도 정말로 가져가도 된다고 하면, '나하고는 아무 상관 없는 물건이니 저는 아니에요'라고 할 사람이 그리 많지 않을 겁니다. 그런데 언젠가는 그 대가를 지불해야 하며, 그런 일에 익숙해지다 보면 결국 실명하고 망가지는 건 자신뿐입니다. 수행하는 분들이 상담을 요청하면 이런 얘기를 많이 해드립니다. 스스로의 기도가 가장 중요하기 때문에 기도를 많이 권합니다만, 때로 기도를 하다 보면 어느 순간 이런 유혹이 오기 때문에 이를 잘 이겨내야 더 깊이 발전

할 수 있다고요. 오랫동안 다른 사람들의 전생을 읽어온 저 역시 누구보다 그 경계를 벗어나지 않기 위해 노력하고 있습니다.

이미 온 미륵불을 못 알아보고

리딩할 때마다 몰려오는 긴장감은 여전히 말로 표현할 수 없을 정도로 큽니다. 그래도 이번 생의 영적 사명인 리딩에 최선을 다하기 위해 날마다 해온 기도를 멈출 수 없습니다. 매일 힘겨운 기도를 해야, 저 자신이 정화되고 다음 날 리딩을 할 수 있는 새로운 힘이 주어집니다.

하루에 참회의 절을 천 배씩, 3년 동안 계속해 백만 배를 마치던 날 밤이었습니다. 당시에는 거처하는 곳을 깨끗이 청소하고 절 수행을 했는데, 어떤 때는 서울연구소 가까이 있는 조계사 법당에서, 또 다른 때는 산수가 수려한 부산의 백양산 바위 밑에서 하기도 했습니다. 백만 배를 마친 날 선생님의 연구소 뒤에 있는 백양산에 올라가 회향을 위한 정리를 하고 돌아오는 산길에서 미륵 반가사유상을 만났습니다. 그날 밤 유난히 달빛이 좋아 나뭇가지의 잎들이 주변 바위에 그림자 꽃을 피웠는데, 달빛으로 생긴 나뭇잎 그림자가 바위에 반가사유상을 만들어 선명하게 모습을 드러냈던 것이지요. 그 자리를 떠나지 못하고 넋을 잃고 한참을 바라보았습니다. 혹시나 잘못 본 것은 아닐까 하고 옆에서, 밑에서 한참을 보았지만 어느 각도에서도 부처님은 그 자리에 계셨습니다.

문득 마음 깊은 곳에서 '처처불상 사사불공處處佛像 事事佛供'이라는 구절이 떠오르면서, '이미 미륵불은 이 세상에 와 있는데 오직 니희가 볼 줄 모르고 알지 못하는구나' 하는 소리가 울렸습니다. 순간 눈물이 쏟아졌습니다. 평생 울어야 할 몫을 그날 밤 다 울어버린 것 같았습니다. 그날 일은 제게 무척이나 신비로운 경험이었고, 리딩으로 타인의 인생에 도움을 주겠다는 소명에 더욱 깊은 믿음을 갖게 하는 커다란 동기 부여의 계기가 되었습니다.

지난 15년 동안 많은 사람의 전생을 리딩해온 제 일상은 날마다 읽어내는 내담자의 온갖 우여곡절에 찬 사연들에 비해 퍽이나 단순합니다. 기도로 하루를 시작하고 예약된 상담을 하고 나서 다시 오후에 기도하는 것으로 마무리합니다. 그러나 밋밋해 보이는 제 삶은 별 다른 여가를 즐기기 힘들 정도로 고단합니다. 리딩 작업은 정말 쉽지가 않습니다. 그래서 쉬는 날에는 주로 평소에 잘 가지 못하던 사찰에 가곤 합니다. 한국의 사찰은 대부분 산속에 자리하고 있어 에너지가 맑고 정화가 잘되어 좋은 기운을 많이 취할 수 있습니다.

이런 기도 수행 외에 저도 일상적인 삶 속에서 활력을 찾습니다. 가끔은 혼자 영화도 보고 여행도 다닙니다. 15년 동안의 고립된 생활로 그나마 있던 몇 명의 친구들과의 교류도 끊기게 될 정도니, 이성 친구를 사귀는 것은 엄두도 내지 못합니다. 대신 저는 좋은 산과 들을 찾아가거나 낯선 곳으로 여행 가는 것

117

을 좋아합니다. 일단 떠나면 새벽 6시에 일어나 자정까지 계속 돌아다닙니다. 차 한 잔 마시며 명상도 하고, 낯선 곳의 일상을 구경하기 위해 골목골목 헤집고 다니기도 합니다.

기억에 남은 일도 많습니다. 일본을 여행할 때 일입니다. 한 번은 어느 사찰을 찾아갔는데 후미진 골목에 낯빛이 어두운 소녀가 큰 나무 밑에 웅크리고 앉아 있었습니다. 이상하다고 생각한 순간 아이와 눈이 마주쳤고, 저도 모르게 매일 하는 기도문을 외우기 시작했습니다. 순간 공중에서 굳게 닫힌 어느 공간의 문이 열리면서 순식간에 밝은 빛이 다가와 아이를 감싸안았습니다. 그리고 아이는 그 빛에 안겨 하늘 위 열린 문으로 올라가면서 저에게 손을 모아 고맙다는 인사를 했습니다. 이같은 신비한 체험은 이후 다른 장소에서도 계속되었는데, 그때 그 자리에서 떠나가며 밝게 미소 짓던 소녀의 모습이 아직도 저의 뇌리에 선명하게 남아 있습니다.

그런 일이 간혹 있기는 하지만 여행은 내담자들의 전생을 보느라 지친 몸과 마음을 정리하고 돌아보는 데 많은 도움이 됩니다. 또 낯선 곳을 다니면서 다른 문화와 사람들을 지켜보는 일은 제가 살고 있는 지구와 저의 영적 사명에 대해 다시금 생각해보는 좋은 계기가 됩니다. 내담자의 영적 정보를 다른 차원에서 읽어오는 여행을 날마다 해온 제 본성을 버리지 못한 탓일까요. 낯선 곳으로의 여행 역시 저에게 여러모로 소중한 일인 듯싶습니다.

7

먼지처럼 쌓인 것이 바위가 되다

교만이 고통을 낳는다

15년 동안의 상담 과정에서 여러 내담자들의 희로애락을 직접 들여다보고 공감하면서, 저도 그 시간 속에서 많은 치유를 경험했습니다. 시간이 지날수록 선명하게 와 닿는 교훈 한 가지가 있습니다. 그것은 어떤 경우에도 교만해서는 안 된다는 것입니다.

교만은 자신도 모르는 사이에 먼지처럼 쌓이다가 차츰 단단한 바위처럼 내면에 자리를 잡습니다. 사회적 지위 고하를 막론하고 쌓인 교만을 깎기 위해서는 그에 상응하는 시련과 고통의 시간이 주어집니다. 그것이 피할 수 없는 카르마의 법칙입니다. 그러나 이 법칙은 징벌이 아닌 균형과 수정을 의미합니다. 또 이런 정화와 균형의 의무는 어느 생에서라도 반드시 이루어져야만 합니다.

특히 무슨 이유에선가 남들이 가지지 못한 능력이 주어진 사람들은 교만을 그 무엇보다 경계해야 합니다. 특정한 분야에서 발견한 자신의 능력으로 인해, 넘치는 자신감으로 오만해져서는 안 됩니다. 그런 교만이 쌓이다 보면 어느 순간 순수함을 잃고 자칫 그 능력이 자신과 타인을 위태롭게 만드는 요인으로 변할 수 있기 때문입니다. 그리고 그로 인해 육체적인 질병을 포함해 더 큰 시련과 고통이 초래되기도 합니다.

남부러울 정도로 부유한 한 내담자는 자신의 부와 사회적 지위를 내세워 자신보다 못한 위치의 사람들을 함부로 대하는 교만함이 있었습니다. 그는 현실적으로 주변의 인맥이 좋고 사회적 입지까지 탄탄해 어떤 일에서건 지배적 위치에 살았습니다. 그런데 아들이 학교에서 왕따를 당하고 있다는 사실을 알고부터는 그로 인한 심리적 부담 때문에 큰 스트레스를 받기 시작했습니다.

내담자의 아내 역시 아들이 학교에서 심한 왕따를 당한다는 사실을 알고 충격을 받았다고 했습니다. 남편이 담임선생님을 만나고 온갖 방법을 동원해 최선을 다했지만, 아들의 상처는 더욱 깊어져 갔고 마침내 심한 우울증에 빠졌습니다. 아버지의 인맥으로 교장선생님이 교실에 들어가 훈시하고, 관할 교육청 전담 장학사가 학교를 찾아가 직접 학생들에게 도움을 요청했지만 왕따 문제를 해결하는 데는 별다른 도움을 주지 못했던 것이지요. 그러던 중에 어느 스님의 소개를 받아 아들이 경험하고 있는 문제의 원인이 어디에 있는지를 알기 위해 저를 찾아왔습니다.

리딩은 아들이 왕따를 당하는 원인 중에는 과거 생에 다른 사람들을 함부로 대하고 무시했던 교만의 죄가 있기 때문이라고 말했습니다. 현생의 부자지간은 로마시대의 삶에서도 아버지와 아들의 인연으로 나타났습니다. 그때 현생의 아버지는 왕족의 가까운 친척으로 상당한 권세가 있는 귀족이었습니다. 그 생에서 아버지는 권세에서 비롯된 교만으로 아랫사람을 거침없이 핍박했습니다. 당시의 로마는 가장 번성하던 시기로 주변의 많은 이민족 국가를 정복했습니다. 그 과정에 노예로 잡혀 온 사람 중에는 어린아이들도 많았는데, 귀족의 아들 역시 자신의 심복을 노예상인으로 만들어 아이들을 노예로 팔아 많은 돈을 벌었습니다. 물론 아버지의 힘이 결정적으로 작용했고, 아들은 아버지의 오만한 태도도 함께 배웠습니다. 그때 팔려 갔던 소년의 후손들이 지금 학교에서 그 아들을 힘들게 하는 가해자의 역할을 하고 있는 것으로 나타났습니다. 물론 이 사례가 따돌림 당하는 학생들 모두에게 해당되는 것으로 오해해서는 결코 안 됩니다.

실제로 집단 따돌림은 영적 계약에 의한 것일 수도 있습니다. 한 시대를 함께 살았던 사람들은 환생의 사이클에 따라 같은 시기에 태어나는 경우가 많습니다. 그때 자신이 지은 카르마로 인해 생이 불리하게 진행되리라는 사실을 알게 된 영혼은 그들과의 관계를 피해가려고 하지만, 회피하는 마음이 오히려 가해자 역할을 하는 사람의 마음을 자극해 문제를 더 어렵게 만들 수도 있습니다. 이처럼 인간적인 질서와는 사뭇 다른 영적 질서에 의해 짜여진 계획이므로, 우리는 이 모든 사례를 그저 이번 생의 가해자와 피해자라는 측면에서만 설명할 수 없습니다. 경우마다 각기 다른 원인을 가질 수 있기 때문입니다.

어쨌든지 교만은 무서운 적을 불러오고, 그 적은 언제 어디서 어떤 모습으로 우리 앞에 나타날지 모릅니다. 그러므로 항상 겸손의 태도를 배우고, 타인을 진심으로 배려하는 마음을 길러 과거 생에서 우리가 만든 교만의 결과가 설령 어떤 형태로 나타나더라도, 교만이 초래한 적으로부터 보호받을 수 있어야 합니다.

섬김의 마음공부

오랜 시간 마음공부를 하신 스님이 계셨습니다. 그러나 시절이 하수상해서 자신의 법으로는 중생을 구제할 수 없다는 한계를 느끼고 선생님을 찾아와 공부를 하게 되었습니다. 스님은 공부가 깊어지면서 절에 불공을 드리러 오는 신도들의 과거와 미래를 한눈에 꿰뚫어보는 능력을 얻게 되었습니다.

소문이 신도들의 입을 통해 바깥 세상에 퍼지면서 사람들이 몰려오고 절은 날로 부유해졌습니다. 평생을 주유천하하며 마음공부에 전념하려던 스님은 자신이 바라던 신통력은 얻게 되었지만, 그 능력이 오히려 자신의 공부를 가로막는 장애임을 뒤늦게 깨닫게 되었습니다. 그런 어느 날 스님은 선생님을 찾아와 작별인사를 하고 더 깊은 공부를 위해 자신이 머물렀던 사찰을 뒤로하고 구도생활에 전념하러 아주 먼 곳으로 떠난다고 했습니다.

이 사건을 계기로 선생님 역시 다른 사람에게 마음공부를 전하는 일을 그만두게 되었습니다. 자신이 가르치는 공부가 오히려 타인에게 바람직하지 않은 업을 짓게 하는 원인이 될 수도 있다는 것을 깨달았기 때문입니다. 선생님은 평소 저에게도 종교인이나 수행자는 항상 겸손한 자세로 상대방을 섬기는 마음을 가져야 하고, 그들에게 진정으로 도움 되는 것이 무엇인지를 치열하게 고민해야 한다고 말씀하셨습니다. 교만한 마음을 버리고 사람을 진심으로 섬기는 것은 스스로를 존중하는 것과 같은 의미가 있기 때문에 마음공부를 하는 사람에게 꼭 필요하다고 일깨워 주셨습니다.

뜻하지 않게 전생을 읽는 능력이 주어진 저 역시, 때때로 섬김의 태도가 아니라 자만심과 교만함의 원천인 아상我相이 두텁게 쌓이는 걸 느낄 적이 있습니다. 기도를 하면서 어느 순간 제 아상이 빚어낸 교만을 발견하고 흠칫 놀라기도 합니다. 그럴 때마다 저 자신의 교만을 알아차리게 된 것을 감사하면서, 혹시 더 있을지도 모르는 오만함을 정화시키기 위해 더욱 간절한 마음으로 매일매일 절을 올립니다. 제가 잃지 말아야 할 섬김의 자세를 다시 되찾기를 바라면서요.

주식투자를 리딩한 대가

지나간 리딩들을 돌이켜보면, 제 마음을 여전히 불편하게 만드는 사례들이 왕왕 있습니다. 한편으로 이런 사례들 덕에 리딩의 참된 의미가 무엇인지 자문할 수도 있었지만, 당시에는 저를 퍽이나 당혹스럽게 만들기도 했던 것이지요. 제가 후회하는 상담은 대부분 리딩을 시작한 초기에 있었던 일들입니다. 초창기에 접했던 이런 사례들이 저에게 공부가 된 것만은 확실합니다. 후회했던 사례 중에는 리딩이 개인적인 이기심이나 사리사욕을 채우는, 특히 물질적 이득을 목적으로 활용되어서는 안된다는 점을 명확하게 보여주는 경우도 있었습니다.

본격적으로 리딩 상담을 시작한 지 얼마 되지 않은 어느 봄날이었습니다. 회사를 경영하는 어떤 분이 주식에 대한 문의를 했는데, 여러 상장회사의 운이나 앞으로의 발전 가능성을 리딩을 통해서 자문받으려는 것이었습니다. 저는 그분이 제시한 열곳의 회사 가운데 세 군데 회사의 긍정적 방향성을 보고 이야기를 전해주었습니다. 이후 그분은 주식투자로 상당한 수익을 거두었지만, 막상 수익이 나자 수익 규모를 얘기해주면서 사실은 제가 말해준 회사들이 수익을 낼 것을 자기도 이미 짐작하고 있었다고 했습니다. 그리고 자신의 생각이 맞는지를 검토하기 위해 제 의견을 참고로 했으니, 제 리딩은 그다지 큰 의미가 없다는 식으로 덧붙였습니다.

저는 그분이 올렸다는 수익에서 아무 대가도 받지 않았습니다. 그런데 그분은 그 후로 더욱 주식투자에 재미를 붙이고, 계속 투자를 했습니다. 나중에 그분의 지인으로부터 그 내담자가 주식투자로 엄청난 손실을 봤다는 이야기를 전해 듣기는 했습니다.

그런데 주식투자에 대해 리딩해준 결과로 저도 육체적인 후유증을 포함해 여러 가지 어려운 상황을 겪게 되었습니다. 아주 드물기는 하지만 그런 종류의 리딩을 하고 난 뒤에는 심한 두통이 생겨서 예약된 리딩을 하지 못하는 일도 벌어졌습니다. 한참 시간이 지나 그 원인을 곰곰이 찾아보니 제가 리딩의 목적이나 정신에서 다소 벗어난 일을 했기 때문에 받게 된 일종의 정신적 징벌과도 같은 것이었습니다. 그때의 경험으로 노력 없이 불로소득을 거두는 것과 같은 물질적 이득을 취하는 일을 리딩이 도와주어서는 안 된다는 뼈저린 교훈을 얻었습니다.

밀수와 조폭도 필요한 직업인가

어느 40대 중년 남성이 진로 상담을 신청해왔습니다. 젊은 나이가 아닌데도 이 남성은 진로를 상담하고 싶어 했습니다. 내담자의 리딩에서 중국의 무역상으로 살았던 삶이 나타났습니다. 그런데 그 생에서 내담자는 평범한 물품들을 교역한 것이 아니라, 나라에서 수출입을 금지시킨 문화재 같은 진귀한 보물이나 보석류 등을 자신이 이끄는 은밀한 지하 조직을 통해 몰래 거래하는 밀수업에 종사했던 전생이 리딩되었습니다.

당시는 리딩을 하던 초창기였기 때문에 저는 보이는 대로만 이야기를 하고, 선생님께서 잘 정리해 상담자에게 이야기를 전해주셨습니다. 리딩이 끝난 후 리딩에서 보았던 여러 장면의 이해를 돕기 위해, 내담자와 이런저런 이야기를 나누면서 큰 부담 없이 내담자가 하고 있는 사업의 수익성에 관한 이야기를 하게 되었습니다.

그런데 제가 해준 리딩의 내용을 듣고 그 사람이 하는 말이 사실 자신이 현재 하고 있는 일은 짝퉁 명품을 수입해서 판매하는 것이라고 실토했습니다. 그러나 그 일이 언제 법적으로 문제가 될지 모르고, 이제는 불법적인 일을 더 이상 하고 싶지 않아서 앞으로 자신의 사업적 진로에 대해 상담을 의뢰하러 온 것이라고 했습니다. 저는 무심결에 그날 리딩에서 제가 보았던 대로 현생에서 돈을 가장 많이 버는 사업을 하고 싶다면, 불법이긴 하지만 짝퉁 물품 판매가 가장 수익성이 좋은 일이라고 조언해주고 말았습니다. 결과적으로 불법적인 일을 권하는 리딩을 해준 셈이 되어버렸습니다.

세속적인 법이 불법이라고 규정한 부분은 영적 질서와 관련이 없어 보이지만, 실제로는 그 범법의 행위자에게 나쁜 카르마를 짓게 하는 잘못된 일입니다. 그렇기 때문에 불법을 저지르는 일, 법의 테두리를 벗어나는 일 자체가 일종의 부적절한 카르마를 만들어내는 일이라고 할 수 있습니다. 그런데도 저는 그 정확한 의미를 모른 상태로 리딩에서 보았던 대로 조언하면서 리딩의 정신에 어긋나는 잘못을 저지르고 말았던 것입니다.

어쨌든 경험이 부족했던 초창기의 리딩에서는 그저 내담자의 미래와 그가 추구하는 욕망에 초점을 맞추다 보니, 밀수라는 불법적인 일을 권하는 것 같은 조언을 해주기도 했던 것이지요. 지금도 그때의 잘못을 잊지 않고, 마음의 경계로 삼아 같은 실수를 반복하지 않도록 주의하고 있습니다.

비슷한 사례가 또 있었습니다. 상담을 하다 보면 다양한 직업군의 사람을 만납니다. 인격적으로 훌륭하고 본받을 만한 사회적 위치에 있는 분들도 있지만, 그렇지 못한 부류의 분들도 있습니다. 어느 날 조직 폭력배의 중간 보스 정도 되는 분이 왼쪽 다리를 다쳤는지 절뚝거리며 찾아왔습니다. 그분은 평소 영적인 계통에 관심이 많았는지, 우연히 저희 홈페이지를 보고 호기심에 찾아왔다고 했습니다.

여느 때와 마찬가지로 그 사람에 대한 아무런 사전 정보 없이 리딩을 시작했습니다. 그런데 그 사람의 전생은 말을 전하기 민망할 정도로 사납고 거칠었습니다. 그분은 전생에 중국 청나라 때의 삶에서 국경지대에 있던 객잔과 결탁해 활동하던 마적단의 일원이었습니다. 실제로는 마적이었지만, 객잔에 종업원으로 위장 취업해 객잔에 숙박하러 온 손님들 중에 부유한 사람의 정보를 빼내서 그 사람의 생김새와 정보들을 마적단에

127

게 알려주는 일을 했던 것이지요. 정보를 입수한 마적단은 그 부유한 사람이 국경지대를 지날 때 미리 길목에 숨어 있다가 약탈을 했습니다. 그 생에서 저지른 부정적 카르마로 인해 현생에서 패싸움을 하다가 다리를 크게 다쳤고, 그때와 유사하게 폭력 조직의 일원으로 과거 생과 똑같은 직업을 가지고 살아가고 있었습니다.

리딩은 앞으로의 직업적 방향성에 대해 유흥업이나 카지노 관리와 같은 사업이 가장 적합다고 알려주었습니다. 그리고 한국이 아닌 외국에서 사업을 하는 것이 더 많은 이익을 줄 것이라고 했습니다. 그런 리딩을 듣자 내담자는 자신이 현재 그런 계통에서 일을 하고 있는 사람이라고 신분을 밝혔습니다. 그러면서 자기가 아는 사장님이 외국에서 카지노를 하나 인수했는데 자기한테 그 카지노를 관리하라고 했답니다. 내담자는 어떤 결정을 내려야 할지가 궁금해 저를 찾아온 것이었습니다.

저는 리딩에서 보인 대로 운명의 흐름상 외국의 카지노에 가서 그 영업장을 관리하는 것이 가장 적합하고, 그런 종류의 사업이 내담자의 운과 맞는다고 했습니다. 그렇지만 사업이 성공해서 돈을 많이 벌게 되면, 그 돈의 일부를 공익적 목적을 가진 사회단체에 꼭 기부해서 좋은 일을 하라고 당부했습니다. 그래서 과거 생에서 지은 부적절한 카르마를 해결하기 위한 좋은 기회를 놓치지 말라고 했습니다. 하지만 현재 몸담은 조직에서 빠져나오라고 조언하기보다는, 정해진 흐름에 따라 얘기해준 것이 두고두고 마음에 걸렸습니다. 물론 제 방식대로 조언했더라도 내담자는 그 당시 제 말을 귀담아 듣지 않을 것이 분명했습니다만.

비록 그 계통에 있다 하더라도 기부와 같이 타인을 위하는 일만이 자신의 미래에 도움이 되는 진정으로 올바른 투자라는 것을 그 사람이 알았으면 좋겠다는 생각을 여전히 합니다.

리딩이 불행을 만들까

남녀관계에 대한 조언도 주의해야 한다는 것을 알게 해준 사례가 있습니다. 주위 사람들이 부러워할 정도로 금슬이 좋은 부부가 있었습니다. 그런데 아내는 마음속에 풀리지 않는 의문을 오랫동안 품고 살아왔다고 했습니다. 남들이 보는 것과 달리 자신은 남편에게 항상 두려움을 느낀다고 했는데, 그 알 수 없는 두려움은 남편이 언젠가 자신을 해칠 것만 같다는 어처구니없는 예감 때문이라고 했습니다.

부부는 젊은 시절 남편의 간절한 구애로 결혼하게 되었는데, 남편은 무려 8년 동안이나 한결같았다고 했습니다. 그렇게 결혼을 하고 행복하고 지냈습니다. 그런데 이상하게 어느 날부터 알 수 없는 두려움이 몰려와 일상생활을 잘 못할 정도로 힘들어졌답니다. 그래서 정신과 치료를 받았는데 의사는 공황장애라는 진단을 내렸습니다. 아내는 자신에게 갑자기 찾아온 공황장애의 원인을 알고 싶다면서 상담을 원했습니다.

129

부부는 12세기에 유럽에서 함께 살았던 전생이 있었습니다. 당시 부부는 모두 십자군 전쟁에 참전했던 기사였습니다. 아내는 어느 부대를 이끄는 지휘관이었고, 남편은 지휘관이었던 지금의 아내를 보좌하는 참모였습니다. 참전의 대외적인 목적은 성지를 탈환한다는 명분이었지만, 더 많은 기득권과 노획물을 독점하고자 하는 야욕이 전쟁의 진정한 목적이었습니다.

지휘관이었던 아내는 어느 전투에서 큰 승리를 거두기 직전에 공격을 받아 전사했는데, 사실 그의 죽음은 평소 딴마음을 품고 있었던 참모(남편)의 치밀한 계략에 의한 암살이었습니다. 전투가 막바지에 이르자 지휘관의 작전을 미리 알고 있었던 참모는 치열한 전투 중에 지휘관을 보호하는 척하면서, 자신이 거느린 암살자를 시켜 지휘관의 등에 비수를 찔러 넣었습니다. 그렇게 지휘관을 제거해야만 자신이 승리의 최고 수혜자가 될 수 있었기 때문입니다. 참모는 원하던 목적은 이루었지만, 자신의 품 안에서 죽어가던 지휘관의 마지막 눈빛은 평생 잊을 수 없었습니다.

현생의 남편은 아내를 처음 만났을 때, 아내의 눈빛을 보고 자신도 모르는 전율과 두려움을 느꼈다고 했습니다. 그러나 그 순간 이상하게도 평생 이 여인을 위하고 봉사하는 삶을 살아야겠다는 알 수 없는 굳은 결심이 마음속에 떠올랐다고 했습니다. 아내와의 첫 만남 후 집에 돌아와서도 왜 그런 마음이 드는지 의문스럽기보다는 어떤 보이지 않는 힘이 자신의 마음을 강하게 움직이는 것 같았다고 했습니다.

8년간의 구애에 감동한 아내는 지금의 남편과 결혼해 행복하게 잘 살아왔습니다. 그런데 어느 날 갑자기 찾아온 공황장애 때문에 괴로움을 겪었던 것이지요. 리딩은 전생에 지휘관이 암살당했던 시점과 아내에게 공황장애가 찾아온 시점이 일치한다고 말했습니다. 저는 리딩에서 본 대로 내담자의 증상에 대해 설명해주었습니다.

비록 아내는 과거 생의 인연을 모르고 자신을 배신한 사람을 현생에서 남편으로 받아들였지만, 그녀의 무의식 속에는 그 생에서 입은 배신의 깊은 상처가 숨어 있다가, 카르마가 발현된 시기가 되자 자신도 알 수 없는 두려움으로 나타났던 것입니다. 신기하게도 아내는 남편에게 등을 돌리고 잘 때 정체 모를 두려움이 더 예민해지는 것을 느꼈다고 했습니다.

리딩을 마치고 나서 돌아간 뒤에 부부 간에 한바탕 소동이 벌어졌습니다. 아내가 남편에게 이혼을 선언했기 때문입니다. 그로 인해 큰 다툼이 있었던 것이지요. 다행히 남편의 지극한 사랑과 진실한 마음을 알고 있었던 아내는 주위의 만류와 자신의 신앙심 덕택에 남편과 화해를 하고 함께 여행도 다녀왔다고 했습니다. 그리고 여행 덕분에 다시 가정의 평화도 되찾았다고 했습니다. 또 그 이후에는 아내의 두려움도 많이 해소되었다는 소식을 전해왔습니다. 이 사례에서 내담자는 자신에게 찾아온 삶의 위기를 잘 극복했습니다. 그것은 그녀가 진정으로 남편을

131

용서하는 마음을 낼 수 있었기 때문에 가능했습니다.

저 역시 리딩 후에 전개되는 상황을 보면서 염려했습니다. 전생을 알려주는 바람에 멀쩡한 가정을 깨뜨리는 것이 아닌가 싶어서요. 하지만 오랜 리딩 경험을 통해 알게 된 사실이 있습니다. 헤어질 수밖에 없는 인연을 가진 부부는 제 리딩이 아니더라도 인연이 다하는 순간이 도래하면, 어떤 방식으로든 헤어지게 되더라는 것입니다. 서로가 가진 업연의 상호작용이 끝났을 때는 관계가 더 이상 지속될 필요가 없다는 의미일 겁니다.

리딩은 인간관계에서 중요한 경험 중 하나가 결혼임을 보여줍니다. 일면식도 없던 사람을 만나 평생을 함께 사는 일은 인연이라는 관점에서 경이로운 일입니다. 그러나 업연에 의해 맺어진 결혼이라 할지라도, 그 결혼이 행복이나 불행의 어느 방향으로 진행되건 간에 카르마의 영적인 상호작용이 끝나는 시기에 결혼관계는 종료됩니다. 물론 좋은 인연으로 만난 행복한 결혼은 죽음이 둘을 갈라놓을 때까지 지속될 것이지만, 나쁜 업연의 경우에는 그 업연이 소멸되는 시점에 인연법으로 인한 관계도 종료되기 마련입니다.

이처럼 카르마의 법칙은 결혼에서 직업 선택에 이르기까지 우리 삶의 전체적인 모습을 만들어내는 가장 큰 원리임을 리딩은 거듭 알려줍니다. 비록 우리가 그 사실을 모르거나 설령 받아들이지 않는다고 하더라도 말입니다.

3부

영혼의 약속과
인연의 비밀

닮은 것은 닮은 것끼리 만난다고 합니다. 지금의 현실에서 일어난 어떤 사건의 가해자와 피해자는 전생에서는 그 반대였을 수도 있습니다. 그러므로 원수를 용서함으로써 자신이 용서받는다는 것을 알아야 합니다. 용서하는 마음으로 원수를 사랑하게 되면, 신이 우리 모두를 사랑하고 있음을 이해할 수 있습니다. 왜 이런 안 좋은 일들이 일어나는지에 대해 원망하는 마음으로 슬퍼하거나 고통 받지 마십시오. 그 속에는 우리가 알 수 없는 신의 메시지가 숨어 있을 수 있기 때문입니다.

8

호수에 바람 불면 물결 일듯이

전생 습관이 현생까지 간다

리딩을 하면서 전생의 습관이나 성격을 말해주면 현생과 일치하는 부분이 매우 많다며 그 내용을 곧바로 얘기해주는 내담자들이 적지 않습니다. 현생의 고민이나 어려움이 내담자의 전생습관에서 비롯되었다고 설명하면, 내담자 스스로도 전생과 현생이 퍼즐처럼 맞춰진다고 확인시켜주는 것이지요.

이를 잘 보여주는 사례가 있습니다. 남달리 예리한 외양의 40대 남성이 찾아왔습니다. 그분은 현재 제철사업을 하는 성성자로 전생에서는 일본에서 칼을 잘 다루는 유명한 사무라이로 살았습니다. 칼 쓰는 솜씨가 탁월한 동시에 칼을 잘 연마하는 명인이기도 했는데, 전생에 사무라이로 살 때 매일 새벽 일어나면 제일 먼저 하는 일이 숫돌에 칼을 가는 것이었습니다. 리

135

딩을 들은 그는 깜짝 놀라면서 매일은 아니지만 평상시 사업을
하다가 어려운 일이 생기거나 마음이 안정이 안 되면, 소장하
고 있는 일본도를 꺼내 숫돌에 칼을 갈면서 혼란스러운 마음을
다스린다고 했습니다.

여성 내담자의 사례도 있습니다. 그녀는 전생에서 중국 당나
라 시절 황제를 최측근에서 모시던 환관이었는데 뛰어난 말재
간으로 상대방을 모함하고 이간질시켜 주변 집단을 갈등에 빠
트리는 데 비상한 재주가 있었습니다. 또 상대방의 약점을 이
용해 자리를 보전하거나 신분 상승을 도모하는 데 거리낌이 없
었습니다. 현생에서 내담자는 평범한 가정에서 자라나 평범한
삶을 살았습니다. 그런데 형제가 많은 집 막내에게 시집을 간
이후에 감춰진 재능들이 드러나기 시작했습니다. 재산이 많은
시부모님 눈에 들기 위해 손윗동서들의 결혼 전후 사생활의 비
밀을 알아내 그들을 교묘하게 조종했습니다. 그러다 시아버지
가 갑작스레 돌아가시면서 재산상속 문제로 분쟁이 생겼는데,
그때도 동서들을 조종해 자신의 몫을 챙기려다가 싸움이 커지
면서 그간의 사정도 드러나고 일이 틀어지게 되었습니다.

결국 남편에게 이혼까지 요구당하며, 막다른 골목으로 몰렸
습니다. 그런데도 끝내 잘못을 뉘우치지 않고 오히려 자신이
더 억울하다며 주위 사람들을 원망하고 자해하는 소동까지 벌
였습니다. 종국에는 원하는 것은 하나도 얻지 못하고 집안에서
쫓겨나는 신세가 되고 말았습니다. 리딩은 이 모든 것이 과거

생의 경험에서 비롯된 잘못된 습관과 마음가짐의 결과라고 말했습니다.

과거 생의 부적절한 카르마가 현생에서 마주하는 문제의 원인이 되면, 문제를 해결할 수 있는 지혜가 필요합니다. 그런데 대부분의 사람들은 일이 파국에 이른 다음에야 비로소 그 원인을 찾으려 합니다. 그러나 결말이 어떻든 그 교훈이 무엇인지를 곰곰이 되새긴다면, 언젠가는 자신의 발전이나 영적 진화에 큰 도움이 될 수 있습니다.

전생의 삶을 이해하고 용서한다는 것

내담자들의 가장 큰 고민은 인간관계에 대한 문제입니다. 외로움, 질병, 사업 등으로 상담을 요청하기도 하지만 가족관계와 연인관계를 가장 많이 물어옵니다. 가까운 인간관계에서 갈등과 대립이 생기면 더 큰 고통을 겪기 때문이지요. 내담자들은 해결하기 위해 나름대로 최선을 다했는데도 여전히 문제가 있거나, 삶이 고단하고 힘든데도 뚜렷한 원인을 알 수 없을 때 전생 리딩에서 해법을 알고자 찾아옵니다. 그래서 전생 상담은 가장 중요한 인간관계에 주목해 그 관계를 어떻게 이해하고 받아들이는가에 초점을 맞춥니다. 내담자가 삶을 전체적인 관점에서 수용하고, 갈등의 원인이 되는 대상자를 용서할 때 좋은 결과가 나오기 마련입니다.

그렇지만 방문하는 사람들 대부분이 윤회나 전생을 굳건하

137

게 믿는 것은 아닙니다. 그냥 한번 얘기나 들어보자는 분이 오히려 너 많습니다. 전생을 확실하게 믿진 않지만, 과거 생의 이야기를 들으면 마음속에 묻어둔 꺼내기 싫었던 문제를 마음 편하게 받아들이고, 자신에게 왜 그런 일이 일어났는지 삶을 이해하는 폭이 넓어진다고들 얘기합니다. 또 현생의 경험이 어떤 의미를 가지는지 삶의 전체적인 맥락에서 알게 된다는 사실에도 큰 흥미를 느낍니다. 물론 치유를 위해 지푸라기라도 잡으려 절박한 심정에서 오는 분들도 적지 않습니다.

처음엔 반신반의하다가도 상담 후에는 '아, 정말 전생이 있나 보다' 하고 더 유연한 생각을 하는 경우가 대부분입니다. 전생 스토리를 듣다 보면 현재 살아온 경험과 너무나도 잘 부합되어 스스로 납득되기 때문입니다. 평생 원수처럼 생각했던 아버지를 이해하게 되고, 남편의 어떤 부분이 너무나 싫었는데 이제 내가 보듬어주어야겠구나 하고 긍정적으로 변화하는 사례도 아주 많고요. 결과적으로 전생을 알게 되면서 많은 내담자들에게 극적인 반전이 일어나기도 합니다.

지금의 고통은 전생의 '수행' 약속

한때 저도 교만에 크게 빠져든 적이 있었습니다. 타인의 전생을 보고 운명을 상담하는 일을 어느 정도 하다 보니 남의 전생을 아는 만큼, 그리고 리딩의 진실성과 제 능력을 확신하는 만큼 교만이 쌓여서 마치 신의 대리인이나 된 것 같은 우쭐한 마음이 생겨났던 것이지요.

불현듯 제 모습을 직면하고 절 수행을 하면서 그런 마음이 어디서 비롯되었는지를 자세히 들여다보았습니다. 사람은 영혼과 육체로 구성되어 있는데, 육체에 뿌리를 내린 에고는 끊임없이 편안하게 위로받고자 하는 마음을 강하게 냅니다. 다시 말해 육체적 본성에서 생성된 욕망과 욕구는 그만큼 강합니다. 그래서 수행으로 특별한 재능을 발달시키더라도 항상 자신을 돌아보며 갈고 닦아야 합니다. '버리고 비우는' 것이 마음공부에서 가장 중요하다는 뜻입니다.

이것은 일반인들뿐만 아니라 특히 수행자에게 더욱 절실한 일이기도 합니다. 그런데 아상과 교만은 하도 교묘해서 아는 만큼, 수행하는 만큼 자신도 모르는 사이 어느새 겨울밤 눈처럼 쌓입니다. 그런 이유로 저는 육체적으로 가장 힘든 절 수행을 선택했습니다. 물론 이전에도 다양한 수행을 시도해봤지만 그 가운데 절 수행이 역설적으로 가장 어렵고 힘이 들어서였습니다.

절을 많이 하다 보면 어느새 견디기 힘든 고비의 순간이 옵니다. '나'에 대한 생각이 강하면 강할수록 그 고통은 점점 더 심해집니다. 그러나 어느 순간 모든 것을 내려놓고 버리면 저절로 몸과 마음이 비워지고, 어떤 때는 의식이 공중에 떠올라 아래에서 절을 하고 있는 제 모습을 보기도 합니다. 그 과정이 지나면 고통도 사라지고 오로지 절하는 행위만 남습니다. 저도 모르는 사이 교만이 쌓인 것처럼, 생각과 의지조차 깔끔하게 사라지면 가장 중요한 올바름의 지혜가 쌓이는 것을 한참이 지난 후 알게 된 것이지요.

저에게 처음부터 남다른 비범함이 있었던 것도 아니고, 수행이라는 것이 무엇인지도 모르는 상태에서 예기치 않게 감당하기 어려운 재능을 발견하고, 제 삶은 완전히 변해버렸습니다. 그래서 그 삶을 유지하기 위해 여러 수행법을 섭렵할 수밖에 없었고, 시행착오 끝에 선택한 것이 절 수행입니다. 절 수행과 같이 고단한 육체적 시련을 통해 저 자신을 깎아내리지 않으면 점점 교만해지고, 교만해지는 만큼 리딩이 맑지 않다는 것을 느낍니다. 결국 저는 절 수행을 통해 몸을 다스림으로써, 마음을 다스리는 방법을 알게 되었다고 할 수 있습니다.

제 경험 때문일까요. 상담을 하면서도 과거 생의 부정적 카르마가 많이 개입된 분들에게는 되도록 절 수행을 하라고 권해드립니다. 제 조언에 따라 지극한 마음으로 문제를 극복하기 위해 절 수행을 하신 분들 중에는 예상외로 긍정적인 전환을 맞이한 사례가 많습니다. 많은 분들의 긍정적 변화를 보면서 절 수행과 같은 고행이 카르마를 정화시키는 중요한 수단이 될 수 있다는 것을 깨닫게 되었습니다.

세 번씩이나 공무원 시험에 떨어진 아들과 알코올 중독인 남편 때문에 온갖 궂은일을 마다하지 않고 고생하는 50대 여성이 가족을 위해 어떤 기도가 도움이 될 수 있느냐면서 방법을 물어왔습니다. 저는 내담자에게 목욕관리사 일을 권하면서, 단순히 돈 버는 일로 여기지 말고 남편의 병과 아들의 시험 합격을 위해서 기도를 하는 마음으로 일하라고 조언드렸습니다. 다른 사람의 몸의 때를 미는 것이 아니라, 남편과 자신의 업의 때를 미는 것이라는 생각으로 진심을 다하라고 했습니다. 항상 최선을 다하면, 그 마음이 어떤 기도수행보다 효력이 있다면서요. 단, 천일기도처럼 꼭 천 명의 사람을 채워야 한다고 단서를 달았습니다.

돌아가고 1년이 지난 어느 날, 그 여성이 전보다 훨씬 편안한 얼굴로 찾아왔습니다. 아들이 용케 시험에 합격해 공무원이 되었고, 남편도 옛날보다 훨씬 나아졌다며 환한 미소를 지었습니다. 그리고 천 명의 손님을 채우는 날 밤에 꾸었던 신기한 꿈 이야기도 들려주었습니다. 아주머니는 제 조언을 듣고 며칠간 고민하다가 마침내 믿음을 가지고 간절한 마음으로 목욕관리사 일을 시작했답니다. 오는 손님마다 마음속으로 큰 절을 올렸고, 아침저녁 목욕탕 청소를 자청했다고 했습니다.

그렇게 천 명의 손님에게 봉사를 마치던 날 밤 꿈을 꾸었답니다. 꿈속에서 이른 새벽 목욕탕 청소를 하기 위해 평소 사용하던 빗자루를 찾았는데, 그 자리에 서 있는 빛나는 어떤 형상을 보고 너무 놀라 털썩 주저앉았다고 했습니다. 그곳에는 밝은 미소를 띤 존재가 서 있었다고 했습니다. 아주머니는 자신도 모르게 그에게 합장을 하며 큰 절을 올리고 고개를 드는 순

141

간 꿈에서 깨어났다고 했습니다.

우리가 살아가면서 경험하는 삶의 고단함은 어쩌면 우리가 지금은 기억하지 못하는 시점에 우리 스스로 선택하고 온 영적 약속의 결과일지 모릅니다. 우리가 그 의미를 명확하게 인식하지 못하더라도 말입니다. 그런데 어떤 계기로든 우리가 현생에서 겪고 있는 어려움과 고난을 더 큰 맥락에서 바라보면, 우리의 삶은 놀랍게 변할 수 있습니다. 저는 내담자들의 전생을 리딩하면서 참된 변화가 다름 아닌 우리의 내면에서 시작된다는 사실을 거듭 알게 되었습니다.

삶의 전환점에서 전생을 만나다

전생을 보러 오는 사람들은 대부분 부정적 카르마의 근저당이 풀리는 시점에 찾아옵니다. 이것은 삶의 중요한 전환점을 의미하는 것으로, 전생을 알 수 있는 영적 자격이 갖추어지고 리딩 내용을 받아들여 마음이 열리는 때이기도 합니다. 자신의 진면목을 볼 수 있는 이 공간에 들어서는 내담자들의 모습은 마치 교회나 성당을 찾을 때와 비슷합니다. 숙연한 마음가짐으로 옷깃을 여미는 분이 많습니다. 그것은 자신이 몰랐던 또 다른 자신과 만나는 두려움과 떨림, 그리고 과거에 어떤 사람으로 살았을까 하는 호기심 때문이 아닐까 생각합니다.

과연 현생에서 일어난 문제를 전생의 삶과 연결해 해결할 수 있을까 부담을 느끼는 경우도 많습니다. 그러나 반신반의하며 찾아왔다 하더라도 지금의 자리에 와 있다는 사실이 중요합니다. 스스로의 결정이나 선택이 아니었다 해도 내담자들이 알 수 없는 끌림에 따라 필연적으로 여기에 오게 된다는 사실을 많은 사람들을 상담하며 알게 되었습니다.

전생 리딩 과정에서 내담자는 어떤 방식으로든 긍정적인 변화를 경험할 확률이 높습니다. 그 이유는 스스로 인격의 변화가 일어날 수 있는 삶의 전환점에서 리딩을 하러 오는 경우가 많기 때문입니다. 내담자는 받아들이기 쉽지 않은 힘든 문제에 직면했을 때나 용서하기 쉽지 않은 사람을 만났을 때, 혹은 전생에 관한 의미심장한 꿈으로 예지를 받는 등 변화를 반드시 겪어야 할 시점에 의식적으로 또는 무의식적으로 저를 찾아옵니다. 그럴 때 리딩의 효과는 보다 분명하게 나타납니다.

리딩을 통해 내담자에게 진심 어린 연민과 사랑이 생겨나면 스스로가 진정한 변화를 경험합니다. 그러면 상대방도 자연스럽게 바뀌게 되어 있습니다. 마치 호수에 바람이 불면 물결이 일듯이 말입니다. 내가 먼저 긍정적으로 행동하면 주위 사람들도 그에 상응하는 변화를 보입니다. 자신이 원했던 수준이 아니라 해도 인내심을 갖고 지켜보면 그만큼의 변화가 분명히 찾아오는 것을 알 수 있습니다. 자신의 변화가 상대방의 변화를 이끌어낼 수 있는가는 진정성이 오래 유지될 때 확연해집니다. 이것이 리딩이 목표로 삼는 중요한 포인트이기도 합니다. 스스로 마음가짐을 어떻게 가지느냐가 가장 중요하다는 뜻이지요.

143

그래서일까요. 상담예약을 할 때부터 오게 될 내담자의 상태를 먼저 알게 되는 경우가 많습니다. 그분의 무의식과 제가 합의가 됐다는 뜻입니다. 찾아오는 내담자가 전생에 한이 많아 원망 속에 자살했던 경험이 있거나 하면 예약한 순간부터 저는 굉장히 힘겨워집니다. 예약과 동시에 내담자와 저 사이에 영적 합의가 되면서, 제 영적 수신체가 내담자의 전생 경험들을 미리 수신해 알게 되는 것입니다.

인생의 전환점에서 찾아온 내담자들이 자신이 알지 못하는 그 무엇인가에 이끌려 저를 방문하더라도, 리딩 상담을 통해 가슴속 깊은 곳에서 우러나는 확신을 얻는다고 할 수 있습니다. 사람마다 차이는 있지만 대부분 상당히 많은 변화를 가져옵니다. 가슴 속에 꽉 차 있던 응어리가 풀어지면서 저를 보는 순간부터 그냥 펑펑 우는 분들도 있습니다. 대개 여성분들이 감정 표현에 솔직합니다. 어떤 분은 저를 보는 순간 자신도 모르게 아기 울음소리 같은 이상한 소리를 냈는데 본인도 몹시 놀라 당황해했습니다. 그리고 소리를 낸 순간 빛과 함께 자신이 낙태한 아기의 영혼이 그 빛 속으로 사라지는 것을 보았다고 했습니다.

또 어떤 여성은 전생에 시집살이가 너무 고단한 데다 남편마저 밤마다 성적으로 심하게 학대해 그 고통을 이기지 못하고 대들보에 목을 매어 자살했습니다. 그러나 시가에서는 며느리가 바람을 피우다 탄로 나 자살했다고 억울한 누명을 씌웠습니다. 그 여성의 영혼은 시가를 떠나지 못하고 대들보에 계속 매달린 지박령地縛靈이 되었고, 자신이 죽었는지조차 모른 채 오랜 시간 그곳에 머물렀습니다. 그러다 시가 집안과 다시 인연이 연결되어 자식으로 태어났고, 현생에서는 심한 정신질환을 앓으면서 전생에 시댁 사람들이었던 현생의 가족을 괴롭히고 있었습니다. 내담자는 리딩을 들으면서 많이 울었는데 그 이유를 밝히지는 않았습니다.

상담을 마치고 돌아간 며칠 후, 그 여성이 전화를 걸어왔습니다. 리딩을 들으면서 자신이 눈물을 흘린 이유는 리딩 중간에 자신의 눈에 목을 매어 죽은 소복 입은 여자가 보였다고 했습니다. 그 여인을 보는 순간 그녀가 자신의 현재 모습과 겹쳐 보이면서 참을 수 없는 슬픔이 몰려왔다고 했습니다. 그리고 지난밤 꿈에 그 여인이 다시 나타나 이제 그만 때가 되어 떠난다고 하면서 자신에게 손을 흔들며 사라졌다고 했습니다.

그 후 얼마 지나지 않아서 그날 내담자와 함께 왔던 친구가 저에게 상담을 받으러 왔다가 가면서 친구의 증상이 많이 호전되었다는 소식을 전해주었습니다. 저는 그 순간 어쩌면 몸속에 머물러 있던 한 많은 영가가 떠나서가 아닐까 싶었습니다. 이런 사례는 '태생 빙의'라 하는데 한 인간이 태어날 때 이미 배 속[胎內]에서부터 빙의되는 경우를 말합니다. 그런데 여기서 한 가지 의문점이 남습니다. 태어난 사람은 누구이고 꿈속에서 떠나간 영가는 누구냐는 것입니다. 그 물음에 대한 답은 목을 맨

나무에 머무는 존재와 다시 태어난 존재는 둘이 아니라 하나의 영석 공동체라 할 수 있습니다. 달리 설명하자면 일종의 분령체로 동일한 영적 에너지가 그렇게 나뉘어 존재했다고 할 수 있습니다.

제 리딩은 영가들에게 초점을 맞추지 않습니다. 다만 내담자가 더 건강한 삶을 꾸리는 데 필요할 때만 영가들에 대해 살펴봅니다. 보통은 오랜 고통의 시간을 통해 자신의 카르마를 잘 정화해냈다면, 특정인에게 머물러 있던 영적 존재들이 어떤 식으로든 자신을 드러내는 경우가 있습니다. 그렇지만 제가 쓸데없이 영가들에게 흥미를 가진다면 그 존재들이 저의 리딩을 간섭할 수 있기에 꼭 필요한 때가 아니면 무시합니다.

물론 리딩을 할 때 선한 영혼이 도움을 주는 경우도 있지만, 그럴 때에도 가급적 도움을 받지 않으려 합니다. 어쨌건 문제는 우리의 의지와 노력으로 풀어나가야 하니까요. 한편 꼭 와야 할 사람인데도 자꾸 영가가 방해해 오지 못하는 사람들도 있습니다. 예약을 해놓고도 안 오는 사람 중에 그런 사람이 많습니다. 상담을 부탁드린다고 신신당부를 해놓고 안 오는 유형이 그런 사람입니다. 흥미로운 사실은 그런 분들이 무속인에게 가려고 하면 기분이 매우 좋아진다는 겁니다. 심지어 어떤 사람들은 마치 하늘을 나는 듯한 기분이 들기도 하는데, 실제로 그런 기분을 느끼게 만드는 주체는 영가들입니다. 보통 영가들은 무속인한테 가면 대접받고 위로받으니까 그들을 더 선호합니다.

특히 부정적인 영가가 서로 얽혀 있을 때는 의뢰하는 사람의 감정 기복이 심해지면서 영가의 기분에 지배당하기 쉽습니다. 그러나 영가 중에는 의외로 착한 영가도 있습니다. 죽음의 길이 두려워 떠나지 못하고 방황하다가 자기와 파동이 맞는 사람의 몸에 빙의되어 일시적으로 머무는 존재들이지요. 자기가 머물 곳이 아닌데도 그냥 계속 머무르는 경우도 있는데, 그런 영가들이 서로를 인식해 특정인의 몸에 모이게 되면 그들이 내뿜는 나쁜 에너지가 그 사람의 감정체에 영향을 주어 질병과 함께 우울증 등을 일으키기도 합니다.

빙의 현상을 앓고 있는 사람을 대신해 가족들이 방문하고, 리딩을 듣고 가는 일도 적지 않습니다. 그러나 문제를 해결하는 가장 좋은 방법은 어려움을 겪고 있는 당사자가 스스로의 내면에서 문제를 찾아 기도나 명상을 통해 마음을 닦는 것입니다. 그러기 위해서는 올곧은 마음으로 수행하는 사람이나 선한 마음을 가진 영적 능력자를 찾아 조언을 구하는 것도 큰 도움이 됩니다.

받아들임의 지혜

상담을 요청한 분들은 대부분 전생을 알면 삶이 획기적으로 바뀌지 않을까 기대합니다. 그러나 자신의 전생을 그저 아는 것만으로는 당장 달라지기 어렵습니다. 자신의 참된 정체성을 이해하고 스스로 변화하려고 노력해야만 달라질 수 있습니다. 이

점이 매우 중요합니다. 전생을 안다는 것은 여러 생이라는 더 큰 관점에서 나 자신을 이해한다는 것이고, 그렇게 되면 가족, 친구, 지인들과의 관계를 더 깊이 알게 됩니다. 자신의 참된 모습을 받아들임으로써 자신과 상대방을 더 잘 이해하고, 결국에는 관계의 장을 확장시킨다는 뜻입니다. 물론 '안다는 것' 자체는 변화의 중요한 시작점임에 분명합니다. 하지만 상담이 도움이 되려면 내담자의 이해와 수용하려는 태도가 결정적입니다.

자기 가족과의 인연을 알고 싶어 하는 내담자가 있었습니다. 과거 생에 이 사람은 현생에 함께 살고 있는 가족보다 하층계급의 사람이었습니다. 현생의 부모님과 형제자매들은 과거 생에 그가 모시던 귀족 집안의 주인과 그 자식들이었지요.

내담자는 그들의 귀한 신분과 두터운 정을 부러워했고, 그 가족에 속하고 싶어 하인으로서 최선을 다했던 인연이 있었습니다. 전생 리딩을 마치자 내담자는 어린 시절부터 가족 안에서 이해하지 못할 소외감을 느꼈다고 했습니다. 다른 형제자매들에 비해 특별히 부모님의 기대에 미치지 못한 일이 없었는데도, 항상 소외되고 덜 사랑받는다는 외로움이 있었다고 했습니다.

내담자는 가족과의 전생 인연을 충분히 이해한 것처럼 보였지만, 상담을 마치고 돌아서는 그 사람의 마음에서 불쾌감이 전해졌습니다. 전생 리딩을 통해 소외감과 외로움을 위로받고자 했는데, 가족 내에서 자신만 과거 생에 하인이었다는 사실을 알게 되자 화가 났던 것이지요. 그런 경우에는 리딩이 별다른 치유력과 도움을 발휘하지 못했다고 할 수 있습니다.

이 내담자는 과거 생에서의 헌신과 노력으로 현재의 가족과 혈연으로 맺어질 수 있었습니다. 그래서 그토록 원했던 과거 생의 소원을 이루게 되었다고 충분한 설명을 드렸습니다. 그런 데도 내담자는 자신의 트라우마를 극복할 만한 수용적인 마음을 갖지 못했습니다. 저 역시 씁쓸한 마음을 지울 수 없었던 상담 사례였습니다.

전생을 알고자 찾아오는 분들 중에는 평소에 수행을 했거나 보이지 않는 영적 세계에 큰 관심이 있는 사람들도 많습니다. 이 분야의 책도 많이 읽고 수행도 열심히 한 분들은 전생에 대해 거는 기대가 다른 사람들에 비해 상당히 큽니다. 하지만 그런 분들에게도 높고 크고 훌륭한 전생만 있었던 것은 아닙니다. 오히려 전생에 만들어진 카르마가 현생에 어떻게 연결되어 영향을 미치는가를 이해하는 것이 더 중요합니다. 즉, 자신이 과거 생에 어떤 신분이었는가라는 사실 자체는 중요하지 않습니다. 특히 현실의 삶에 만족하기 어려운 분들은 '과거 생에서는 내가 높고 훌륭한 사람이었다'라는 전생의 신분이 밝혀짐으로써 위로를 받고 싶어 하는 경우가 많습니다.

한 내담자는 어린 시절부터 불우한 환경에서 자라면서 겪은 생활의 고단함 때문에 생긴 스트레스를 풀기 위해 마음공부에 큰 관심을 두었다고 했습니다. 선지식의 말씀과 영적인 분야의 책들을 두루 섭렵하는 등 영적 수행을 해나가면서, 자신과 주변 사람들과의 인연법, 주어진 환경적 제약 등을 나름 이해하고 빈아들여 삶에 많은 변화를 만들어냈다고 했습니다.

　그런데 이분은 현생에서의 노력과 자신의 깨달음으로 미루어볼 때 과거 생에서도 수행을 깊이 했거나 높은 위치에 있었을 거라고 생각했나 봅니다. 하지만 리딩에서는 조선시대에 대기근이 들어 생계가 어려워지자 산적이 되었던 것으로 나타났습니다. 약탈을 통해 먹고사는 것이 좀 해결되면서부터 주위에 눈을 돌리게 되었고, 척박한 동굴에서 면벽좌선하는 한 수행자를 알게 되었습니다. 처음에는 그저 호기심에 수행자의 좌선을 따라 했다가, 점점 지난 삶이 주마등처럼 머릿속을 스치면서 후회와 참회가 일어나는 것을 경험하게 되었습니다. 그러나 그도 잠시뿐이었고 생계를 위해 다시 산적 일에 나서고 말았습니다. 그 생에서 잠시 수행과 맺었던 인연이 미발아 상태의 씨앗으로 남아 있다가 현생에서 다시 고단함을 겪게 되자 마음공부에 대한 열정으로 싹을 틔우게 된 사례라고 할 수 있습니다.

　그런데 리딩을 들은 상담자는 매우 분노했습니다. 자신은 어려운 가운데서도 국가기술자격증을 따고 열심히 살아와 주변인의 부러움을 사는 사람이라고 했습니다. 그런 자신의 과거 생이 그 정도밖에 되지 않느냐며 저를 나무라며 화를 냈습니다. 지나친 자기 확신과 그에 따른 영적인 허영심 때문에 내담자도 위로받지 못해 실망했고, 저 역시 내담자에게 비난을 받아 서로 힘들었던 사례였습니다.

오랜 리딩의 경험은 우리 모두의 삶이 저마다 특별하고 고귀하다는 사실을 가르쳐주었습니다. 현생에서 얻은 지혜는 과거 생에서의 어리석고 미련했던 경험이 밑거름이 되었기에 가능한 것입니다. 그러니 삶은 곧 수행이고, 우리가 살아가면서 경험하는 모든 것은 다 마음공부와 연결되어 있습니다. 특별한 방식만을 수행이라고 하기보다는 하루하루를 살아가면서 우리가 지어내는 모든 생각과 행동이야말로, 참된 수행의 기초가 된다고 생각합니다.

아버지를 용서하다

한 여성 내담자는 결혼을 앞두고 친아버지와의 전생 인연을 알고 싶어 했습니다. 아버지는 하나뿐인 딸을 낳고 별다른 이유도 없이 가정을 버리고 집을 나가버렸다고 했습니다. 그녀는 홀어머니 밑에서 자라면서 그런 아버지에 대한 배신감 때문에 가슴속에 아버지를 향한 깊은 원망과 미움을 품고 있었습니다.

리딩에서 나타난 아버지와의 전생 인연은 그녀가 중국 국경 지대 부근에서 어느 소수민족 여인으로 살았을 때로 거슬러 올라갑니다. 그곳을 점령한 청나라 장군이 현생의 아버지였고 그의 시중을 들었던 여성이 지금의 내담자였습니다. 여성은 미모가 뛰어나 그 소수민족의 부족장이 부족의 안위를 위해 바친 제물과도 같은 신세였습니다.

그런데 당시 여인에게는 사랑하는 청년이 있었습니다. 청년은 자기 여자가 점령군 장군의 애첩이 되자 어떻게 하면 여인을 되찾아올 수 있을까 심각하게 고민 중이었는데, 이 지역에 오고 싶어 하는 또 다른 청나라 장수에게 은밀한 청탁을 받았습니다. 장군을 제거하면 두 사람에게 많은 포상금과 함께 도피처까지 마련해주겠다는 약속이었습니다. 그 약속을 믿고 청년과 여인은 공모해 장군을 살해하지만, 돌아온 것은 당장 그 지역을 떠나지 않으면 죽이겠다는 협박뿐이었습니다. 공교롭게도 전생에 애인이었던 청년이 현생의 어머니가 되었습니다.

리딩은 두 남녀 때문에 생명을 잃은 장군이 현생에서 두 모녀를 버림으로써 두 모녀가 전생에서 지은 카르마를 교정하고 있다는 사실을 보여주었습니다. 모녀가 살면서 겪은 많은 고통과 외로움은 그들이 과거 생에 지었던 부적절한 카르마를 정화시키는 과정이었다고 리딩은 말해주었습니다. 상담이 끝나자 여성은 참으로 많은 눈물을 흘리면서 제게 이렇게 말했습니다.

"결혼식에 아버지가 꼭 오셨으면 좋겠어요."

9

모기가 노새를 데리고 온 까닭

아내와 어머니

살면서 겪게 되는 고단함과 어려움의 원인을 자기 자신에게서 찾으려는 사람은 흔치 않습니다. 타인을 원망하지 않는 긍정적인 마음이 있다면, 그 사람은 여러 생을 살면서 우리가 배워야 할 참된 교훈을 이미 얻은 사람입니다.

한 집안의 아내이자 어머니, 그리고 며느리로서 헌신하는 여성들의 삶을 보면 때로는 개인적 카르마보다는 과거 생에서 비롯된 여러 가지 이유로 배우자의 인연을 맺는 경우가 있습니다. 결혼으로 자신의 집안과 시댁의 문제를 감당해야 하는 사례가 리딩에서는 자주 나타납니다. 과거 생에 상대방으로부터 큰 도움을 받았거나, 다른 연유로 갚아야 할 영적 채무를 진 경우들입니다. 다시 말해 배우자의 업과 자신의 영적 채무가 함께 상호 작용해 만들어진 인연법 때문에 그 사람의 문제를 대신 해결해준다고 할 수 있습니다.

예를 들어 과거 여러 생을 통해 악행을 지은 사람을 현생에서 사랑하게 된 경우입니다. 그러나 그 사랑 역시 실제로는 수 세기에 걸쳐 형성된 것일 수 있습니다. 이런 상황에서 현생에서 그 사람과 부부의 연을 맺게 된다는 것은, 자신이 사랑하는 사람이 오랜 악행으로 만든 부정적 카르마를 대신 짊어지겠다는 영적 각오의 결과일 수 있습니다. 그러므로 결혼을 통해 상대방의 카르마에서 기인하는 어려움과 고통을 받는 일이 자신의 카르마 때문인 것은 아닙니다. 오히려 상대방이 겪어야 할 고통을 자발적으로 지겠다는 희생과 봉사로 볼 수 있습니다. 그리고 자신의 그런 영적 봉사는 상대방뿐만 아니라 자신의 영성을 발전시키는 데 많은 도움이 됩니다.

이런 경우에는 대부분 현생의 자신은 명확하게 인식하지 못하지만, 무의식에 감추어진 영적 의지가 작용해 배우자를 선택하게 만듭니다. 배우자가 현생에서 감내할 문제를 가장 가까운 자리에서 함께 도움으로써, 자신의 영적 발전도 이루고 과거 생에서 만약 그 사람에게 진 인연의 빚이 있다면 이 기회에 갚을 수도 있는 것입니다.

머슴에게 은혜 갚은 주인집 딸

부부간의 인연법을 보여주는 좋은 사례가 있습니다. 언뜻 보기에 서로 어울릴 것 같지 않은데도 결혼해 살고 있는 부부가 있었습니다. 결혼 전 아내는 좋은 집안에서 자랐고 학력도 높은 편입니다. 그러나 남편은 불우한 가정환경에서 겨우 학교를 졸업하고 막노동으로 근근이 살아가고 있었습니다. 아내는 우연히 알게 된 그런 남자를 불쌍하고 안타깝다고 여겨 연민의 정을 느꼈는데, 그 연민이 그 남자의 인생을 돕고 싶다는 책임감으로까지 발전했습니다. 자신의 선택을 확신하게 된 그녀는 주위의 반대에도 불구하고 남편과 결혼까지 했는데, 막상 결혼하고서 그녀가 겪게 된 괴로움은 이만저만이 아니었습니다.

가장 큰 문제는 시댁이었습니다. 병석의 시아버지, 노름과 술주정을 일삼는 시어머니, 그리고 가난한 시누이들의 끊임없는 돈타령에 그녀는 심한 고통을 받고 있었습니다. 그들의 과거 생을 살펴보니 현생의 아내는 남편에게 진 인연의 빚이 있었습니다. 아내는 고려 말, 멸문지화를 당했던 어느 귀족가문의 여식이었습니다. 집안이 화를 당할 때 머슴이던 현생의 남편이 주인댁 딸을 구해내 깊은 산속에서 숨어 살 수 있도록 도왔습니다. 그리고 산에서 약초나 나무를 해다 팔아서 번 돈으로 먹여 살렸습니다. 그때 생은 아내에게는 비참한 시간이었지만, 머슴의 그 순수하고 지극한 마음은 큰 공덕이 되었고, 그 공덕으로 현생에서 부부의 연을 맺게 되었습니다.

그러나 남편은 다른 여러 생에서 살생의 인과라는 부정적 카르마를 많이 지었던 사람이었습니다. 아내는 자신이 남편에게

155

받았던 도움을 갚기 위해 현생에서 남편과 인연을 맺었지만, 아내는 이 남자와 결혼함으로써 남편이 감당해야 할 카르마적 부채까지 함께 짊어지고 있는 것으로 나타났습니다. 그것은 과거 생에 남편에게서 받았던 은혜를 남편이 가장 힘든 삶의 시간을 보낼 때, 가까운 자리에서 도움으로써 갚고 있다고 할 수 있습니다.

부부의 인연에서 나타난 흥미로운 점이 또 하나 있습니다. 이 내담자의 사례처럼 현생에 영향을 많이 미치는 과거 생에서 부부의 신분 차이가 컸을 경우에는, 서로 사랑해서 부부로 만났어도 과거 생에서 높은 신분에 있었던 쪽이 다른 배우자를 진심으로 존중하지 않거나 무시하는 일이 종종 발견됩니다.

백 년의 보은

생사의 기로에 놓인 사람을 구하기 위해 누군가가 위험을 무릅쓰고 뛰어들어, 꺼져가는 생명의 불길을 되살려주었다는 놀라운 소식을 종종 접할 수 있습니다. 하지만 그런 일들은 그저 우연히 일어나는 게 아닙니다. 그 속에는 우리가 모르는 놀라운 신의 섭리가 숨겨져 있기도 합니다. 이런 진실은 '타인의 생명을 구하는 자가 다시 자신의 생명을 얻게 된다'라는 표현으로 리딩에서 자주 등장합니다.

오랜 지병인 신장병이 악화되는 바람에 생사의 기로에 섰다가, 신장 이식수술을 받고 건강을 회복한 40대 남성이 있었습니다. 그는 자신에게 새 생명을 준 사람과의 전생 인연이 알고 싶다며 저를 찾아왔습니다. 리딩에서 기증자는 1900년대 초 독일에서 산악인으로 살았습니다. 그 생에서 그는 조상으로부터 물려받은 재산이 많아 비교적 여유로운 삶을 누렸습니다. 등산을 즐기던 동호인들을 모아 함께 큰 산에 오르곤 했지요. 그러던 어느 해 동료들과 함께 히말라야를 등정했는데, 정상에 도착하는 순간 갑자기 몰려온 강한 눈보라 때문에 죽음의 위기에 놓였습니다. 위기에서 벗어나려 무리하게 하산을 강행하던 그는 결국 '크레바스'에 빠져 목숨을 잃을 지경에 처하게 되었습니다.

그때 옆에서 돕던 셰르파의 희생으로 자신은 목숨을 건졌지만, 셰르파는 결국 함께 산을 내려오지 못했습니다. 그는 그 생에서 죽음으로써 자신의 목숨을 구해준 셰르파를 잊지 못했습니다. 그 생에서의 인연으로 두 사람의 영혼은 우리가 알지 못하는 영적 공간에서 깊은 유대감을 가지게 되었다고 리딩은 말했습니다. 전생에 알피니스트로 살다 죽었던 그는 다시 태어난 현생에서 갑작스러운 교통사고로 사망하게 되었습니다. 죽으면서 자신이 원했던 대로 장기 기증의 뜻이 이루어졌습니다.

그런데 리딩은 신장을 이식받은 내담자가 바로 전생의 셰르파였다고 알려주었습니다. 이번 생에 교통사고로 삶을 마감한 기증자는 자신의 신장을 이식받은 사람이 100년 전 눈보라가 휘몰아치던 히말라야에서 대신 죽어간 셰르파였던 것을 알았을까요? 리딩이 끝나고 난 뒤 그 남성은 100년 전 그때의 장면

157

을 떠올렸는지, 갑자기 온몸에 한기가 든다며 두 손을 가슴에 모으고 눈시울을 붉혔습니다. 제 눈에는 내담자가 비록 한기에 떨고는 있지만 마음속에서 피어나는 따스함으로 큰 위로를 받고 있는 사람처럼 보였습니다.

저 역시도 이 사례를 접하고 타인의 장기가 이식되어 누군가의 신체 일부가 되면, 그 사람에게서 장기의 원래 주인이 갖는 카르마의 인연법을 읽어낼 수 있다는 사실을 처음 알았습니다. 또 리딩을 통해 우주만물은 연결되어 있고, 사랑과 보은의 법칙은 우리 삶을 관통하는 전체적 인연의 연결고리 속에서 어김없이 구현된다는 점을 새삼 실감했습니다.

전생의 은혜를 주고받은 이야기들

이렇게 전생의 은혜를 주고받는 아름다운 이야기는 상담 사례에서 여러 가지 형태로 등장합니다. 다음 사례들은 카르마의 법칙이 처벌이나 징벌과 같이 부정적인 방식으로 작용하는 것이 아니라 선행에 대한 보은도 포함하고 있으므로 원인과 결과라는 중립적인 원칙임을 분명하게 보여줍니다.

장애아 아들을 둔 어머니가 있었습니다. 정성으로 아들을 보살피고 있었지만, 힘든 때도 적지 않아 모자의 인연 관계를 듣고 싶어 저를 찾아왔습니다. 리딩은 자식이 가진 부정적인 카르마를 해소하기 위해 현생에서 부모자식의 인연으로 만나 아들이 지은 과거 생의 카르마를 정화하도록 돕고 있는 것으로 나타났습니다.

아들은 과거 생에 노예상인으로 살면서 부를 축적했는데, 그때 지은 카르마가 너무 심각해서 현생에서는 중증장애인으로 태어났습니다. 지금의 어머니는 당시 착한 심성을 가진 그의 아내로 살면서, 남편의 잘못에 대해 자신이 다니던 성당에서 참회기도를 많이 했지만, 그 생에서는 남편의 카르마를 다 정화시키지 못했습니다. 그래서 현생에서 부모자식으로 다시 만나 아들이 혼자 감당할 수 없는 카르마를 함께 나누어 가지려는 영적 각오를 하고 온 것입니다. 이처럼 부부가 아닌 부모자식 관계에도 희생과 보은이라는 카르마의 법칙이 여전히 작용한다는 사실을 알 수 있습니다.

어느 날 일흔이 훌쩍 넘은 할머니가 중학교에 다니는 외손녀 두 명을 데리고 와서 손녀들과의 전생 인연을 물었습니다. 이렇게 손녀들을 데리고 오는 경우는 매우 드물어 아직도 제 기억에 생생하게 남아 있습니다. 리딩에서 할머니는 조선시대 왕의 후궁으로 살았습니다. 그런데 그 후궁은 왕의 총애를 받지 못해 그녀를 시봉하는 두 궁녀와 별채에서 지냈습니다.

그리고 후궁을 모시던 두 궁녀는 자신의 주인을 위해 평생을 수고하면서 그 생을 보냈습니다. 눈이 많이 내리는 겨울날에는 후궁의 신발을 가슴으로 품어 따뜻이 데워놓고, 후궁이 병들어 자리에 누울 때면 밤새 옆을 지키면서 간병했습니다. 후궁은 자신을 위해 평생을 수고한 두 궁녀가 너무 고마웠지만, 그 생

159

에서는 자신의 위치도 그리 좋지 못했기 때문에 그들에게 해줄 게 아무것도 없었습니다. 그 전생 인연을 잊지 못해 할머니와 외손녀는 현생에서 가족으로 다시 만난 것입니다.

리딩이 끝나자 할머니는 슬하에 자식과 친손자가 많은데도 유독 이 두 외손녀에게 마음이 가 자신의 재산을 물려주고 싶다고 했습니다. 자신은 죽은 친정 부모로부터 많은 유산을 물려받아 경제적으로 풍족하다면서요. 그러면서 왜 두 손녀들에게 그런 마음이 드는지 이유를 알고 싶었다고 했습니다. 큰아들이 사업을 하고 있는데 운영자금이 부족할 때면 할머니에게 찾아와 자신 몫의 재산을 물려줄 것을 요구했다고 합니다. 그러면 할머니는 자신의 의지와는 상관없이 입이 꽉 다물어지면서 고개가 절로 좌우로 움직인다는 것이었습니다.

손녀들과의 전생 인연을 알게 된 할머니는 연신 고개를 끄덕이시면서 상담실 밖에서 기다리고 있었던 두 손녀를 품에 끌어안았는데, 영문을 모른 채 자신을 바라보는 두 손녀들을 향해 환하게 웃으셨습니다. 그런데 두 눈에는 눈물이 그렁그렁 매달려 있었습니다. 눈물은 이렇게 말하는 것 같았습니다.

'얘들아, 정말 고맙구나! 이렇게 다시 너희들을 만날 수 있어서……'

그때 세운 약속을 다 지키고

우리가 살면서 겪는 여러 가지 사건 중에 가장 비통한 것은 아마도 사랑하는 가족의 죽음일 겁니다. 특히 건강하던 사람이 갑자기 죽음을 맞이하게 된다면 자신과 가족들이 느낄 황망함은 이루 말할 수가 없겠지요.

외국 현지법인에서 임무를 성공적으로 마치고 반년 전에 귀국한 60대 초반의 남성이 있었습니다. 평소 건강했던 아내가 어느 날 갑자기 사경을 헤매게 되었다고 했습니다. 보름 전 모기에 물렸는데, 증상이 악화되면서 입원했고 병원에서는 급성 뇌염으로 뇌 전체가 괴사되고 있다고 했습니다. 그래서 왜 이런 일들이 일어났고, 어떻게 하면 좋을지를 알고 싶다고 다급한 마음으로 저를 찾아왔습니다.

리딩을 시작하자 청나라가 티베트를 무력으로 정복한 18세기로 거슬러 올라갔습니다. 아내는 티베트에서 수행이 깊은 라마교 지도자였습니다. 그리고 남편은 청나라 장군으로 티베트를 정복하기 위해 출정한 사람이었습니다. 장군은 티베트 땅은 점령했지만 티베트 사람들의 마음까지는 얻지 못했습니다.

청나라 장군은 티베트 백성을 이끄는 영적 지도자인 지금의 아내에게 깊은 관심을 가졌습니다. 라마교 지도자는 항상 사람을 편하게 해주는 온화한 미소를 띠고 있었습니다. 또한 눈빛이 유난히도 맑은 그를 많은 사람들이 진심으로 따르며 공경하는 것을 보고 크게 감명을 받은 장군은 은밀하게 그의 제자가 되기를 청했습니다. 라마승은 장군을 제자로 맞이하는 것이 티베트 백성을 보호할 하나의 방편이 될 수 있다고 생각하고 그 장군을 비밀스러운 제자로 받아들이기로 했습니다.

그런데 막상 자신의 제자로 들이는 순간 장군의 과거 생과 그 생에서 지은 깊은 살생의 업보를 알게 되어 때늦은 후회를 했습니다. 그리고 어쩔 수 없이 제자의 업보를 정화하기 위해 참회기도를 하러 길을 떠났습니다. 그 길에는 동행자가 있었는데 평소에 스님의 짐을 나르던 노새였습니다. 라마승은 장군을 위한 참회기도를 하면서 그 생에서 다하지 못하면 다음 생에서라도 업보를 닦아주겠다는 원을 세웠습니다. 리딩은 그 생의 약속을 지키기 위해 라마 지도자가 여인의 몸을 받고 태어나 과거 장군이었던 지금 남편과 결혼했다는 사실을 보여주었습니다.

독실한 천주교 신자로 신심이 깊었던 아내는 남편의 사업이 잘되어 넉넉한 삶을 살았습니다. 그래도 아내는 평소 근검절약하는 생활을 했으며, 교포사회에서도 이웃사랑을 실천하며 살았습니다. 그런데 그렇게 평생을 기도하며 성실한 삶을 살아온 착한 아내가 왜 한 순간에 이렇게 속절없이 무너지는지 남편은 정말 그 이유를 알 수 없다고 했습니다. 남편 역시 마음공부에 관심이 있어 사람이 피해갈 수 없는 죽음에 대해 많은 공부를 한 사람이었습니다. 지금 자신이 처한 현실 앞에서 애써 담담해지려고 마음을 다져 먹지만, 마음의 준비를 할 틈도 없이 갑작스럽게 닥쳐온 죽음 앞에서 두려움에 떨고 있을 아내의 마음을 알고 싶다며 눈물을 흘렸습니다.

그때 갑자기 리딩이 급격히 깊어지면서 한 장면이 눈앞에 떠

162

올랐습니다. 과거 생에서 라마승의 짐을 싣고 다니던 노새가 주인을 모셔 가려고 병원 문 앞에 서 있는 것이었습니다. 그러면서 아내를 물었던 모기가 노새의 모습과 겹쳐지면서 사라져 버렸는데, 순간 문득 '모기가 노새를 데리고 온 까닭'을 알게 되었습니다. 저는 이렇게 말해주었습니다.

"이제 아내의 역할은 끝났습니다. 아내가 그때 생에서 한 약속을 다 지켰기 때문에 이제 떠나려는 것입니다. 라마승이 세운 그 약속 말입니다."

리딩을 마치면서 저는 아내의 영혼은 지극히 편안하고 안정적인 상태에 머물고 있다고 말해주었습니다. 이제 노새를 타고 다시 자신이 수행했던 과거 생의 동굴을 찾아 떠날 준비를 하려는 것처럼 말입니다. 남편은 리딩이 끝나고 난 뒤에도 한참을 울다가 갔습니다.

이 세상에 태어난 우리 모두는 반드시 죽어야 한다는 약속을 하고 옵니다. 생사의 질서는 오묘합니다. 죽음은 우리가 가진 업을 정화하는 의미가 있습니다. 사람들은 죽음 앞에서 자신이 믿는 신이나 조상에게 간절한 기도를 합니다. 그러나 죽음이 닥쳐서가 아니라, 일상에서 업을 정화시키는 간절한 기도를 10분만이라도 할 수 있다면 우리 삶은 훨씬 성숙해질 수 있습니다.

163

신의 선물, 신의 암호

선한 사람의 영혼은 자신이 세운 영적 약속을 지키기 위해 세속적인 삶에서는 남다른 불행을 겪는 경우가 많습니다. 그것은 생존 경쟁이 치열한 현실에서는 타인을 배려하는 마음이 그 사람에게 고통이나 불행을 줄 수 있기 때문입니다. 하지만 그런 영혼을 가진 사람은 삶을 끝내고 난 후에 아름다운 곳에 갈 수 있는 천상의 티켓을 얻을 수 있습니다. 그곳은 기독교에서 말하는 천국일 수도 있고, 불교에서 말하는 극락일 수도 있습니다.

일생을 힘들게 살았던 할머니가 저를 찾아왔습니다. 가난한 집안에서 태어나 '간난이'라는 이름을 가졌던 할머니는 역시 가난한 집안의 장손에게 시집가, 한 평생을 시집 식구들을 위해 농사짓고 제사를 지내면서 자식들을 키워야 했습니다.

할머니의 리딩에서는 전생에 수행승으로 살았을 때의 장면들이 나타났습니다. 스님은 홀로 수행하다가 기거하던 동굴 안에서 죽음을 맞게 되었습니다. 산과 들에 눈이 내리는 하얀 겨울밤, 백발이 성성한 노승이 벽을 보고 앉아 있는데 얼굴에는 주름이 한가득이었지만 표정만큼은 어린아이가 무언가 골똘하게 생각하는 것과 같은 아주 평안한 모습이었습니다.

시간이 흘러 스님은 그 자리에서 백골로 변해갔고, 아무도 그 동굴을 찾지 않았습니다. 그러던 어느 날 가난한 나무꾼이 동굴 앞을 지나게 되었습니다. 나무꾼은 어린 시절 마을 어른들로부터 뒷산 동굴에 스님이 살고 있다는 이야기를 들은 적이 있었습니다. 그 이야기가 갑자기 떠오른 나무꾼은 동굴 안에 들어갔다가 스님의 백골을 발견하고 잘 수습해 장사를 지내주었습니다. 그리고 해마다 백골을 처음 발견한 날이 찾아오면, 나무꾼은 동굴을 찾아 스님의 외로운 죽음을 위로했습니다. 그 일은 나무꾼이 세상을 떠나는 날까지 계속되었습니다.

나무꾼이 매년 찾아와 자신의 영혼을 위해 기도하는 정성이 너무 기특해 스님의 영혼은 다음 생에 여자로 태어나 그 집에 시집가서 은혜를 갚겠다는 서원誓願을 세웠습니다. 그런 이유로 간난이 할머니는 어려운 집안에 시집을 와 평생 나무꾼의 은혜를 갚은 것입니다.

리딩을 듣던 할머니가 눈물을 흘리면서 하시는 말씀이 어느 날 낮잠을 자고 있는데, 생전 본 적이 없는데도 왠지 낯이 익은 듯한 스님 한 분이 찾아온 적이 있었답니다. "이제 됐네! 수고가 많으셨네!" 하시며, 그 스님이 자신의 가슴속으로 훅 들어오는 것을 보고 깜짝 놀라 꿈에서 깨어났다고 했습니다.

"그럼 그 스님이 저라는 말입니까?"

"네, 그 스님이 바로 할머니의 전생 모습입니다."

제 말을 들은 할머니는 한참을 울다가 저를 보살이라고 부르면서 말씀하셨습니다.

"정말 고마운 보살이네, 시집와 그렇게 고생하면서 살았던 원망과 설움이 이렇게 한꺼번에 해결되다니, 지금의 고마운 마음을 다 전할 수가 없네."

고통받고 있는 사람의 아픔을 완전히 다 덜어주기란 애초에 불가능하지만, 이야기를 들어주는 것만으로도 큰 도움이 될 수 있습니다. 누군가가 자신의 입장에서 이야기를 들어주면 고통이 경감되면서 스스로 위로할 수 있는 마음의 문이 열리게 되는 것이지요. 그래서 저는 이렇게 이야기하고 싶습니다.

"고통을 사랑하세요. 고통이 주는 진정한 의미를 안다면, 그 고통은 그저 괴로움만이 아니고 어쩌면 신이 우리에게 주신 선물일 수 있습니다. 고통의 진정한 의미. 그것은 신의 암호처럼 우리가 풀어야 할 숙제입니다. 고통은 우리를 너무도 힘들게 할 수도 있지만 우리 영혼의 성장과 발전을 위해 스스로가 하고 온 약속일 수도 있습니다. 그러니 우리는 그 고통마저도 사랑할 수 있는 마음을 가지도록 노력해야 하지 않을까요. 그것이 아무리 힘들어도 말입니다."

사육신을 만나다

어느 날 한의사 한 분이 저를 찾아왔습니다. 그분은 고지식함이 지나쳐 의사로서의 순수함은 돋보이지만 그런 성격 때문에 가족과의 소통이 원만하지 않았습니다. 특히 아내와의 관계를 문제로 느꼈습니다. 겉으로는 아무렇지 않은 척하고 살지만, 속으로는 아내에게 마음고생을 시키는 것 같아 항상 마음에 걸린다고 했습니다.

리딩에서 나타난 전생에서 그는 단종의 복위를 주장하다 죽은 사육신 중 한 명으로 밝혀졌습니다. 그는 군신君臣의 도리를 다하기 위해 그렇게 죽었지만, 남아 있는 가족은 그의 죽음으로 인해 엄청난 고통과 불이익을 당했습니다. 당시에 제대로 건사하지 못했던 가족들이 현생에도 가족의 인연으로 와 있었고, 그가 가지고 태어난 이번 생의 영적 사명은 그때 돌보지 못했던 가족들을 보살피고 배려하는 데 있었습니다. 리딩이 끝나고 돌아가기 직전에 그분이 제게 조심스럽게 말했습니다.

"제 윗대 조상을 모신 제실祭室(조상의 제사를 지내기 위해서 위패를 모시는 집)에 사육신 어른의 위패가 모셔져 있습니다."

그 말을 듣는 순간 저는 그때의 참혹한 광경들이 떠올라 온몸에 소름이 돋으면서, 사육신 중 한 분을 만났다는 생각에 기분이 묘했습니다. 또 내담자가 마지막에 남기고 간 말은 제 리딩을 스스로 더욱 신뢰하는 계기가 되기도 했습니다. 돌아가는 그분의 뒷모습을 보며 이번 생에서는 가족들을 살뜰하고 자상하게 보살피기를 마음 깊이 빌었습니다.

10
리딩이 가르쳐주는 것들

비극과 고난 그리고 용서의 의미

윤회론은 우리 모두가 고유의 카르마를 갖고 태어나며, 많은 경우 비극과 고난 등 부정적으로 보이는 사건들이 카르마의 균형을 회복시킨다고 가르쳐줍니다. 또 카르마란 마음에 의해 만들어진다는 사실을 강조합니다. 이는 겉보기에 똑같은 행위라 할지라도 행위를 하는 마음에 따라 전혀 다른 결과를 가져온다는 의미입니다. 그러므로 참된 행동의 변화는 의식의 완전한 변화 없이는 불가능합니다.

게다가 일반적인 생각과 달리 우리의 영혼은 영적 진화와 성장을 위해 삶의 괴로움을 자발적으로 선택합니다. 영혼은 시련과 고난을 극복함으로써 온전성을 회복하기 때문입니다. 다시 말해 불행해 보이는 사건과 상황은 삶의 비밀을 푸는 열쇠이기도 합니다. 이번 생에서 겪고 있는 불행과 고통으로 인해 우리의 부정적 카르마가 소멸되고 정화된다면, 그 사건들은 오히려 카르마의 엄중한 사슬에서 우리를 자유롭게 만드는 고마운 계기가 된다는 뜻이지요.

더불어 신(神)과 카르마의 법칙은 우리에게 "용서할 수 없는 것을 용서하고 사랑하라"고 가르칩니다. 나의 가족과 형제를 불행에 빠뜨리고 짓밟은 원수라도 사랑하라고 말입니다. 물론 우리는 그 가르침이 신의 마음일 뿐 인간의 것은 아니라고 생각하기 쉽습니다. 그런데 만약 언젠가의 과거 생에서 내가 먼저 그 사람에게 끔찍한 일을 저질렀기 때문에 이번 생의 불행이 나에게 찾아온 것이라면, 우리는 이 사실을 어떻게 받아들여야 할까요?

닮은 것은 닮은 것끼리 만납니다. 이번 생에서 목격하고 있는 비극적인 사건의 가해자와 피해자는 전생에서 그 반대였을 수도 있습니다. 그러므로 원수를 용서하는 것은 실제로 나 자신을 용서하는 행동일 수 있습니다. 용서하는 마음은 상대방을 사랑하는 것에 그치지 않고 나를 사랑하는 결과를 낳습니다. 그러니 나에게 일어나는 안 좋은 일들을 그저 원망하거나 슬퍼하지만 마십시오. 전생 리딩은 그 사건들 속에 우리가 알 수 없는 섭리가 숨어 있을 수 있다는 사실을 거듭 알려줍니다.

사람은 대부분 더 나은 삶을 위해 사회적으로 부와 명예가 따르는 직업을 원합니다. 그런 직업군에 들기 위해서는 대개 자신을 뛰어넘는 수고와 노력의 과정을 거쳐야 합니다. 그러나 높은 위치에 오른다고 해서 모든 사람이 다 행복하고 잘사는 것은 아닙니다. 어떤 위치에 있든지 행복의 기준과 조건을 만들어가는 것은 마음의 몫임을 보여주는 좋은 사례가 있습니다.

어느 맑은 초가을 오후, 평범한 40대 여성이 찾아왔습니다. 그분은 자신이 전생에 어떠한 삶을 살았는지를 알고 싶다고 했습니다. 호흡을 가다듬고 리딩이 진행되었습니다.

맨 처음 아주 척박한 사막과 같은 곳에 폐가라고 해도 무방할 정도의 허름한 저택이 보였습니다. 그때의 시대적 배경은 18세기 멕시코였고, 그 집은 민가와 조금 떨어진 황무지와 비슷한 들판에 지어져 있었습니다. 그곳은 부모가 일찍 죽거나 미아가 된 아이들을 데려다 키우는 고아원이었습니다. 아이들을 돌본다기보다는 다른 곳으로 입양 보낼 때까지 잠시 머물게 하는 장소였습니다. 입양을 원하는 사람들이 매일 찾아왔고, 그들에게 선택된 아이들은 새로운 부모가 될 사람들과 함께 그곳을 떠났습니다. 리딩은 내담자가 그 시설의 책임자였다는 사실을 보여주었습니다.

대부분은 여자아이를 데려갔는데, 아이들의 소소한 노동력을 필요로 하는 것 같았습니다. 그런데 그중에서 어떤 사람이 원장에게 남몰래 돈을 쥐여주는 모습이 보였습니다. 그 시설은 법적으로도 크게 의심할 만한 것이 없었지만, 문제는 아이들이 입양된 다음이었습니다. 리딩이 진행되면서 이상한 장면들이 보이기 시작했습니다.

"아이들이…… 착취를 당합니다……. 사랑과 보살핌보다는 노예처럼 살아야 했습니다. 여자아이들은 새벽부터 밤늦게까지 가사노동과 밭일을 해야 했습니다……. 그리고 밤에는 남자 주인에게 성적으로 농락당하는 장면도 보입니다. 남자아이들도 역시 사육을 당하면서 어느 큰 농장에서 노예처럼 발에 쇠줄을 달고 일하고 있습니다. 아이들은 그곳에서 벗어날 수 없습니다. 제대로 먹지 못하고 착취를 당하면서 죽어간 아이가 많습니다. 노예나 하인을 구하려면 돈이 많이 들지만, 아이들은 아주 싼값에 들일 수 있었습니다. 입양 형식으로 데려오기 때문에 그 누구도 아이들에 대해 관심을 보일 수 없는, 오직 주인들만의 소유물이었습니다."

내담자에게는 너무나 잔인한 전생 리딩이었는지, 내담자와 선생님, 저 사이에 얼마간 침묵이 흘렀습니다. 다시 리딩이 시작되면서 다음과 같은 장면들이 나타났습니다.

"이분의 이번 생은 자신이 뜻해서는 아니지만, 자신이 돌보던 고아들이 사랑과 보살핌을 받지 못하고 힘든 노동과 성적 착취로 고통받았던 삶의 카르마와 연결되어 있다고 할 수 있습니다. 그래서 이번 생에서는 그러한 카르마를 정화하기 위해 희생과 봉사, 나눔을 실천해야 하는 영적 목적이 있습니다."

리딩을 마치자마자 내담자의 직업을 미리 알고 있던 선생님은 굉장히 의아해하며 저에게 반문했습니다.

"아니, 박 선생! 지금 무슨 말씀을 하시는 겁니까? 이분은 현직 변호사입니다! 어려운 시험을 통과해 타의 모범이 되는 훌륭한 인품으로 사회적 역할을 하고 계시고 봉사하는 분인데, 어떻게 그런 말도 안 되는 전생 리딩이 나올 수 있습니까?"

리딩 중에 저는 대개 감정의 기복이 전혀 없습니다만, 그 말씀이 끝나자마자 저는 선생님에게 분명하게 얘기했습니다.

"그렇기 때문에, 그때의 카르마를 갚고 최선을 다해 자신의 업을 정화하라는 의미에서 현생에 변호사라는 역할이 주어진 것입니다!"

선생님이 다시 저를 다그치려는 순간 그 여성이 말했습니다.

"맞습니다. 선생님…… 저는 오랫동안 고아와 성적 착취를 당한 여성들의 무료변론을 해오고 있습니다. 우연한 기회에, 입양되어 성적 착취를 당한 여성을 무료 변호해준 일이 있었는데, 그 사건을 계기로 현재까지도 계속 그 일을 해오고 있습니다."

그분은 우연히 그 일을 시작하게 되었지만, 아직까지 한 번도 그런 변호를 거절한 적이 없었다고 합니다. 그리고 그렇게 무료변론에 많은 시간과 노력을 할애하면서, 정작 자신은 사무실 직원들의 급여를 걱정할 정도로 재정적으로 어려운 시간을 보내야 했다고 했습니다. 그래서 전생을 알게 되면 자신이 왜 이렇게 고단한 역할을 해야 하는지 이해할 수 있을 것 같아 상담을 청했다고 했습니다. 그런데 전생 리딩의 내용을 듣자 지나온 자신의 삶이 이해되었다고 했습니다.

우리는 대개 사회적으로 인정받는 높은 지위와 고소득 전문 직종의 직업을 가지면 행복할 거라고 생각합니다. 그러나 사회적 책임감이 큰 분들이 모두 행복을 누리며 사는 것은 아닙니다. 짊어져야 할 책임과 역할이 무거운 만큼 남들은 이해하지 못하는 의무감과 책임감 때문에 정신적으로 버거운 삶을 살 수도 있습니다. 봉사하며 살아가는 한 변호사의 전생 이야기에서 그러한 영적 메시지를 생생하게 확인할 수 있었습니다.

성당에 못 가는 천주교도

한 남성 내담자의 과거 생은 오랑캐로 나타났습니다. 그런데 그는 조선 후기에 본인이 태어난 곳이 아닌, 우리나라로 건너와 정착했습니다. 그 당시 대원군이 천주교인들을 대규모로 박해했는데, 이 남성은 많은 천주교인이 순교할 때 그들의 목을 칼로 베는 망나니로 활약했습니다. 천주교인들의 사형을 집행하면서 목을 많이 자를수록, 그에 비례해 보수를 받았습니다. 높은 수익 때문에 남의 목을 자르는 일을 심지어 즐기기까지 했던 과거 생이 있었던 것이지요.

당시 사회적 배경에서 누군가는 그 일을 해야 하지만, 카르마의 법칙에 따르면 행위 그 자체보다는 동기가 더 중요합니다. 다시 말해 사형을 집행하는 행위는 법률 체계에서 불가피한 일이지만, 그 행위로 인해 행위자가 어떤 이익을 얻었거나 이기적인 즐거움을 충족했다면, 그것은 매우 부정적인 카르마로 남게 됩니다.

리딩이 끝나자 남성은 자신이 천주교 신자라고 밝혔습니다. 그런데 그가 처음 성당에 가던 날 미사에 참석해서 신부님을 보는 순간, 갑자기 신부님의 눈에서 번갯불이 쳤고 그 자리에서 자신의 눈이 마비되며 온몸의 감각이 모두 사라져 버렸다고 했습니다. 그때의 강렬한 충격은 오랜 시간 동안 그의 마음속에서 떠나지 않았고, 그 후에도 신부님과 마리아님을 생각하면 자신도 모르게 쏟아지는 눈물 때문에 밤잠을 설치는 날도 많았다고 했습니다. 저는 이렇게 물었습니다.

"그렇게 힘이 드는데 왜 신부님과 성모님을 생각하십니까?"

"그것은 저의 의지가 아닙니다. 그 충격 이후로 저는 너무 두려워 성당 옆에도 가지 못합니다. 그런데 눈만 감으면 그분들이 보입니다. 적어도 일주일에 한 번씩은요. 어떤 때는 그분들이 저를 위해 기도해주고 있다는 생각이 들기도 하지만, 저 스스로를 큰 죄인이라고 믿는 죄책감 때문에 드는 저의 착각 같아서, 설마 그럴까 하고 그런 생각을 하지 않으려고 노력도 합니다."

그래서 그는 천주교인이면서도 성당을 가지 못하는 불행한 삶을 살고 있다고 마음 아파했습니다. 내담자가 겪고 있는 현재 상태는 현대의학으로는 해석하기 어려운 신체적 과잉 반응일 수 있습니다. 그러나 전생 리딩에 입각해 설명하자면 과거 생에서 순교자의 복을 지는 행위를 쇠스러워하거나 반성하지 않고, 오히려 그 행위를 즐겼던 데서 온 심각한 카르마의 결과라고 할 수 있습니다. 그러나 비슷한 역할을 맡았던 모든 사람들이 똑같은 방식으로 카르마의 영향을 받는 것은 아닙니다. 그 시대에 망나니로 살았거나 또 다른 과거 생에서 그와 같은 비슷한 역할을 해야 했던 사람들이라도 동기라는 차원에서 특별한 문제가 없었다면 누군가는 꼭 해야 할 역할을 대신했기 때문에 행위 자체가 나쁜 카르마로 남지 않는다고 리딩은 말합니다.

　기도하기 위해 눈만 감으면 내담자에게 보인다는 신부님과 성모님의 이야기는 리딩을 하는 저에게도 깊은 감동을 주었습니다. 우리가 인식하지 못하지만 우리보다 더 높은 차원에 계시는 존재가 우리를 위해 그렇게 기도하고 있다는 것은, 우리가 앞으로 어떻게 살아야 하는지에 대해 답을 주는 것 같았습니다. 어쩔 수 없는 시대적 상황에서 자신이 맡은 역할이 불가피한 일이었다고 하더라도, 그 일이 사람의 목숨을 빼앗는 일과 같은 것이라면 자신의 행위를 얼마나 참회했느냐에 따라 매우 다른 카르마적 결과가 개인에게 나타나는 것입니다.

지키지 못한 약속

태어날 때부터 워너증후군, 선천성 면역결핍증, 공황장애 같은 심한 장애를 동시에 가진 청년이 있었습니다. 리딩은 그가 2차 대전 시기에 일본군으로 보르네오 섬 전투에 침전힌 삶을 보여주었습니다. 그의 부대는 섬을 점령하고 있다가 미군의 반격으로 수세에 처하면서, 전멸하기 직전의 위기로 내몰리게 되었습니다. 그러자 평소 온순한 성격으로 원주민과도 친하게 지냈던 청년은 알고 지내던 마을 원주민 가족의 도움을 받아, 원주민들만이 아는 깊은 동굴에 몸을 은신하게 되었습니다. 마침 그 동굴은 공교롭게도 원주민들이 조상 대대로 제사를 지내는 신성한 장소였습니다.

동굴 내부는 깊은 미로로 이어져 있었고, 다른 지역에서 온 사람은 아무리 지리를 잘 안다 하더라도 안내자 없이 들어가면 길을 잃어 살아서 나오지 못하는 비밀의 장소였습니다. 그러나 그곳에서 매년 제사를 지내는 원주민들은 그들만의 방법으로 그 굴속을 자유롭게 다닐 수 있었습니다. 그렇게 원주민 가족의 도움으로 동굴에서 은신하던 청년은 전쟁이 끝나 자신이 본국으로 돌아가게 되면, 자신을 도와주었던 사람들을 다시 찾아오겠다는 약속을 했습니다. 그러나 청년은 전쟁이 끝나고 본국으로 무사히 돌아갔지만, 그들을 다시 찾아가지 못했고 그때의 생은 그렇게 끝났습니다.

당시 청년은 동굴 속에 모셔진 그들의 조상님들에게도 이렇게 맹세를 했다고 했습니다.

"고향에 혼자 기다리고 계시는 어머니에게 살아 돌아갈 수

만 있다면 꼭 이 은혜를 갚겠습니다. 만약 은혜를 살아생전에
다 갚지 못하면 다음 생에서라도 꼭 갚겠습니다."

리딩은 청년이 그때 맹세한 약속을 지키기 위해 이번 생에
그들의 가족으로 태어났고, 특히 가장 빠른 정화 방법인 불구
의 몸을 선택해 원주민 가족들과 그 조상들이 부족 간 전쟁에
서 지었던 무수한 살생의 카르마를 정화하기 위해 왔다고 했습
니다.

리딩이 끝난 후, 청년은 자신이 반복해 꾸는 특이한 꿈이 있
다고 얘기했습니다. 그는 꿈속에서 깊은 숲으로 가려진 동굴에
서 그 안에 쌓여 있는 해골과 뼈다귀를 수도 없이 밖으로 옮기
는 작업을 했다고 했습니다. 리딩을 들은 청년은 같이 온 부모
님의 손을 잡고 눈물을 흘리면서 말했습니다.

"그 생에서 생명을 지켜준 원주민 가족에게 한 약속은 지키
지 못했지만, 그 약속을 지키기 위해 이번 생에 지금의 장애를
가지고 태어났다면, 장애로 인한 불행을 결코 아프게 생각하지
않겠다"라고요.

다행히 이 청년은 자신의 전생 이야기를 잘 받아들였습니다.
그러나 자신이 지은 죄과를 부성석으로 받아들이는 경우도 많
습니다. 내담자들은 대부분 힘든 상황에서 찾아오기 때문에 정
신적으로나 육체적으로 고통스럽고 불행한 경우가 많습니다.
그 점에서 윤회와 업은 삶에서 피할 수 없는 굴레처럼 느껴지
기 십상입니다. 그러나 윤회와 업의 법칙은 거듭 강조하지만,

우리 영혼의 균형을 잡아주는 중립적인 것입니다. 좋건 나쁘건 본인이 행동했던 그대로 마시 부네랑저럼 스스로에게 되돌아온다는 사실을 알아야 합니다.

살아가면서 복을 짓는 가장 좋은 방법은 선한 마음을 가지는 일입니다. 그리고 그런 마음으로 다른 사람들을 배려하고 봉사하는 일이 참으로 중요합니다. 경제적 능력은 행복지수와 결코 비례하지 않습니다. 경제적 능력이 크지 않아도 선한 마음으로 살아가는 사람들 중에는 이웃과 사랑을 나누면서 자신의 삶에서 큰 행복을 찾는 분들이 많습니다.

11
서양인의 전생

한국 소녀를 보면 왜?

저를 찾아오는 내담자 중에는 우리나라 분들만 있는 것은 아닙니다. 국제화 시대가 되어서인지 외국 분들도 이런저런 경로로 저에 대한 소문을 듣고 전생을 알고 싶다며 저를 방문합니다. 영혼이 인연법에 따라 다른 장소에서 태어난다는 점을 보여주는 사례를 포함해, 우리나라 사람들과의 차이를 분명하게 보여주는 상담 사례들이 특히 기억에 남습니다.

한국에 와서 학원 강사로 일하고 있는 **호주** 청년이 한국의 친구에게 도움을 청해 전생 리딩을 하러 왔습니다. 그는 오래전부터 한국의 소녀들을 보면, 가슴속 한가운데서 알 수 없는 슬픔이 밀려온다고 했습니다. 그래서 왜 그런 이해할 수 없는 슬픔이 생기는지 그 원인을 알고 싶어 했습니다.

한국말이 서툰 호주 청년의 리딩은 함께 동참한 친구가 통역을 해주면서 시작되었는데, 리딩에서 그는 임신왜란 낭시의 조선인이었고 평민으로 의병이 되어 참전을 한 것으로 나왔습니다. 잘 알려져 있듯이 전쟁이 한창일 때 일본군들은 조선 여성들을 많이 잡아갔습니다.

어느 날 그는 정찰을 나왔다가 일본군들이 여성들을 배에 강제로 싣는 장면을 먼발치에서 목격하게 되었습니다. 그들 중에는 어린 여자아이들도 많았는데, 수적으로 열세에 있었던 그와 동료들은 그런 비극적인 장면을 멀리서 지켜만 볼 뿐 아이들을 구하기 위해 어떤 방법도 쓸 수 없었습니다. 그 가운데 무력감에 빠져 오열하는 그의 모습이 보였습니다. 그런 인연법 때문에 청년은 한국에 와서 청소년들에게 영어를 가르치는 도움을 주고 있었던 것이지요. 소녀들을 보면 솟구치는 이유 모를 슬픔도 그런 인연 때문이었습니다.

우리에게 유명한 미국 출신의 현각 스님은 태극기를 보면 가슴속에서 뭉클한 감회가 생긴다고 했습니다. 스님은 일제강점기 때의 삶에서 독립군으로 살았는데, 일본의 식민지배를 받았던 아픔을 잊지 못했던 것이지요. 우리가 큰 나라가 아니라서 생긴 비극이라고 생각한 스님은, 그때의 아픔으로 현생에서는 세계에서 가장 힘이 센 미국이라는 나라에 태어났습니다. 그렇지만 자신이 다시 한국에 와서 수행을 하는 것은, 당시 한국 사람으로 살았던 삶의 배경이 원인이 되었다고 직접 얘기한 적이 있습니다.

이렇게 국제화된 요즘의 시대적 배경은 예전과 달리 인연법이 국경을 넘어 펼쳐질 수 있는 좋은 바탕이 되고 있습니다.

우주적 차원의 메시지

우리나라 대학에서 강의하는 어느 영국인은 한국 여성과 깊은 사랑에 빠지게 되었는데, 그녀와 어떤 인연인지 알고 싶다며 저를 찾아왔습니다. 리딩에 들어가자 영국인 내담자와 그가 사랑하는 한국 여성과의 전생 인연은 물론이고, 내담자가 고대 켈트족으로 살았던 시기의 시대적 정황이 함께 보였습니다. 특히 그 당시 켈트족들이 행했던 종교적 의식의 모습도 생생하게 나타났습니다.

그런데 그들이 행한 종교적 의식은 단순히 종교 의식으로 끝나는 것이 아니라, 이면에는 또 다른 우주적 차원의 메시지가 긴밀하게 연결되어 있었습니다. 여기에서 자세하게 밝히기는 어렵지만 개인의 전생 리딩에 우주적 차원의 영적 정보가 함께 읽혔다는 점에서 저에게도 매우 독특한 경험이었습니다. 저는 내담자에게 스톤헨지에 대한 이야기와 함께 그가 고대 켈트족의 드루이드 교회에 속해 있었고, 그곳에서 종교적 의식을 행했던 적이 있다고 말해주었습니다.

그러자 중간에 통역을 해주시던 그분의 친구가 하는 말이 내담자가 영국에서 스톤헨지를 처음 방문했을 때에는 그렇게 크게 와 닿는 느낌이 없었다고 했습니다. 그런데 그곳에 머무는 시간이 길어지면서 매우 독특한 느낌의 에너지를 받게 되었고, 그 장소에서 뿜어져 나오는 에너지가 좋아서 지금은 그곳을 매우 좋아한다고 했습니다.

이 영국인 내담자의 리딩에서는 고대 유적인 스톤헨지의 지정학적 중요성과 더불어 고대의 종교적 의식이 뜻밖에도 다른 차원의 존재들과의 교류와 관련되어 있다는 내용이 리딩되었습니다. 저도 잘 몰랐던 새로운 사실들을 리딩을 통해 많이 알 수 있었습니다. 이 외국인 내담자의 리딩에서는 흥미롭게도 개인적 전생 차원을 넘어선 지구 및 우주와 관련된 특이한 정보가 많이 읽혔던 것이지요.

서양인의 리딩이 더 명확한 까닭

많은 외국인들을 리딩한 것은 아니지만, 외국인 내담자들을 만난 경험에 비추어보면 우리나라 내담자들과 몇 가지 차이가 있습니다. 물론 더 많은 사례를 통해 확인할 필요가 있습니다만, 외국인 내담자들의 경우에는 개인 차원의 정보가 더욱 뚜렷하게 읽힌다는 특징이 있었습니다. 그 점이 흥미로워서 법운 선생님과 많은 얘기를 나누었는데, 잠정적인 결론은 아마도 동서양의 문화 차이가 반영된 것이 아닌가 싶었습니다.

한국의 문화는 유교사상이 근본 바탕이 되어 장유유서 등 위계질서를 중요시하는 수직적 인간관계가 주가 된다고 할 수 있습니다. 그런 문화적 환경에서 습득된 관념과 관습은 체격體格, 인격人格과 함께 우리의 특성을 구성하는 영혼의 격인 영격靈格에도 많은 영향을 미칩니다. 인격과 영격은 별개의 격格이 아니라 서로 밀접하게 연결되어 있고 각각 다른 특성을 가진다고 생각할 수 있습니다. 그러나 그 세 가지 격은 서로 어우러져 하나라고 하는 총체성을 지닌 존재를 구성합니다. 동양계인 한국인과 서양인들의 영격에 미치는 카르마적 영향력을 살펴보면, 그 문화적 차이만큼이나 차이가 있는 것 같습니다.

말씀드렸듯이 우리는 유교사상을 바탕으로 한 수직적인 문화와 더불어 농경사회의 특징인 집단적 성격도 강하게 갖습니다. 그래서일까요. 우리의 경우 사후에 영혼들도 우리 문화의 특성인 수직적이면서 집단적인 성격을 강하게 띱니다. 서양인들에 비해 상호 간의 유대나 관계 그 자체를 중요시하는 것이지요. 영적인 영역에서도 동일한 특성이 나타나 업의 발현이나 영가로 인한 영적인 개입도 집단적인 성격이 뚜렷합니다.

반면에 성인이 되면 부모에게서 독립하는 것이 당연한 서양인들의 경우에는 개별적이면서 개인주의적인 성향이 강합니다. 또 우리에 비해 수평적 인간관계가 보편화되어 있다고 할 수 있습니다. 그런 특성은 영적인 영역에서도 유사하게 나타납니다. 서양 내담자들의 경우에는 삶이 보다 개인주의적이고 독립적이므로 카르마의 발현을 포함해 영가와의 관계 역시 개별적인 성향을 보인다고 할 수 있습니다.

183

영가와의 관계를 예로 들어보면, 우리의 경우 조상령들이 쉽게 떠나지 않고 보통 4대(대략 200년) 정도는 자손에게 의지해 머무는 경우가 많습니다. 한국인이 가지고 있는 제실문화祭室文化도 그런 영적인 차원의 특성을 반영하고 있습니다. 반면 서양인들은 타인에게 기대고 의지하는 성향이 약하기 때문에, 죽은 후에도 보다 독립적으로 자기 정리를 한다고 볼 수 있습니다. 더 많은 사례를 통해 탐구해야겠습니다만, 어떤 문화권에 태어나느냐에 따라 영적 성향도 많이 달라진다고 할 수 있습니다.

동양인과 서양인의 여러 가지 차이점

외국인 내담자들의 리딩은 보이는 방식에서도 눈에 띄는 차이를 보였습니다. 많은 외국인을 상담한 것은 아니지만 제가 상담했던 금발에 파란 눈의 외국인들은 리딩을 통해 전생의 정보가 인식되는 방식이 우리나라 사람들과는 많이 다르다고 느꼈습니다. 극장에서 영화를 관람하는 것에 비유하자면, 보통의 리딩은 평면이라는 2차원에서 장면이 구현됩니다.

그러나 리딩을 해보면 서양인들은 마치 특수한 상영관에서 영화를 보는 것처럼, 인식되는 감각이나 몰입도라는 측면에서 우리나라 사람들과 분명하게 달랐습니다. 특수 제작된 3D나 4D 영화는 보통의 영화 상영 방식과 달라서, 관람객에게 확연하게 다른 시각적인 정보를 전해주는 것처럼 말입니다. 그들의 경우에 영적인 정보에 접근해가면 우리나라 사람보다 더 선명하고 명확하게 전생의 장면들이 나타났습니다. 그리고 외국인 내담자들의 경우에는 개인적인 정보뿐만 아니라, 다차원의 우주적 정보도 함께 읽히는 경우가 많았습니다.

물론 제가 접한 외국인 상담 사례는 우리나라 내담자에 비해 현저하게 적기 때문에 섣부르게 일반화할 수는 없습니다. 그렇지만 앞서 설명한 것처럼 서양 문화의 개인주의적 성향이 개인의 전생 정보를 읽는 데 더 유리한 것이 아닌가 생각되었습니다. 우리에 비해 개인에 초점을 맞추는 성향이 강해 개인적인 정보가 잘 정리되어 있다고 해야 할까요. 반면 우리나라 내담자들의 경우에는 부모를 포함해 주변 사람들과의 관계가 아주 끈끈하게 얽혀 있는 탓에 서양인에 비해 개인적인 정보를 뚜렷하게 구분해내는 것이 조금 더 힘든 것 같습니다. 물론 우리나라 내담자들도 개인별로 분명한 차이를 보입니다만.

앞서 설명한 것처럼 서양 사람들의 의식구조는 상당히 개인주의적이라고 할 수 있습니다. 자기라는 개인을 중요시하는 사회에서 태어나 살아온 사람들이고, 반면에 동양 사람들은 관계라는 것을 굉장히 중요하게 생각하는 문화권에 태어난 사람들입니다. 그래서인지 동양 사람은 서양 사람들에 비해 카르마의 영향을 더 많이 받는다고 할 수 있습니다.

업의 논리에서 살펴보자면 동양은 전생의 업을 관계 속에서 푸는 데 좋은 환경을 제공합니다. 반면에 서양 사람은 어린 시절부터 개인적인 독립성을 기초로 성장하여, 성인이 되어서도

185

독자적으로 살아가는 경향이 많으므로 개인의 문제에 집중하고 싶은 영혼에게 좋은 환경이 되는 것 같습니다.

다시 말해 동양 문화권에서 태어났다는 것은 업이든 인연이든 전생의 카르마를 관계 속에서 풀어야 할 경우, 꼭 만나야 될 사람들과 함께 살아간다는 의미를 지니는 것 같습니다. 이에 반해 서양은 환경 자체가 자기 정체성과 독립성을 잘 구현할 수 있는 환경이기 때문에, 관계보다는 자신의 가능성을 독립적으로 구현하고 싶은 사람들이 그곳에 태어날 가능성이 크다고 할 수 있습니다. 그동안의 리딩 경험은 이런 특징적인 차이를 저에게 보여주었습니다만, 이런 차이를 카르마의 법칙이 서양에서는 적용되지 않는 것으로 본다거나, 혹은 지나치게 일반화해서는 곤란하겠지요. 어쨌든 카르마와 관련된 동서양의 차이는 앞으로 제가 풀고 싶은 흥미로운 과제입니다.

4부

전생이라는 학교

노년에 접어들면 노후를 준비하기 위해 자금을 마련하는데, 사실 정말 중요한 것은 노후연금이 아니라 여러 생에 걸친 사후연금 준비일 겁니다. 우리가 이 세상에 다시 태어날 때 쓸 수 있는 행복을 위한 무제한의 카드가 그런 식으로 준비됩니다. 사후연금을 넉넉하게 준비할 수 있는 유일한 방법은 타인을 위한 진정한 봉사와 이웃을 사랑하는 일입니다. 그 일이 얼마나 중요한지를 알게 된다면, 오늘 우리에게 주어진 하루하루의 일과가 지닌 소중함을 뼈저리게 느낄 것입니다.

12

자기가 뿌린 씨는 자기가 거둔다

병은 카르마의 균형을 회복하는 지름길

불교의 가르침에 '보왕삼매론寶王三昧論'이 있습니다. 수행과정에서 나타나는 장애를 극복하는 열 가지 지침을 가리킵니다. 여기에 "몸에 병 없기를 바라지 말라"는 말이 있습니다. 실제로 병은 카르마를 다스리는 가장 중요한 방법 중 하나임을 리딩은 가르쳐줍니다. 리딩으로 관찰해본 병의 원인으로는 과거생에서 비롯된 교만과 오만, 그리고 이기심을 채우기 위해 다른 사람을 괴롭힌 일 등이 주로 등장합니다. 여러 가지 질환을 통한 카르마의 교정은 영혼의 성장에 꼭 필요한 장치라고나 할까요.

성경에도 '자기가 뿌린 씨는 반드시 자기가 거둔다'는 말이 있습니다. 이 구절보다 진실한 말은 없을 겁니다. 그러니 병이라는 결과를 통해 자기가 뿌린 씨앗이 무엇이었는지를 돌이켜 보고, 나아가 자신의 성격을 만든 원인들과 살아온 시간들을 반성할 수 있어야 합니다. 이 점에서 우리를 아프게 만드는 질병은 우리 자신을 비추는 거울과도 같습니다.

리딩은 우리가 이번 생에서 경험하는 질병의 원인을 전생에서 찾아 보여주는 경우가 많습니다. 그러므로 우리는 거울에 비친 자신의 모습을 마주할 때 그 모습이 과거 생의 자신이라는 점을 알아야 합니다. 내담자의 사례 중에는 암세포가 카르마를 정화하기 위한 도구로 작용하는 특이한 예도 있었습니다. 우리의 생각과 달리 이런 질병은 부적절한 카르마를 치유하기 위한 신의 선물이라고도 할 수 있는데, 이를 통해 균형과 조화를 회복할 수 있기 때문입니다. 게다가 질병에 시달리는 동안 우리는 간절한 마음으로 신을 찾기도 하니까요. 그러나 병마로부터 회복된 사람들은 자신의 일상으로 돌아가, 아팠을 때의 간절함을 곧잘 잊어버리곤 합니다. 자신이 앓았던 질병이 어떤 신적 메시지를 가지고 있는지 까맣게 모르는 채 말입니다.

질병이 어떻게 삶의 균형을 회복시켜주는지 기억에 남는 몇 가지 리딩 사례를 살펴보겠습니다. 정신분열증을 앓고 있는 중년 남성이 저를 찾아왔습니다. 리딩은 내담자가 조선시대에 살았던 전생을 보여주었습니다. 그는 임진왜란 때 농사를 짓는 소작인이었는데 그가 살던 마을이 전쟁터로 변하면서 황폐해지자 거리를 헤매게 되었습니다. 그러던 어느 날 마을 뒷산을 지나다 산길에 죽어 있는 스님을 보고는 승복을 벗겨 입고서 스님처럼 위장하기로 했습니다. 그리고 마을을 찾아다니며 탁발을 해서 끼니를 해결했습니다.

전쟁이 막 지나간 다음이라 민심이 흉흉했고 마을은 가는 곳마다 시체가 즐비했습니다. 살아 있는 사람들은 죽은 가족 앞에서 지나가는 그를 붙잡고 죽은 자들을 위해 기도해주기를 간청했습니다. 그는 절박한 심정으로 매달리는 가족들 앞에서 허투루 목탁을 치면서 염불을 해주고 사례로 곡식과 돈을 받았습니다. 처음에는 그저 스님인 것처럼 하고 다니면 배고픔을 해결할 수 있을까 하고 시작한 일이었습니다. 그런데 시간이 지나면서 벌이도 쏠쏠해지자 자신이 정말 스님이라도 된 것처럼 행동했습니다. 급기야는 버려진 암자에 자리를 잡고 본격적으로 스님 행세를 했습니다.

리딩은 당시 남들을 속였던 카르마가 현생에서 병의 원인으로 작용한다고 말했습니다. 본인의 정체성을 속이고 분열적인 삶을 살았던 전생의 나쁜 카르마가 현생에서 말 그대로 분열증으로 나타난 것입니다. 게다가 질병이란 본인은 물론 주위의 가족에게도 고통을 주기 마련입니다. 지금의 아내와 가족들은 그때 절에서 함께 살면서 그에게 도움을 받았던 가족이었습니다. 그런 이유 때문에 그들도 현생에서 가족의 인연으로 만나 함께 고통을 겪으면서, 카르마의 부채를 나누어 정화시키고 있다고 할 수 있습니다.

아토피로 고생하는 아들 때문에 가슴 아파하는 어머니가 찾아 왔습니다. 대학에 다니는 20대 아들은 어릴 때부터 아토피 때문에 심하게 고생했습니다. 리딩으로 살펴본 병의 원인은 청년의 어머니가 임신했을 때 사사건건 간섭하는 시누이와 그 사실을 알고도 방관하는 남편에게 품은 깊은 증오심 때문이었습니다.

리딩은 현생의 가족이 남아선호 사상이 강했던 조선시대 후기의 삶에서 인연을 맺었다고 말해주었습니다. 지금의 가족은 그 생에서도 가족이었지만 당시의 해결되지 못했던 갈등이 반복해 현생에까지 이어져오고 있었습니다. 현생의 시누이는 전생에서는 아이를 낳지 못하는 그 집안의 정실부인이었습니다. 그리고 내담자로 온 청년의 어머니는 '씨받이' 여인이었고, 현생의 아버지가 집안의 대감이었습니다. 전생에서 정실부인은 씨받이로 들어온 여인을 많이 구박했습니다. 그런데 여인은 씨를 받아 아이를 낳았지만 안타깝게도 아들이 아닌 딸이었습니다.

실망한 대감은 딸과 씨받이 여인에게 하인과 다를 바 없는 삶을 살도록 지시했습니다. 여인은 시간이 지나면 대감의 마음이 바뀔 것이라 생각했습니다. 그러나 대감은 평생토록 딸아이의 이름 한 번 불러주지 않았고, 눈길 한 번 주지 않았습니다. 그런 대감의 행동은 하인들 또한 모녀를 함부로 대하게 하는 원인이 되었습니다. 모녀의 한恨은 깊어만 갔습니다. 그 생에서 그토록 가족으로 인정받고 싶었던 씨받이 여인과 딸은 현생에서 아내와 아들의 인연으로 다시 대감을 만나게 되었습니다.

현생에서 자신의 아내(씨받이)를 지나치게 간섭하는 시누이(정실부인)를 묵인하는 아버지의 소홀함은 과거 생에서 대감이 보여준 모습과 다르지 않았습니다. 현생에서도 전생과 비슷한 상황에 놓이게 된 어머니에게 무의식 깊숙이 숨어 있던 영적 트라우마가 강하게 발현되었습니다. 결국 전생의 미움에서 시작된 현생의 증오심이 임산부의 면역체계에 나쁜 영향을 주어 아토피 발병의 원인이 되었다고 리딩은 알려주었습니다. 어머니는 아들의 병을 낫게 하려고 많은 노력을 했지만 병은 더욱 깊어져 두 사람을 괴롭혔습니다. 두 사람은 전생에 대감이었던 남편과 아버지를 미워하는 마음이 참으로 깊었던 것이지요.

리딩은 그런 마음을 고치지 않으면 병이 나을 수 없다고 했습니다. 아들은 어머니의 유전적 소양을 많이 가지고 태어났기 때문에 어머니의 분노가 아들의 질병에 큰 영향을 주고 있다고 지적했습니다. 리딩은 해결 방법으로 어머니가 남편을 미워하는 마음을 버리고 용서하는 온화한 마음을 가져야, 치유의 에너지가 발현되어 아들의 증세가 개선될 수 있다고 했습니다.

리딩의 조언을 귀담아 들은 어머니는 남편에 대한 원망과 미움의 마음을 신앙생활을 통해 정화시켰습니다. 어머니가 열심히 기도한 덕분에 아들의 아토피도 많이 좋아졌다고 알려왔습니다. 청년의 지병이던 아토피가 전생에서 시작된 가족들의 미움과 갈등을 현생에서 화해와 용서로 바꾸어놓는 좋은 촉매로

193

작용했던 셈입니다.

타락이 질병을 부르다

선천성 자가면역질환을 심하게 앓고 있는 한 젊은 남성이 상담을 요청했습니다. 리딩은 그가 15세기 티베트의 소수민족 국가에서 법왕으로 살았던 때를 보여주었습니다. 당시 그는 자신이 가진 권세를 앞세워 많은 여성과 음행을 일삼고, 남들의 재물을 탐했던 방탕한 삶을 살았습니다.

리딩 내용을 말해주는 도중에 내담자는 갑자기 눈물을 터뜨리며 흐느끼기 시작했는데 영문을 알 수 없어 저는 그가 울음을 그칠 때까지 기다렸습니다. 한참을 울고 난 내담자는 저에게 이런 이야기를 들려주었습니다. 병이 심각해질 즈음의 어느 날 내담자는 너무도 생생한 꿈을 꾸었다고 했습니다. 꿈속에서 본인으로 느껴지는 거대한 몸집의 스님이 보였고, 그 뒤로 붉고 어두운 색깔의 두터운 커튼이 쳐져 있었습니다. 꿈에서 스님은 몸을 앞으로 기울이고 한 손에는 목에 걸치는 큰 염주를 움켜쥐고 있었다고 했습니다. 그리고 그 손을 커튼 뒤로 숨겨서 누군가와 그 염주 알만큼의 재물과 여자를 교환하고 있는 장면을 보았다고 했습니다.

내담자는 제가 전해준 리딩 내용 하나하나가 선명하게 잘 이해되고, 더구나 자신이 꾼 꿈과 정확하게 일치해 큰 두려움이 밀려와 자기도 모르게 눈물을 흘렸다고 했습니다. 저는 전생을 안다는 것은 영적인 의미에서 업의 반환점을 돌기 시작했다는 긍정적인 의미가 있다고 설명해주었습니다.

그리고 지금 경험하고 있는 병의 원인이 전생에 있다 하더라도 이를 진실한 마음으로 받아들이고, 그 고통의 순간들을 통해 진심으로 참회하고 반성하면서 살아가라고 조언해주었습니다. '전생의 영적 채무를 이런 방식으로 청산하는구나'라는 참회의 마음을 가지는 것이 중요하다고 했습니다. 내담자는 제 말에 깊이 위로받았다며 진심으로 감사해했습니다. 그때 저는 내담자의 나쁜 업력의 에너지장이 희미하게나마 밝은 색깔로 변화하는 것을 보았지만 이야기하지는 않았습니다. 그 이유는 반환점을 돌기는 했지만, 내담자가 아직 그런 얘기를 들을 만한 적절한 시기가 아니었기 때문입니다.

배뇨장애와 자궁내막증의 이유

어릴 때부터 신경성 배뇨장애로 고생한 40대 중반의 여성이 저를 찾아왔습니다. 전문의를 찾아가 병의 원인과 치료 방법을 알려고 노력했지만 아무런 효과가 없었다고 했습니다. 그래서 신경정신과에서도 1년 넘게 상담을 받아보았지만 이 역시 아무런 차도가 없었습니다. 그런 병이 있다 보니 내담자는 어떤 장소에 가더라도 주위에 화장실이 없으면 불안할 수밖에 없었습니다. 배뇨 욕구는 시간과 장소를 가리지 않고 따라다니며 그녀를 괴롭혔고, 그래서 여행 한 번 가지 못했다고 했습니다.

리딩에서는 16세기 프랑스에서 살던 그녀의 직업과 관계된 정황이 지금의 배뇨장애의 직접적인 원인인 것으로 나타났습니다. 당시 그곳에서는 하루가 멀다 하고 성대한 파티가 열렸는데, 그녀는 파티에 초대받은 귀족 남성들에게 매력 있고 아름다운 여성들을 소개해주는 뚜쟁이였습니다. 그녀는 그런 여인들을 많이 모아 조직적으로 이 사업을 운영했습니다. 그때 귀족 남성들에게 소개된 젊은 여인들 중에는 호기심 많은 미망인도 있었고, 시골에서 갓 올라온 꿈 많은 소녀도 있었습니다. 여인들은 그녀의 지시에 따라 돈 많은 남성들의 파티에서 환락의 대상이 되어주었습니다.

당시 그녀는 여인들에게 명령조로 이렇게 지시했습니다.

"남성들의 환상을 깨서는 안 된다. 그들이 만족할 때까지 밤새도록 즐겁게 해주어라. 한시라도 곁을 떠나는 빈틈을 보여서도 안 된다."

그녀의 말은 여성들에게 바로 법이었습니다. 이어진 리딩에서 나타난 장면들은 여성들이 그 시간을 매우 고통스러워했음을 보여주었습니다. 남성들은 지불한 돈만큼 많은 것을 원했습니다. 그들은 만족할 때까지 여성들에게 휴식을 주지 않았고, 끊임없이 쾌락을 원했습니다. 그때 남성을 접대하던 여성들이 가장 고통스러워한 것은 소변을 참는 일이었습니다. 상대방의 흥을 깨서는 안 된다, 밤이 다 가도록 결코 그 자리를 떠나서는 안 된다는 명령이 여성들의 머릿속에 계속 맴돌고 있었던 것이지요. 여인들은 밤새도록 생리적 고통을 참아내야 했습니다. 리딩은 현생에서 그녀가 겪고 있는 심한 배뇨장애가 과거 생에서 자신의 이익을 위해 다른 사람의 생리 현상을 함부로 막았던 것에 대한 응보라고 말했습니다.

질병이 카르마의 균형을 잡아주는 중요한 장치임을 보여주는 또 다른 사례가 있습니다. 자궁내막증을 앓고 있는 30대 초반의 내담자는 초경을 시작하면서부터 심한 생리통을 앓았다고 했습니다. 통증이 너무 심해 생리의 징조가 나타날 때가 되면, 온몸이 긴장되고 심한 스트레스에 시달린다는 것이었습니다.

리딩에서 그 여성은 고려 말의 전생에 깊은 산속 암자에서 수행한 비구니로 밝혀졌는데, 어느 날 밤 산적들에게 강간을 당하고 그로 인해 임신까지 하게 되었습니다. 스님의 절망감은 이루 말할 수 없었고, 잔인했던 경험의 무의식적인 기억이 생리 전에 이상을 일으키는 원인으로 작용하고 있었습니다. 일반적으로 자궁내막증은 여러 가지 요인이 복합적으로 작용하여 생기는 병인데, 리딩은 무의식의 심층에 자리한 전생에 있었던 성폭행의 기억과 임신에 대한 트라우마가 현생에서 생리적 현상에 심한 거부감을 일으키고 있다고 했습니다. 과거 생에서 성폭행을 당해 심한 괴로움과 고통의 시간을 보내야 했지만, 리딩은 그 스님이 또 다른 생에서는 성적인 가해자가 되어 다른 여성을 고통에 빠뜨린 적이 있었다고 말해주었습니다.

물론 우리가 경험하는 모든 질병의 원인을 전생의 카르마로 돌릴 수는 없습니다. 그러나 병의 원천을 따라가다 보면 '아니 땐 굴뚝에 연기 나랴'라는 속담처럼, 우리가 의식적으로 기억하지 못하는 전생에서 행했던 뚜렷한 죄의 흔적을 찾아내는 경우가 많습니다. 이 점에서 질병은 카르마의 또 다른 생생한 표현이라고 볼 수 있습니다.

이루지 못한 사랑

병원에서 심리상담 치료를 받던 여성 환자가 담당 심리학 박사의 추천으로 저를 찾아왔습니다. 그녀는 5년 전에 운전을 잘못해 큰 사고를 냈는데, 자신은 크게 다치지 않았지만 옆 좌석에 타고 있던 남편이 현장에서 죽고 말았습니다. 그 죄책감 때문에 여성은 심한 정신적 스트레스를 받고 있었습니다. 더구나 시집의 반대를 무릅쓰고 한 결혼이라 며느리가 아들을 잡아먹었다는 악담까지 서슴지 않는 시부모님으로 인해 마음의 병이 날로 깊어졌다고 했습니다.

리딩에서 나온 그 부부의 전생 인연은 조선시대로 거슬러 올라갔습니다. 죽은 남편은 명문가 자식이었고 내담자인 여성은 원래 양반가의 자손이었지만, 가세가 크게 기우는 바람에 집안 식구들을 먹여 살리기 위해 기생이 되었습니다. 두 사람은 어느 대감 집 연회에서 만나 첫눈에 사랑에 빠졌습니다. 당시 그녀는 용모가 매우 아름다웠습니다. 그렇게 두 사람의 사랑이 깊어져 헤어질 수 없는 사이가 되었지만, 사실을 알게 된 남자 집안의 부모는 그녀에게 자신의 아들과 헤어질 것을 종용했습니다. 자기 부모의 핍박에 괴로워하는 여자를 달래기 위해 남자는 아주 먼 곳으로 같이 떠나 숨어 살 계획을 세웠습니다.

떠나기로 한 날 새벽, 남자는 여자를 기다렸지만 약속한 장소에 그녀는 나타나지 않았습니다. 평생 숨어 살 수는 없다는 것을 알고 있었던 그녀는 절망감을 이기지 못하고 떠나기로 한 전날 밤, 뒷산 나무에 그만 목을 매고 말았던 것입니다. 남자는 여인의 차가운 시신을 끌어안고 며칠 동안이나 통곡했습니다.

리딩에 따르면 통곡하던 남자가 현생에서 죽은 남편이고, 당시에 자살했던 여인이 사고로 남편을 떠나보내고 심한 우울증을 앓고 있는 내담자로 밝혀졌습니다. 남자는 전생에서 지키지 못한 결혼 약속을 현생에서는 지켰지만, 그때 황망하게 자신의 곁을 떠나버린 여인에게 자신이 겪었던 말로 표현할 수 없는 상실감과 슬픔을 알려주기 위해 그렇게 떠나갔다고 리딩은 말했습니다. 리딩이 끝나자 여성은 한참을 울다가 돌아갔는데, 보름 후 그녀를 저에게 보냈던 박사님이 메일을 보내왔습니다.

"…… 어제 환자분 다녀가셨는데요, 마음의 커다란 짐을 벗고 오셨더라고요. 그 어떤 치료보다 효과적이었고, 밝고 환하게 감사하는 마음으로 살아가게 될 그분을 보면서 저도 함께 치유되는 듯했고, 마음이 따뜻해져 왔습니다. 감사드립니다."

박사님의 따뜻한 메일에서 저 역시 제가 하는 일에 새삼 큰 보람을 느낀 하루였습니다.

199

13

우울증과 장애 그리고 자살

업과 우울증

심한 우울증을 앓고 있는 40대 여성이 있었습니다. 그녀는 기업을 경영하는 남편 덕분에 겉보기에는 아무 걱정 없이 잘 사는 것처럼 보였습니다. 그러나 여성은 결혼 전에 다른 남자와의 사이에서 아이를 임신해 낙태를 한 과거가 있었습니다. 지금의 남편과 결혼하고 얼마 후 첫아이를 낳게 되었습니다. 그러나 아이를 출산하고 난 뒤에 찾아온 심한 우울증 때문에 힘든 시간을 보냈습니다. 그런데 리딩으로 살펴본 우울증의 원인은 결혼 전에 낙태한 아이의 영혼과 연결되어 있었습니다. 낙태된 아이의 영혼이 현재의 남편 사이에서 태어난 아이를 원망하면서, 계속 엄마 곁에 머물 거라며 우울하다고 했습니다.

낙태된 아이의 우울증과 그녀의 우울증에는 상당한 인과관계가 있었습니다. 여성은 밤마다 아이가 우는 것 같은 환청에 시달린다고 했습니다. 그래서 리딩 중에 아이의 영혼에게 해결할 방법이 있다면 알려달라고 했습니다. 그러자 아이는 자신의 존재를 엄마의 남편에게 알리고 자신의 존재를 인정하면 그때 다시 생각해보겠다고 했습니다. 그녀의 남편은 평소 무척 완고하고 보수적이라서 그 사실을 안다면 지금의 가정에 매우 심각한 문제가 발생할 수 있다고 내담자는 말했습니다.

그러자 아이의 영혼은 리딩을 통해서 다음과 같은 메시지를 계속 전해왔습니다. 자신이 전하는 메시지를 무시하면 자신의 동복동생에게 어떤 식으로든 영향을 미치겠다고 했습니다. 그래서 저는 내담자에게 문제를 해결할 수 있는 방법으로 아이의 영혼에게 진심으로 용서를 구하는 기도를 하라고 했습니다. 그리고 부모들에게 버려진 아이들을 위해 진심 어린 봉사활동을 하며 아이의 영혼에게 진정한 화해를 청하라고 했습니다. 내담자는 제 조언에 이렇게 물어왔습니다. "그렇게 하면 저의 문제가 해결될까요?" 저는 아이의 영혼과 화해하는 것이 쉽지는 않겠지만 정말 최선을 다해 자신의 잘못을 뉘우치고 반성한다면, 아이의 영혼을 주관하는 보호령에게 도움을 빌을 수 있다고 했습니다.

이처럼 빙의와 연관되는 우울증은 내부분 치료하기가 어렵고, 주변의 도움이 크게 필요합니다. 그런데 리딩에 따르면 우울증은 빙의 현상과 크게 두 가지 방식으로 결합될 수 있습니다. 우선 영가가 우울증의 직접적인 원인이 되는 경우가 있고, 처음에는 순수한 우울증으로 시작했다가 그 상태가 지속되면서 체질 자체를 변화시켜 빙의로 악화된 사례도 있습니다. 특히 심각한 우울증을 유도해 자살 충동을 계속 일으키는 영가들이 가장 다루기가 힘듭니다.

우울증은 하고자 하는 의지를 저하시키면서, 아무것도 도움이 안 된다는 부정적 마음을 계속 일으킵니다. 그리고 우울증이 있는 분들은 새로운 시도나 변화 자체에 회의적인 마음을 품게 되므로, 무력해지면서 마음을 동굴과 같이 어두운 곳으로 밀어 넣어 더 큰 우울함을 초래하기 십상입니다. 그래서 심한 우울증이 있는 분들에게는 자발적 의지로 문제를 해결하려는 마음이 상실되어 있는 경우가 매우 흔합니다.

전생 리딩에 따르면 우울증 치유에 가장 중요한 것은 스스로의 적극적인 노력입니다. 문제 해결을 위해 자유의지를 최대한 끌어올려 우울한 상태에서 벗어날 수 있는 여러 가지 방법을 모색해야 합니다. 기분 전환을 위해 새로운 일을 배운다든가 몸을 던져 봉사활동을 하는 등의 방법도 있겠지요. 그렇지만 빙의 현상과 우울증이 결합된 경우는 치유가 쉽지 않습니다.

저 역시 이런 내담자들이 오면 에너지 상태가 급격하게 떨어지면서 리딩 자체가 힘들어집니다. 그런 이유로 증상이 심할 때는 가족이나 친구의 주선으로 대신 상담이 이루어집니다. 당사자가 오지 않고 사진이나 이름, 나이 같은 정보를 가지고 원격 상담을 하는 것이지요. 돌이켜보면 우울증의 원인이 카르마에서 비롯되었거나, 빙의 현상과 관련된 경우라면 전생 리딩이 의외의 돌파구를 제시하기도 합니다. 아울러 그런 종류의 우울증을 앓는 사람들은 순수하고 맑은 영적 에너지를 가진 사람과 소통하고 교감하는 것이 치료에 도움이 될 수 있습니다. 현직 의사들 가운데도 영적인 차원에서 환자들에게 도움을 주는 분들이 많습니다.

장애의 여러 원인들과 전생 리딩

리딩은 장애가 여러 가지 원인에 의해 발생할 수 있음을 거듭 보여줍니다. 부정적인 카르마, 카르마의 균형 회복, 타인을 위한 희생 등 전생의 다양한 원인이 작용할 수 있으므로, 장애의 연유를 그저 당사자의 나쁜 업에서만 찾아서는 곤란합니다.

다시 말해 선천적으로 장애가 있거나 삶의 어느 시기에 후천적으로 장애를 안게 되는 사람들의 전생을 리딩해보면, 장애가 과거 생과 관련된 경우가 많습니다. 그중에는 장애라는 멍에를 남들 대신 짊어지고 태어나거나, 아니면 살아가는 도중에 사고 등으로 가족이나 형제의 카르마를 자신이 대신 짊어지는 경우도 있습니다. 이처럼 장애를 통해 가족의 아픔을 대신 감당하려는 영적 희생자들의 사례도 리딩에서 적지 않게 발견됩니다.

그러므로 장애가 있는 사람을 편견을 가지고 대하는 것은 매우 잘못된 일이라고 할 수 있습니다. 또 장애인으로 태어나 힘

203

든 삶을 꾸린다고 해서 그들의 장애를 부끄러워하거나 폄하해서는 안 됩니다. 더구나 전생의 나쁜 업 때문이라고 매도해서도 안 됩니다. 가족을 포함해 타인의 죄를 대신해 고통을 자발적으로 짊어지겠다는 용감한 영혼이 장애를 택하는 경우가 적지 않기 때문입니다.

장애와 전생의 다양한 관계를 보여주는 상담 사례들이 있습니다. 먼저 과거 생에서 권력과 힘을 남용했던 카르마로 인해 현생에서 장애를 갖게 된 경우가 있습니다.

어느 40대 남성 내담자는 어릴 때부터 손을 전혀 쓰지 못하는 장애가 있었습니다. 내담자는 서울 인근에 빌딩 여러 채를 소유한 부자였고, 아내는 실력 있는 교수였습니다. 병명은 근무력증이었습니다. 리딩으로 살펴본 그의 전생은 조선총독부에 파견된 일본 귀족 출신의 고급 관료로 나타났습니다. 당시 내담자는 자신의 권력을 과도하게 남용해 자기 말을 듣지 않는 사람들을 괴롭혔던 카르마로 인해 손을 못 쓰는 장애를 지니게 되었다고 리딩은 말했습니다. 그는 자신의 손으로 조선 여성들을 겁탈했고 많은 사람들을 탄압했던 것이지요.

리딩은 그때의 카르마 때문에 그가 운명적으로 손의 조직에 관계되는 뇌신경세포에 손상을 안고 태어났다고 했습니다. 내담자가 평생 안고 살아가야 할 장애는 과거 생에서 자신이 만들어냈던 부정적인 카르마를 정화하고 균형을 잡아주는 의미가 있습니다.

이 사례가 본인의 부정적인 카르마를 현생의 장애로 정화시키는 대표적인 경우라면, 희생과 자기 책임이 결합된 조금 더 복잡한 사례도 있습니다. 중소기업을 운영하는 부유한 집안이 있었습니다. 그 집에는 아들이 셋 있었는데 장남이 정신질환을 앓았습니다. 그는 항상 부모님과 형제들의 걱정과 염려의 대상이었는데, 가족의 전생 인연에서 그 원인이 나타났습니다.

현생의 부모와 형제들은 조선시대에 상당한 권세를 누리던 가족이었습니다. 아버지는 명문가의 대감이었고, 어머니는 안방마님, 그리고 두 남동생은 그 집안의 적자들이었습니다. 현생의 장남은 전생의 삶에서는 대감의 충직한 심복이었습니다. 정적을 제거하거나 뇌물을 주고받는 것과 같은 남모르게 해야 하는 비밀스러운 역할을 주로 했습니다. 그렇지만 비밀스러운 일들을 평생 마음속에 묻어두고 어떠한 경우에도 그 집안과 대감을 보호하기 위해 충성과 신의를 지켰던 사람이었습니다.

대감은 심복에게 큰 고마움을 느꼈고, 평소에 항상 입버릇처럼 이런 말을 했습니다.

"네가 내 자식이었으면 좋겠다. 그러면 재산도 물려주고, 모든 걸 다 해줬을 텐데."

그런 인연으로 전생의 심복은 현생에서 집안의 장남으로 태어났지만, 자라면서 원인을 알 수 없는 심한 정신질환을 앓게 되었습니다. 세도가 집안의 심복이 현생에서 그 가족의 장남으로 올 수 있었던 것은, 전생에 집안을 위해 희생하고 봉사한 공덕 때문이라고 할 수 있지만, 나쁜 카르마를 정화하기 위한 수단으로 현재의 정신질환이 작용하고 있었습니다.

리딩은 장남의 질환에 대해 다음과 같이 얘기합니다.

"이 집안은 장남이 부모형제의 카르마를 대신하고 있습니다. 그래서 다른 가족은 비교적 편안한 삶을 살 수 있습니다. 장남의 영적 자아는 이 집안의 장남으로 오는 조건으로 자신이 이 집안의 카르마를 대신 짊어지고 오겠다는 약속을 하고 왔습니다."

장남이 대신 희생함으로써 다른 가족들을 편안하게 해주었다고 할 수 있습니다. 그래서 다른 가족들은 장남의 질병을 불편해하지 말고 도와야 한다고 리딩은 얘기합니다.

어느 가정이나 잘난 가족이 있으면 반대로 걱정과 근심거리가 되는 가족도 있습니다. 부족한 가족은 우리가 알 수 없는 어떤 영적 약속에 따라 다른 형제자매의 짐을 대신 진 사람일 수 있습니다. 그러니 그를 위해 더욱 기도하고 감사해야 합니다. 만약 장애나 질병을 가진 가족이 옆에 있다면, 당신이 경험해야 할 불행을 그 가족이 대신 짊어지고 있을지 모르기 때문입니다.

천년의 기다림

한 여성이 자신의 딸이 왜 자살을 택했는지 도무지 알 수가 없다면서 의문을 풀기 위해 리딩을 신청했습니다. 딸은 남보다 좋은 집안 환경에서 태어나 외국 명문대를 졸업하고 돌아와 누구나 부러워하는 좋은 직장에 다니면서 행복한 앞날을 꿈꾸었습니다. 그런 딸이 어느 날 집 뒤 공원 주차장에 차를 세워놓고 스스로 목숨을 끊었습니다. CCTV에서도 그 차가 세워진 다음에 접근한 사람이 아무도 없었던 것으로 밝혀시먼서 경찰 수사는 자살로 결론이 났습니다.

리딩에서 나타난 장면은 그 어머니가 고려 초기에 권문세도가의 안방마님으로 살았을 때의 모습이었습니다. 당시 그녀는 자신이 자식을 생산할 수 없는 몸이라는 것을 알고, 다니던 절의 스님에게 부탁해서 씨받이 여인을 집안에 들였습니다. 스님은 어머니에게 다음과 같이 부탁하며 다짐을 받았습니다. "여인이 아이를 낳으면 신분을 숨기더라도 그 아이의 유모 노릇을 시키고 쫓아내지 않겠다고 약속을 하십시오."

씨받이 여인은 무사히 아들을 낳았고 아이는 건강하게 잘 자랐습니다. 그런데 어머니는 평소에 아들과 유모가 사이좋게 다정하게 붙어 있는 모습이 자주 보이자 화가 치밀어 올랐습니다. 그 꼴이 보기 싫어 스님과의 약속도 잊은 채 아이의 생모를 집안에서 쫓아내고 싶은 마음이 점점 커졌습니다.

아이가 여섯 살이 될 무렵, 그 어머니는 유모에게 자신의 금반지를 훔쳤다는 누명을 씌워 도둑으로 몰다가, 죄를 용서해주는 대가로 집을 떠나 다시는 찾아오지 않겠다는 다짐을 받아냈습니다. 만약 약속을 어기고 돌아오면 쥐도 새도 모르게 죽여버리겠다고 협박을 하고는 아주 먼 곳으로 쫓아 보냈습니다. 그때 억울한 죄를 뒤집어쓴 채 쫓겨난 유모는 가슴을 칼로 도

려내는 것 같은 아픔을 느꼈습니다. 쫓겨나는 유모의 감정이 전해져 제 가슴도 먹먹해졌습니다. 제가 본 장면들은 너무 슬펐습니다.

"…… 눈에 불을 켠 어느 고집스럽게 생긴 여인이, 그 앞에 겁에 질려 하얗게 된 얼굴로 고개를 숙인 채 꿇어앉아 있는 여인에게 호통을 칩니다. 네가 감히…… 나를 속여? 응! 네가 감히……! 이 집에서 당장 나가라, 오늘 밤을 넘기지 말고…… 만약 네가 내일 아침에도 내 눈에 띄면 네가 평생 후회할 일이 생길 것이다. 이 시간 이후로 절대 내 눈앞에 보이지 마라, 네가 정말 네 아들의 장래를 위한다면…….'"

집에서 쫓겨난 생모는 그 이후로 한 번도 자식의 얼굴을 보지 못했습니다.

리딩은 전생의 아들이 현생에서 자살한 딸이라고 얘기했습니다. 그런데 이런 얘기를 듣던 중에 내담자는 딸이 자살하기 보름 전에 이상한 꿈을 꾸었다고 했습니다. 꿈속에서 죽은 딸은 여섯 살의 어린 모습으로 변해 있었고, 어머니는 딸의 손을 꼭 잡고 평소 자신이 다니던 절에 가고 있었습니다. 그때 어느 소복을 입은 여인이 다가오더니 자신의 딸을 데리고 가는 꿈이었다고 했습니다.

꿈속에서 어머니는 이상스럽게도 아무런 저항도 못하고 소복 입은 여인이 자신의 딸을 데리고 가는 것을 멍하니 지켜보기만 했다고 했습니다. 리딩은 쫓겨난 유모의 한 많은 영혼이 환생의 사이클이 달라 현생에서 함께 태어나지 못하고, 영적 공간에서 기다리고 있었다고 했습니다. 그리고 때가 되자 다시 자신의 아이를 찾아가기 위해 꿈속에 나타나 그렇게 데리고 갔다고 했습니다. 리딩 중에 제가 생모의 영혼에게 물었습니다. 정녕 다른 방법은 없었느냐고 말입니다. 그러자 소복을 입은 생모의 영혼은 쓸쓸하게 웃으며 저에게 이런 말을 전했습니다.

'…… 업은 피보다 진합니다…….'

과거 생에서 내담자로 온 어머니는 스님과의 약속을 지키지 않고 집안의 대를 잇게 해준 여인을 쫓아내 아들의 생모에게 지울 수 없는 한과 상처를 주었습니다. 살아생전에 자신의 자식을 볼 수 없었던 유모는 천년의 세월을 기다렸다가 자신의 아이를 되찾아 간 것이라고 리딩은 말했습니다.

현생에서 무남독녀인 딸이 잘 자라 그 존재 가치가 최고일 때, 천년 전 생모의 영적 개입이 원인 모를 자살을 하게 만든 것입니다. 이렇게 딸의 부모에게 큰 상실감과 상처를 준 이유는 전생의 생모가 자식을 빼앗긴 마음의 아픔과 고통을 현생에서 똑같이 경험해보라는 무서운 메시지였습니다. 어머니는 딸을 잃고 난 후 전국의 이름난 명찰을 찾아다니면서, 그렇게 무심하게 자신을 떠난 딸의 명복을 빈다고 했습니다. 전생의 생모에게도 사죄하고, 허망하게 죽어간 딸의 영혼을 위로하기 위해서 말입니다.

자살은 더 큰 짐으로 돌아옵니다

대부분의 종교는 자살을 가장 무거운 죄의 하나로 봅니다. 그러나 자살도 상황과 경우에 따라 다르다는 점을 보여주는 가슴 아픈 리딩 사례가 있습니다.

아이와 자신의 거취 문제로 상담하러 온 어머니가 있었습니다. 리딩에 들어가자 고요한 밤바다가 보이는데, 바닷가에 소리 없는 북적임이 있었습니다. 가만히 들여다보니 1970년대 초 베트남이었습니다. 당시 베트남은 전쟁으로 온 나라가 폐허가 되었고, 새로운 체제를 견딜 수 없었던 사람들은 박해를 피해 국경을 넘어 탈출했습니다. 그중에서도 배를 타고 무작정 탈출했던 사람들을 '보트피플'이라고 불렀습니다. 내담자인 어머니도 당시 보트피플 중의 한 사람이었습니다.

어둠이 짙게 깔린 바닷가에 많은 사람이 배를 기다리고 있습니다. 이윽고 작은 배 두 척이 다가오자 사람들이 올라탔습니다. 어머니도 아이의 손을 잡고 함께 배에 올랐습니다. 배가 깊은 바다를 향해 나간 지 한참이 지났습니다. 그런데 워낙 작은 배에 많은 사람을 싣고 가다 보니 먼 바다에서 배 하나가 뒤집혀 사람들이 물에 빠지게 되었습니다. 그 뒤집힌 배 안에 아이의 손을 잡고 있는 어머니도 있었습니다. 물에 빠진 사람들은 살기 위해 육지 쪽으로 헤엄쳐 가거나 다른 배로 몰려갔습니다. 리딩으로 그 장면을 보던 저 역시 물에 빠진 사람들의 공포가 생생하게 느껴져 두려움을 숨기려고 무던히 애를 써야만 했습니다.

어릴 때 물가에서 자란 어머니는 헤엄을 잘 쳤지만 순간 두
가지 생각이 들었습니다.

'우선 저쪽 배로 가서 아이만이라도 살려야겠다.' '아니야,
아이만 살고 내가 죽으면 아이는 혼자 어떻게 살아가겠어? 그
냥 지금 이 바다에서 같이 죽는 게 나아.'

사람들이 너무 많이 몰려간 다른 배의 상황도 좋지 않았고,
이 위기를 빠져나가도 살아갈 길이 막막했던 어머니는 결국 아
이를 가슴에 꼭 끌어안고 물속에 잠겨 죽었습니다.

'그래, 아이와 함께 다시 태어나자.'

이렇게 스스로를 위로하면서 두렵지만 죽음을 선택했습니
다. 그리고 어머니와 아이는 가까운 생에 빨리 환생해 어머니
와 자식의 연으로 다시 오게 되었습니다. 어머니의 죽음은 어
쩔 수 없었던 사고사일까요? 아니면 자신이 선택한 자살일까
요? 이 부분에 대해 법운 선생님과 많은 토론을 했습니다. 살기
위해 아이를 안고 최선을 다했어야 했는지, 아니면 어쩔 수 없
었기 때문에 죽음을 받아들여야 할지 애매했습니다. 문제는 내
담자의 현재 상황도 그다지 좋지 않다는 섬입니다. 홀로 아이
를 키워야 했기 때문입니다.

과거 생과 연결시켜 본다면 현생에서도 과거와 마찬가지로
여전히 이러지도 저러지도 못하는 상황에서 난관을 헤쳐 나가
려 동분서주하고 있었습니다. 리딩을 듣고 난 뒤 내담자는 지

금도 절망 속에 빠질 때는 죽음의 공포를 강하게 느낀다고 했습니다. 전생에서는 죽음으로 고통을 끝냈지만, 다시 기회를 얻어 태어난 이번 생에서도 내담자는 여전히 고통 속에 있었던 것이지요.

현생의 어려움은 자살로 인한 카르마일까요? 그리고 당시에 열심히 살아남으려 시도했다면 희망이 있었을까요? 제 마음도 답답해졌습니다. 자살과 업의 경계에서 이 어머니의 사례는 참으로 난해한 의문을 던집니다. 분명한 것은 이 사례에서 아무리 상황이 어려웠다 하더라도 그 여성에게 자살은 결코 궁극적인 해답이 아니었다는 점입니다. 자살로 끝이 난 것이 아니라 여전히 더 큰 숙제가 주어지는 이번 생이 기다리고 있었던 것이지요. 그처럼 현생에서 자살을 선택했다면 다음 생에 더 무거운 숙제가 기다릴 수도 있습니다.

희생의 자살은 다른가

그렇지만 자살에도 서로 다른 카르마를 낳는 유형이 있습니다. 외국 유학 시절 지금의 남편을 만나 행복하게 살고 있는 30대 여성이 상담을 요청했습니다. 남편의 이해와 협조로 내담자는 원했던 만큼 사회생활을 잘 할 수 있었는데, 자신이 하는 일을 존중해주는 남편이 고마워 그 이유를 전생 인연에서 찾아보고 싶어 했습니다.

리딩은 일본 전국시대 때의 삶을 보여주었습니다. 당시의 시대적 배경은 하루가 멀다 하고 치열한 전투가 벌어지는 때였습니다. 그 시기 일본 서부 해안가에 작은 지역을 다스리는 영주 집안이 있었는데, 내담자는 영주의 아내로 나타났습니다. 어느 날 성에는 노약자와 부녀자 그리고 어린아이들만 남아 있었습니다. 영주는 다른 지역 영주들과 연합해 침략한 적과 맞서 싸우러 성 밖에 나가 있었습니다.

그러나 전투에서 진 영주는 불행하게도 살아 돌아오지 못했고, 적들은 성문을 부수고 성 안으로 쳐들어왔습니다. 영주의 아내 곁에는 호위무사가 있었는데, 무사는 성에 남아 마지막까지 주인을 지켰습니다. 영주의 아내는 저항하다 정절을 지키기 위해 자결했는데, 이때 호위무사도 함께 자결함으로써 모시던 주군과 가문의 명예를 지켰습니다. 그녀는 자결하기 직전 무사에게 말했습니다.

"몸을 피하세요. 그리고 주군의 영혼을 위해 기도해주세요."

그러자 무사가 대답했습니다.

"저승에 가서도 명예롭게 모시겠습니다."

전생에서 끝까지 그녀의 곁을 떠나지 않고 지켜주었던 무사가 지금의 남편이라고 리딩은 말했습니다. 리딩 내용을 듣고 있던 그녀는 어깨를 떨며 흐느꼈습니다. 그녀를 마지막까지 지켜준 무사의 은혜에 보답하기 위해 현생에서 그녀는 그의 아내가 되었던 것입니다. 그리고 남편은 그때 주인으로 모셨던 전생의 인식이 아직도 무의식 속에 남아 있어서인지, 현생의 아

213

내에게 항상 예의 바르게 행동한다고 했습니다. 지금의 아내와 부부의 인연으로 다시 만나게 된 것은 자신을 버리는 희생으로 얻어낸 값진 열매였다고 리딩은 말했습니다.

이 사례는 자살로 인한 죽음도 대의명분이라는 분명한 가치가 있다면, 그 죽음의 의미와 결과가 달라질 수 있음을 보여줍니다. 죽음의 동기에 따라 의미가 다르게 해석될 수도 있다는 뜻입니다. 생명은 중시해야 하지만, 모든 자살을 똑같이 평가해서는 안 된다는 점을 잘 보여주는 흥미로운 사례입니다.

14

성과 결혼 그리고 카르마

손만 잡고 자는 남자

대부분의 결혼은 사랑을 바탕으로 이루어집니다. 그런데 결혼에는 우리가 알지 못하는 업의 상호작용이 숨어 있을 수 있습니다. 특히 부부 간의 성(性)은 때에 따라 심각한 고민이 되기도 하고, 결혼생활을 지속하느냐 마느냐 하는 중대한 사유가 되기도 하는 문제입니다.

화창한 봄날, 옷맵시가 뛰어나고 미소가 아름다운 한 여성이 리딩을 의뢰해왔습니다. 화연 씨는 1년 전에 결혼한 남편과의 전생 인연을 궁금해했습니다. 리딩에 들어가자마자 당황스러운 선생의 모습이 보이기 시작했습니다. 꽃같이 고운 얼굴의 젊은 여성이 계곡물에 떠내려가는 장면이었습니다. 여인은 이미 숨을 거둔 상태였고 자살한 것 같았습니다. 리딩이 시작되

215

었습니다.

"아름다운 여인이 소복차림으로 계곡물에 떠내려가고 있습니다."

"그 여인이 누구인가요?"

"화연 씨입니다. 자살을 했습니다……. 이룰 수 없는 사랑에 상처받은 마음을 이겨내지 못하고 계곡물에 몸을 던졌습니다. 사람들이 화연 씨를 건져내고 장례를 치러줍니다. 젊은 여자의 한 많은 죽음이 안타까운지 주위 사람들이 꽃을 뿌리며 마지막 가는 길을 아름답게 장식해줍니다. …… 그런데 저 멀리서 어떤 선비가 달려오는데, 갓도 쓰다 만 채 정신없이 오고 있습니다……."

"선비는 누구입니까?"

"화연 씨가 사랑한 사람입니다. '조금만 더 기다려줬으면 너를…….' 선비는 화연 씨의 차갑게 식은 몸을 부여잡고 오열합니다. 그 슬픔이 너무 깊어 그 감정과 느낌이 저에게도 전해옵니다. 그 선비가 이번 생에서 화연 씨 남편입니다. 두 사람은 과거 생에서 집안 반대로 이루지 못할 사랑을 했고, 현생은 그 안타까움을 회복하기 위한 시간입니다."

말을 마치자마자 화연 씨는 참았던 눈물을 터트리며 펑펑 울기 시작했습니다. 그녀는 남편을 너무 사랑한다고 했습니다. 남편도 화연 씨를 아끼고 사랑해준다고 합니다. 그런데도 두 사람은 부부관계가 잘 안 된다고 했습니다.

화연 씨는 예술대학을 졸업했습니다. 미소가 예쁘고 늘씬하고 아름다웠습니다. 대학 때 주위의 남자들로부터 고백도 많이 받았다고 했습니다. 그렇지만 아무도 만나지 않다가 졸업 무렵 소개팅으로 만난 사람이 현재 남편인데, 만나자마자 자신도 알 수 없는 어떤 그리운 마음에 서로 반해 열애하다가 1년 전 결혼했습니다. 그런데 연애 시절에는 남편이 자기를 너무 소중하게 아껴줘 스킨십을 하지 않는다고 생각했습니다. 그런데 결혼한 지 1년이 지난 지금까지도 남편이 자신의 몸에 전혀 손을 대지 않고, 같은 침대에 누워도 손만 잡고 잠을 잔다는 것이었습니다. 그래서 화연 씨는 남편에게 이렇게 물었답니다.

"오빠, 내가 별로야? 아니면 이제 나를 사랑하지 않는 거야?"

"아니, 네가 너무 소중해서 손잡고 잘 수 있는 것만으로도 너무 행복해. 평생 이렇게 지켜줄게."

가끔 화연 씨가 투정 부리듯이 물을 때도 남편은 늘 이렇게 대답했습니다. 화연 씨는 전생 인연을 듣고 나니 남편이 항상 하던 이야기가 너무 사무치게 다가와 눈물이 하염없이 났다고 했습니다. 남편은 출근하기 전에 항상 뽀뽀를 해주고 삼사리에서 늘 먼저 일어나 커피를 타놓고 화연 씨를 깨운다고 합니다. 남편이 자신을 얼마나 아끼고 사랑하는지, 그리고 남편이 얼마나 성실한 사람인지 알기에 화연 씨는 부부관계가 없는 게 더 속상하다고 합니다. 두 사람의 사랑으로 예쁜 아이도 빨리 낳고 싶은데, 남들에게는 그토록 평범한 일상이 자신에게는 왜 허락되지 않는지 너무 궁금했다고 했습니다. 계속된 리딩에서 그 원인이 나타났습니다.

"…… 차갑습니다. 너무 예쁘고 소중한데, 화연이를 안을 때마다 소름 끼치도록 차갑게 느껴집니다……."

남편은 현실에서 화연 씨를 안을 때마다 끔찍할 정도의 차가움을 느끼고 있었습니다. 과거 생에 두 사람은 집안의 반대로 혼인하지 못했습니다. 양반가의 장손이었던 남편과 기생이었던 화연 씨는 정말 사랑했지만, 집안의 반대가 심해 허락할 때까지 기회를 기다렸습니다. 그러나 집안에서는 첩으로라도 화연 씨를 들일 수 없다고 했고, 남편은 따로 화연 씨와 살기 위해 마땅한 집을 구하던 참이었습니다.

그러나 화연 씨가 자살하기 전날 남편의 집안에서 그녀에게 사람을 보내 돈을 던져주며 먼 곳으로 떠나라고 했습니다. 그 절망감에 화연 씨는 끝내 계곡물에 몸을 던지고 말았던 것입니다. 현생의 남편은 아내를 끌어안을 때마다 과거 생에 계곡물에 빠져 죽은 차가운 시체를 끌어안는 느낌을 받고 있었습니다. 실제로는 남편에게 더 심각한 문제가 있었지만 리딩에서 독특한 치유법이 나타났습니다.

"…… 북을 치고 장구를 치고 음악에 몸을 맡기고 미친 듯이 흔들며 몸을 뜨겁게 하십시오. 전생의 한을 풀어내십시오. 그렇게 열을 내어 체온을 따뜻하게 하십시오. 북을 치고 장구를 치면서 그 흥에 겨워하는 타인도 함께 치유하십시오. 그러면 당신과 당신의 남편은 치유될 수 있습니다. 그러면 남편이 당신을 뜨겁게 안아줄 겁니다."

그 후 두 사람이 밝은 모습으로 살고 있다는 소식을 그녀의 지인을 통해 알게 되었습니다.

그들이 부부로 만난 이유

사람들은 저마다 수많은 과거 생을 살았던 경험이 있기 때문에 개인의 전생 정보는 무척 많고도 다양합니다. 전생 리딩에서는 대개 특정 문제나 사건에 초점을 맞춰 상담하기 때문에 그와 밀접하게 관련되는 정보를 찾게 됩니다. 그런데 같은 내담자가 다음에 다른 문제나 인연에 대해 물어오면, 그 상대되는 인연과 사건에 따라 또 다른 전생의 인연법이 나타나기도 합니다. 과거의 중요한 전생이 현생에 큰 영향을 끼치지만, 인연은 우리가 생각한 것보다 훨씬 복잡하게 얽혀 있으므로 읽어내야 할 전생의 수 또한 많아지는 것이지요. 간혹 각기 다른 전생에서의 인연을 가진 상대가 현생에 복합적으로 영향을 미치는 일도 있습니다.

한 부부가 있습니다. 그들의 리딩에서는 서로에게 영향을 미치는 특정한 과거 생에서 가해자와 피해자로서의 역할을 교차적으로 경험했던 특이한 유형의 삶이 나타났습니다.

민지 씨는 중국 명나라 때 소수민족 출신으로 출중한 미모

219

덕에 황제의 후궁이 되었습니다. 후사를 두지는 못했지만 경쟁자들을 제치고 황제의 총애를 받았습니다. 민지 씨 곁에는 그녀를 지키고 보호하기 위해 사가의 외삼촌이 와 있었습니다. 민지 씨가 황제의 총애를 받을수록 많은 사람들이 외삼촌에게 줄을 대기 위해 뇌물을 갖다 바쳤습니다. 민지 씨의 위세를 등에 업고 외삼촌은 막강한 권력을 휘둘렀습니다. 자신의 아들을 황실 근위병으로 불러들였고, 다른 친척과 지인도 민지 씨 주변에 포진시켰습니다. 외삼촌은 많은 사람에게서 뇌물과 청탁을 받았고, 민지 씨 이름을 팔아 여러 곳에서 권력을 행사했습니다. 외삼촌은 현생에서 민지 씨의 남편이 되어 서로 만났습니다. 당시 외삼촌의 자식과 친척, 지인들은 현생에서 이 부부가 낳은 네 명의 자식으로 와 있었습니다.

리딩은 민지 씨의 영적 자아가 지난 생에서 비록 직접 잘못을 하지는 않았다 해도, 서열상 가장 윗사람이었던 본인을 중심으로 측근이었던 외삼촌과 친척, 지인들이 지었던 잘못이 있었기에 그 카르마를 정화하기 위해 이번 생에 태어났다고 했습니다. 그래서 가장 수고로운 역할을 맡아 어머니이자 아내의 인연으로 오게 되었다고 했습니다.

그런데 한 달 뒤 승호라는 이름의 남성을 상담하게 되었습니다. 그 남성은 전생에서 중국 원나라 때 한 지역을 다스리던 성주였습니다. 그 생에서 승호 씨는 소수민족과의 친화를 위해 한 여성을 후실로 맞아들였는데, 부하들과 주변의 음해로 그 여성을 간첩으로 오해하게 되었고, 결국 그 여성과 가족 모두에게 추방령을 내렸습니다. 당시의 후실이 현생에서 승호 씨의 아내로, 그 가족들은 현생에서도 처가 식구들의 인연이었습니다. 승호 씨는 과거 생에서 현생의 처를 오해해 처가 식구들의 삶을 매우 비참하게 만들었기 때문에 이번 생에서는 처가 식구들을 돕기 위해 노력해야 한다는 리딩의 메시지가 있었습니다.

승호 씨는 처가가 경영하는 회사에 몸담고 있다고 했습니다. 가장 중요한 마케팅 일을 맡고 있지만, 자신의 능력과 노력으로 만든 회사가 아니어서 항상 오너인 처가 식구들의 눈치를 봐야 한다고 했습니다. 점점 나이도 들어가는데 왜 이렇게 처가에 얽매여 살아야 하는지 불만이라고 했습니다. 하지만 전생의 인연을 알고 나니 처가에 얽매여 왔던 삶의 이력이 어느덧 이해가 된다고 했습니다.

그런데 상담을 계속 진행하는 과정에서 승호 씨는 얼마 전 자신의 아내도 전생 상담을 했다고 말했습니다. 승호 씨의 아내가 바로 한 달 전 상담을 받았던 민지 씨였습니다. 승호 씨는 아내의 전생 이야기를 듣고 자신의 전생에 대해서도 많이 반성했다고 했습니다.

부부의 전생 인연법을 다시 정리해보면, 서로 각기 다른 전생에서 비롯된 삶의 숙제를 가지고 왔고, 이를 해결하기 위해 현생에서 가족이라는 공동체 안에 모였습니다. 이 가족은 각자 구성원에게 주어진 영적 숙제를 풀기 위해 놀랍도록 정교한 인연법으로 짜여 있었습니다. 민지 씨는 자신이 원인이었던 가족의 잘못을 교정하고 돕기 위해 아내이자 어머니의 인연으로 왔고, 승호 씨는 과거 생에서 한 여성과 그 가족을 부당하게 버렸던 잘못을 갚기 위해 이번 생에서 처가의 사업을 돕고 있다고 리딩은 가르쳐주었습니다.

한 가족으로 태어났다 해도 각자의 전생은 다릅니다. 나무에 비유하면 뿌리는 하나에서 시작되지만 잎과 꽃과 열매는 계절에 따라 각기 다른 원인과 작용에 의해 피어나는 이치와 같다고 할 수 있습니다.

다양한 전생 사연을 담고 있는 결혼

결혼은 참으로 많은 전생의 사연을 담고 있습니다. 다음의 두 사례는 결혼이 가슴 따뜻해지는 인연을 포함해 다양한 사연을 담을 수 있는 큰 그릇과 같다는 사실을 잘 보여줍니다.

70대 중반의 노부부가 부부로 인연을 맺게 된 전생을 알고 싶다고 했습니다. 노부부는 조선 중기의 전생에서 어릴 때부터 한마을에 살다 대궐에 입궁해 서로 의지하며 살아간 인연이 있었습니다. 당시 지금의 할아버지는 소주방燒酒房(대궐에서 음식을 만드는 장소) 나인으로 음식 만드는 일을 했고, 할머니는 침방針房에서 바느질과 길쌈을 하는 나인으로 일했습니다. 그때 생에서 두 사람은 삶이 고단하고 외로워 서로 위하고 의지하는 마음이 남달랐습니다. 할아버지는 봄이 되면 쑥떡을 몰래 빚어

할머니에게 가져다주었고, 할머니는 몰래 고운 색동무늬 주머니를 만들어 할아버지에게 주기도 했습니다.

그렇게 서로를 격려하면서 살아가던 어느 해, 돌림병이 심하게 창궐해 그만 할머니가 열병에 걸렸고 생사의 기로에 놓이게 되었습니다. 궁궐에서 병이 나면 사가私家로 내보냈는데, 윗사람의 허락을 얻어 할아버지가 자청해 따라 나와 지극정성으로 병간호를 했습니다. 그 정성 때문인지 할머니는 무사히 병석에서 일어나 건강을 되찾을 수 있었습니다. 그때의 인연이 현생에서 서로 위하고 아낄 수 있는, 가장 가까운 부부로 다시 만나게 된 원인이었습니다. 평소에 할머니는 할아버지에 대한 정성이 지극했다고 하는데, 그런 사랑은 과거 생에서 할머니가 할아버지에게서 받은 보은의 의미로 해석할 수 있습니다.

또 다른 흥미로운 사례가 있습니다. 한 여성이 남편에 대한 불만을 상담하러 저를 찾아왔습니다. 내담자는 남편의 간절한 구애로 결혼하긴 했지만, 아무리 남편이 잘해주어도 남편의 행동 하나하나가 모두 구질구질하고 못마땅해 보인다고 했습니다. 주위 사람들의 충고로 자신을 되돌아보기도 하지만 금세 원점으로 돌아간다고 했습니다.

리딩을 통해 본 그녀는 고려시대 권문세도가의 안방마님으로 대단한 권세를 누리며 살았습니다. 현생의 남편은 당시 그 집 하인이었는데 그녀가 절에 가면서 가마로 가기 힘든 험한 산길을 오를 때마다 그녀를 등에 업고 절 마당까지 가는 수고를

223

했습니다. 하인은 늙어서 일을 못하게 될 때까지 맡은 역할에 충실했습니다. 그 하인은 그때 지은 공덕功德으로 현생에서는 안방마님의 남편이 되어 그때의 수고를 보상받고 있었습니다.

그러나 전생의 영적 기억이 현생에서도 그녀에게 강하게 작용하고 있었습니다. 남편이 아무리 잘해주어도 마음에 차지 않는 이유의 원인이 당시의 교만에서 비롯되었다고 리딩은 지적했습니다. 상담이 끝나고 난 뒤 여성은 자신이 다른 사람들을 무시하는 경향이 있다고 말하면서 전생 인연의 이야기를 들으니 가슴 한쪽에서 밀려오는 찡한 감동이 있다고 했습니다. 그러면서 "한 번씩 어떤 낯익은 남자의 등에 업혀 다니는 꿈을 꾸는데 그럼 그 꿈이 전생몽입니까?" 하고 물으면서 수줍은 듯 멋쩍게 웃는 모습이 사뭇 편안해 보였습니다.

성과 업의 우물

여성의 자궁은 성스러운 장소입니다. 생명을 잉태하는 작은 우주이며, 창조의 신이 머무는 거처이기도 합니다. 그러나 카르마를 부르는 업연業緣의 우물이기도 합니다. 그곳은 영혼이 갇히는 함정이며, 무서운 카르마의 덫을 품고 있습니다. 그 우물에는 인간 업의 흔적이 출렁이고 있습니다.

남녀의 사랑은 업이 업을 찾고 만나는 과정에서 일어나는 상호관계라고 할 수 있습니다. 첫눈에 반했다는 이야기는 대개 업연들이 만났을 때 일어나는 현상들입니다. 특히 상대방에게 강한 성적 매력과 애착을 느끼기 시작하면, 그 감정은 아편꽃처럼 피어나는 업의 향기로 만들어졌을 가능성이 큽니다.

자유업을 하는 마흔여덟 살의 여성인 내담자는 지금까지 수많은 남성과 애정편력이 있었습니다. 어느 날 문득 정신이 들어 지나온 시간을 되돌아보니, 자신이 생각해도 기이할 정도로 많은 사연을 경험했다고 했습니다. 자신은 항상 사귀는 남자에게서 버림을 받았고 그로 인한 스트레스 때문에 괴로운 날을 보냈다고 했습니다. 지금은 자궁암이라는 몹쓸 병까지 얻었는데도 의지할 데가 없이 가난한 자신의 처지가 너무 처량해, 왜 자신이 이렇게 모진 인생을 살아가야 하는지 영문을 알고 싶어 했습니다.

리딩에서 내담자의 현생에 가장 많은 영향을 미치고 있는 과거 생은 18세기경, 그녀가 러시아 여왕으로 살았을 때의 삶으로 나타났습니다. 그녀는 사치와 쾌락을 즐기면서 수많은 남자를 욕정의 제물로 삼았습니다. 현생에서 그녀를 울리고 버린 남자들은 당시에 그녀가 버렸던 수많은 남자들의 일부라고 리딩은 설명했습니다. 그녀가 앓고 있는 자궁암도 전생의 잘못된 욕정에서 비롯된 결과라고 말했습니다. 이처럼 이번 생에 그녀가 겪고 있는 고통은 그녀의 권력 남용과 교만함이 지은 부적절한 카르마를 정화하기 위한 대가라고 리딩은 지적했습니다.

거듭 강조하지만 카르마는 과실이나 실책을 벌하는 것이 아니라, 행위 전체를 통해 영적 균형을 회복하는 데 목적이 있습

225

니다. 리딩은 지금 그녀가 경험하는 고통과 불행은 그녀의 영혼이 세상에 태어나기 전 스스로의 자유의지로 선택한 삶이라고 했습니다. 그렇기 때문에 불행과 고통이 담고 있는 영적 교훈을 적극적으로 배우려는 노력이 필요하다고 했습니다. 현생의 고통이 카르마가 보내는 무자비한 형벌이 아니라, 그녀의 영혼이 원했던 영적 진보를 위한 또 다른 교육이라는 것이지요.

상담이 끝나고 알아보니 리딩에서 언급한 18세기 러시아 여왕은 '예카테리나 2세(1729~1796)'였고 내담자의 모습은 신기할 정도로 여왕의 초상화와 많이 닮아 있었습니다. 예카테리나 2세는 결혼한 지 채 1년이 안 된 시기에 성불구자인 남편 '표트르 3세'를 독살하고 왕위를 차지합니다. 그리고 권력과 욕망의 화신으로 살아가는데 그때 지은 '에르미타주 궁전'은 예카테리나 단 한 사람을 위해 지어진 궁전이라고 전해지고 있습니다.

궁전에는 1,056개의 방이 있었는데 그중에는 미로로 연결되는 비밀의 방이 많았다고 합니다. 그녀는 공식적으로 열두 명의 정부情夫를 두었는데 수많은 남자와 밤을 지내는 소문난 바람둥이였다고 전해집니다. 섹스 파트너로서 맘에 들지 않는 남자들은 다음 날 어디론가 사라졌다고도 야사는 전합니다. 그녀는 하루에 46벌의 파티복을 갈아입은 적도 있다고 합니다. 다이아몬드 수집광이라는 사실이 보여주듯, 사치와 쾌락으로 일생을 보냈던 여왕이었습니다.

간호대학 2학년에 재학 중이라는 여성 내담자는 지나가던 사람들이 돌아볼 정도로 늘씬한 몸매에 미모까지 뛰어났습니다. 그런데 상담 과정에서 그녀는 중학생 때부터 '남자였으면 좋겠다'는 생각을 했다고 털어놓았습니다. 그 시기부터 자신의 성정체성을 고민했다고 했습니다.

처음에는 단순히 친구로 좋아하는 줄 알았는데, 어느 날 동성 친구를 향한 마음이 단순한 우정이 아니라 사랑이라는 것을 깨닫고부터는 죄책감에 시달렸다고 했습니다. 아버지는 의대 교수인데 성격이 완고해서 이런 고민을 입 밖에 꺼낼 수조차 없었다고 했습니다.

리딩은 조선시대로 거슬러 올라갔습니다. 그녀는 어느 몰락한 양반가의 딸로 태어나 집안을 먹여 살리기 위해 어쩔 수 없이 기생이 되어야 했습니다. 당시 그녀는 명문가의 도령을 사랑했는데, 이루어질 수 없다는 것을 알면서도 두 사람은 깊은 사랑에 빠졌습니다. 이를 알게 된 남자 집안에서 그녀에게 헤어질 것을 강력하게 요구했습니다. 그녀가 이를 받아들이지 않자 남자 집안의 부모는 어느 깊은 밤, 사객들을 보내 그녀를 목 졸라 죽이고는 뒷산 나무에 목을 매어 자살한 것처럼 위장했습니다.

그녀는 어떻게 해서라도 자신을 지켜주겠다던 도령의 말만 믿고 버텨왔는데, 몹쓸 사람들의 희생양이 되어 그렇게 비참하

227

게 생을 끝내면서 깊은 한을 품게 되었습니다. 당시 그녀의 심정을 리딩으로 살펴보니 이런 말이 들려왔습니다.

'…… 내가 남자였다면 이런 억울한 일을 당하지는 않았을 텐데……. 그렇게 지켜주겠다고 하늘같이 약속해놓고는, 이렇게 나 혼자 비참하게 죽어가야 하는 이 억울한 한을……. 다시 태어나면 꼭 남자로 태어나 나 자신을 지킬 거야.'

여자여서 꼼짝없이 당했다는 피해의식이 무의식 속에 강하게 남아 현생에서는 자신이 남성이었으면 하는 마음을 키운 원인이 되었던 것입니다. 리딩은 당시에 억울하게 죽은 기생이 환생해 내담자인 여대생으로 와 있고, 연인의 부모는 자신들의 잘못을 갚기 위해 여대생의 부모로 와서 그때의 카르마를 정화하고 있다고 했습니다.

환관의 설움

성적 정체성과 관련된 또 다른 사례가 있습니다. 어느 날 대학생인 명수 군이 리딩을 받으러 찾아왔습니다. 명수 군은 중국 진나라 때 어느 시골 지역에서 소작인 집안의 장남으로 태어났습니다. 그 생에서 내담자는 늙은 부모님과 여러 동생의 생계를 책임지는 가장이었습니다. 제대로 된 땅 한 평 없는 형편이어서 고민 끝에 환관이 되기로 결심했습니다. 가족들은 장남의 희생으로 땅과 재물을 하사받아 더 이상 배를 곯지 않고 살아갈 수 있게 되었습니다.

하지만 환관이 된 명수는 너무나 외로웠습니다. 거세의 후유증으로 육체적 정신적 고통이 지속되면서 밤마다 잠을 이루기 어려웠습니다. 그리고 한 번씩 집을 방문할 때면, 아내와 성납게 웃는 자신의 남동생이 부럽기도 하고 질투가 나기도 했습니다. 귀여운 조카들을 보면 사랑스럽기도 했지만, 자식을 낳을 수 없는 몸이 된 자신을 돌아보며 어쩔 수 없는 절망감 때문에 괴로워했습니다.

그러나 시간이 흐르면서 가족들은 그런 장남의 희생을 당연한 듯이 생각했습니다. 명수가 남성을 버린 대가로 그들은 편안한 삶을 살 수 있었고, 동생은 그 재산으로 아름다운 아내를 맞이할 수 있었습니다. 가족들과 달리 명수에게 남은 것은 정신적 고통과 뼛속까지 파고드는 외로움이었습니다. 그때 생에서 명수는 보름달이 휘영청 밝은 밤이면 달을 쳐다보면서 굳게 결심했습니다.

'두 번 다시 남자로 태어나지 않으리라!'

그 생에서 명수는 깊고 강한 소원을 세웠습니다. 그러나 현생에서도 명수는 다시 남성으로 태어났습니다. 그러나 그때 생에서의 상처 때문인지 어린 시절부터 남자로 태어난 자신이 싫었다고 했습니다. 전생에서의 뼈저린 아픔의 기억이 무의식 속에서 그렇게 작용했던 것입니다. 명수에게는 전생에서처럼 희생하면서 살기 싫다는 무의식이 잠재되어 있었습니다. 그런데 앞으로 자신이 살아갈 미래의 날을 생각하면, 무엇보다 자신의 성적 정체성에 대한 혼란이 명수를 괴롭히고 있었습니다.

리딩은 명수가 가장 잘할 수 있는 향후 진로에 대해 이렇게 조언했습니다. 전생의 삶은 비록 명수를 아프게 했지만 이번 생에서는 다른 사람들의 아픔을 도와줄 수 있는 간호사, 사회 복지사, 상담 치유사와 같은 직업이 적절하다고 말입니다. 과거 생에 상처받은 자신의 영적 자아도 치유하고 또한 타인의 삶도 치유할 수 있는 기회의 시간으로 만들라는 것이지요.

사람이 태어날 때는 그 영혼이 지었던 전생의 업이 필연적으로 따라옵니다. 좋은 업을 가지고 태어나는 사람은 나쁜 업을 가지고 태어나는 사람들을 도와줌으로써, 자신의 영적 차원을 한 단계 더 높일 수 있는 기회를 얻습니다. 반면 나쁜 업을 가지고 태어난 사람은 현생에서 경험하는 고단함을 통해 자신의 카르마를 맑게 정화시킬 수 있는 소중한 기회를 얻게 됩니다.

영혼과 육체는 상위자아 上位自我와 하위자아 下位自我의 개념을 빌려 설명할 수 있습니다. 상위자아인 영혼은 하위자아인 육체를 통해 지상에서의 경험을 거두어들입니다. 즉, 영혼은 육체를 통해 여러 가지 경험을 축적해나갑니다. 같은 맥락에서 진화론이 물질적 진화에 관한 설명이라면 윤회론은 그 사람의 영적 진화를 이해하기 위한 것이라고 설명될 수 있습니다.

15

욕구와 사랑은 다르다

불륜과 전생의 카르마

불륜은 보통 나쁜 일로 단정되지만, 전생의 인연법으로 당사자
들의 관계를 살펴보면 의외로 숨은 사연이 많습니다. 과거 생
에서 사랑이나 이별 등으로 깊은 인연이 있었던 사람을 현생
에서 만나면, 자신의 의지와 상관없이 매우 충동적인 감정에
휩싸이는데, 그런 현상들은 업의 작용이 만들어내는 신호라고
할 수 있습니다. 그 사람들이 가진 과거의 강한 업력이 상호작
용하는 것이지요. 그래서일까요. 불륜은 실제로 우리 수변에서
드문 일도 아닙니다.

  남녀 간의 사랑과 합법적인 결혼이 서로가 가진 업의 상호작
용 때문에 일어나는 것이라면, 애정의 또 다른 형태인 불륜 역
시 이처럼 업의 상호작용에서 기인합니다. 불륜 관계는 현생의

새로운 만남에서 시작되기도 하지만, 전생에 못 이룬 사랑이 환생의 인연을 따라 운명적인 흐름에 의해 이루어질 수 있다는 의미입니다. 다시 말해 이성에게 느끼는 매력이 앞서 살았던 삶의 인연에서 만들어지기도 한다는 이야기입니다.

이런 이유 때문에 불륜은 사회적 규범과 양심에 따라 판단되기 이전에 업의 영향으로 인해 일어날 수 있다는 점을 고려할 필요가 있습니다. 리딩은 현생에서의 결혼과 결혼 뒤의 이성관계가 단지 인연이 앞섰느냐 늦었느냐의 차이이지, 도덕적 기준으로만 엄격하게 판정할 일은 아니라는 점을 보여줍니다. 결혼한 이후에 만나는 상대가 전생의 깊은 인연 때문에 만나는 경우일 수도 있으므로, 그저 도덕적 관점에서만 해석되기 힘들다는 말입니다.

하지만 모든 불륜을 어쩔 수 없는 과거 생의 업연 때문이라고 합리화해서도 안 됩니다. 모든 불륜이 전생에 지었던 카르마의 결과로서만 나타나는 것은 아니기 때문입니다. 오늘 우리에게는 도덕적 가치나 윤리에 입각한 현재의 선택이 무엇보다 중요합니다. 따라서 불륜을 전생 인연으로 정당화하는 것은 큰 잘못이 될 수 있습니다. 또 많은 사람이 이혼을 통해 지나온 삶을 정리하는데, 그것은 가정해체라는 새로운 카르마를 지을 수 있다는 점도 기억할 필요가 있습니다. 물론 이 얘기가 이혼이 무조건 나쁘다는 뜻은 아닙니다. 불륜과 마찬가지로 이혼도 인연법에 따라 불가피한 경우도 있으니까요.

한편 전생 리딩은 카르마의 법칙이 상상을 초월할 만큼 정교하기 때문에 우리가 그 법칙을 벗어나기가 불가능하다는 사실을 거듭 알려줍니다. 이 원칙은 불륜의 문제에도 그대로 적용됩니다. 만약 과거 생에서 심각한 불륜을 저질렀다면, 그 사람은 현생에서 그에 상응하는 불륜 행위의 보복을 받을 가능성이 큽니다.

아내의 불륜은 남편 탓인가

이처럼 전생 리딩을 통해 보면 결혼 후에 이루어지는 배우자 아닌 사람과의 사랑을 모두 불륜이나 부정적 카르마로만 치부할 수 없다는 점을 알 수 있습니다. 필규 씨는 가난한 시골에서 성장한 뒤 자수성가해 큰 병원을 운영하는 병원장입니다. 말끔한 옷차림에 진중한 자세와 매너 있는 말투, 사람을 제압하는 대단한 카리스마까지 있는 품위 있는 분이었습니다. 필규 씨는 아내와의 인연이 알고 싶어 전생 리딩을 시작했습니다.

리딩의 첫 장면에서는 단단하고 오래된 나무로 만든 솟을대문이 나왔습니다. 집안의 권위가 대문에서부터 엿보였습니다. 집의 심처까지 닿으려면 여러 개의 문을 지나야 했고, 옆으로도 다른 별채와 연결되는 문들이 있었습니다. 여러 문을 지나고 나서야 많은 사람이 모여 있는 안채가 나타났습니다.

높은 대청마루에 대감이 있고, 횃불을 든 하인들이 마당에 모여 서 있는데, 그 앞에는 피를 흘리며 쓰러져 있는 남녀가 있었습니다. 대감은 서릿발같이 화난 얼굴로 소리쳤습니다.

"파묻어라!!"

그리고 대감은 방으로 들어갔습니다. 하인들은 멍석말이해 몽둥이질을 했고, 초주검이 된 두 남녀를 둘러메고 뒷산으로 올라갔습니다. 그리고 리딩은 하인들이 구덩이를 파고 남녀를 던져 넣어 산 채로 매장하는 모습을 보여주었습니다.

남녀는 그 집안의 며느리와 남자 하인이었습니다. 그 집 아들은 매우 병약해 아내가 원하는 사랑을 줄 수 없었습니다. 그런 사실을 알고 있던 시아버지는 어느 날부터 며느리를 의심의 눈초리로 쳐다보기 시작했습니다. 아부를 좋아하는 다른 하인들이 잘생긴 남자 하인과 주인집 며느리가 몰래 정을 통한다는 거짓 정보를 고해 바쳤기 때문입니다. 사실관계를 추궁하던 시아버지는 억울하다면서 강하게 부인하는 며느리를 보고 대노하여 두 사람을 생매장하라고 지시를 내렸던 것입니다. 대단한 명문집안의 어른이었던 시아버지는 자신과 아들, 그리고 가문을 배신한 며느리를 용서할 수 없었고 생매장해 우환을 없애고자 했습니다.

"그 생에서 시아버지가 필규 씨, 며느리가 현생의 필규 씨 아내입니다. 그리고 그때의 하인은 지금 불륜 관계에 있는 아내의 다른 남자입니다."

리딩이 끝나자 필규 씨는 긴 한숨을 내쉬었습니다. 그러면서 자기는 아내를 너무 사랑해서 여태까지 한 번도 다른 여성을 생각해본 적이 없다고 했습니다. 그렇게 10년 넘게 결혼생활을 잘해왔다고 생각했는데, 어느 날 아내에게 다른 남자가 있다는 사실을 알게 되었다고 했습니다. 처음에는 믿을 수 없었지만, 아내가 동창회 모임에 간 날 아내의 행적을 쫓았고 일행과 떨어져 도심 외곽의 모텔로 들어가는 아내를 목격했다고 합니다. 덜컥 가슴이 내려앉은 필규 씨는 잠시 후 그 모텔로 따라 들어가 마침 옆 객실을 얻었다고 합니다. 그런데 옆 객실에서 두 남녀의 뒤엉킨 신음소리가 들려왔다고 했습니다. 분명 밀애의 현장이었습니다.

의심이 사실로 확인되는 순간, 필규 씨는 숨을 쉴 수 없었다고 했습니다. 그리고 그때부터 아내의 그동안의 행적과 일상을 조사해봤다고 합니다. 결과는 당혹스러웠습니다. 필규 씨는 수입의 전부를 아내에게 전적으로 맡기고 있었는데, 확인해보니 그동안 남들보다 많은 소득이 있었지만 재산이 하나도 남아 있지 않았습니다. 아내는 필규 씨 몰래 여러 사업에 투자를 했고 모든 돈을 다 날려버린 상태였습니다.

필규 씨는 배신감에 죽을 것 같은 고통을 느꼈지만, 꾹 참고 아내에게 자신이 알게 된 사실을 이야기하면서 그 남성과 헤어지라고 했습니다. 하지만 아내는 필규 씨에게 헤어졌다고 말하고는 몰래 다시 남자를 만나고 있었습니다.

필규 씨는 배신감 때문에 극심한 스트레스와 불면증에 시달리다가 치료를 받고 있다고 했습니다. 그래서 혹시라도 아내와

235

의 전생 인연을 알게 되면, 이 문제를 해결할 어떤 실마리를 잡을 수 있지 않을까 하는 마음에서 리딩을 요청했습니다. 리딩이 진행되면서 필규 씨는 수면장애로 치료를 받을 때 겪었던 일을 들려주었습니다. 수면장애 치료에 사용하는 호흡조절 기구가 있는데, 그 기구를 얼굴에 덮어쓰면 죽음에 대한 공포가 몰려오면서 마치 질식당하는 것 같은 답답함에 중간에 치료를 중단할 수밖에 없었다고 했습니다. 당시 며느리와 하인이 억울한 누명을 쓰고 죽어가면서 경험했던 질식의 공포와 두려움을 필규 씨도 똑같이 체험하면서 전생의 카르마가 정화되는 현상이라고 리딩은 말해주었습니다.

한 가지 흥미로운 사실은 필규 씨가 아내와 함께 술을 마시면 아내는 얕은 취기 상태에서 가끔씩 이런 말을 했다고 합니다.

"당신 모습이 옛날 대감 모자를 쓴 고약한 영감님으로 보여요."

매사에 냉철하고 논리적인 필규 씨는 다른 일에서는 판단이 분명하고 정확하지만, 아내에게만큼은 그런 잘못을 알고도 꾸중할 수 없었다고 합니다. 아내의 외도가 해결되지 않으면 아이들을 위해서라도 이혼하는 것이 마땅하다고 생각했지만, 평소의 자신답지 않게 판단력이 흐려지니 왜 그런지 모르겠다며 아내와 이혼할 마음은 생기지 않는다고 했습니다.

필규 씨의 사례는 과거 생에 타인을 그릇된 이유로 과도하게 처벌한 행동이 현생에 아내의 불륜으로 찾아온 것이었습니다.

리딩은 필규 씨에게 닥친 심각한 고통과 아픔이 어디서 비롯되었는지, 그리고 그 원인을 어떻게 이해하고 받아들여야 할지를 반성해 영적 통찰을 얻는 것이 현생의 중요한 숙제라고 했습니다. 필규 씨는 1년이 지난 후 소식을 전해왔습니다. 아직도 마음속에서는 갈등과 분노가 있지만, 마음을 비우는 공부와 참회하는 기도를 함으로써 아내를 대하는 마음이 많이 편해졌다고 했습니다.

정화되지 않은 집착

욕구와 사랑은 다릅니다. 사랑하기 때문에 욕구가 생길 수도 있지만, 과거 생에서 비롯된 정화되지 않은 집착과 애착이 욕구의 원인이 될 수도 있습니다. 후자의 경우 불륜의 상대를 만나면 그 에너지는 더욱 강력해집니다. 사랑은 마치 태양처럼 아무 조건 없이 나누어주는 우리의 생명적 에너지와 연결된 신성한 것이지만 상황에 따라 기쁨도 고통도 함께 줄 수 있습니다.

평생 시집살이를 하면서 세 명의 자녀를 잘 키워온 50대 여성이 저를 찾아왔습니다. 남편의 외도로 마음의 상처를 입고 상담을 요청했습니다. 남편이 어느 날부터 바람을 피우기 시작했는데, 상대는 주말 등산모임에서 알게 된 같은 동네에 사는 여성이었습니다. 그녀는 남편을 일찍 여의고 혼자 살았는데, 얼굴은 착하고 순하게 생겼지만 집착이 강해 남편과의 불륜관계를 청산할 것을 여러 번 요구해도 쉽사리 듣지 않았습니다.

남편에 대한 배신감과 상처 때문에 괴로워하던 내담자는 자기가 왜 이런 고통과 슬픔을 당해야 하는지를 물어왔습니다.

리딩은 그녀가 조선시대 때의 삶에서 어느 양반가의 대감으로 살았던 장면을 보여주었습니다. 당시 대감은 오랜 벗이 죽어 그 집안을 돌보게 되면서 친구 부인과 내연관계를 맺었고, 그 사실을 알게 된 자신의 아내가 관계를 정리할 것을 호소했지만, 대감은 죽은 벗의 가족을 돌본다는 핑계로 내연관계를 해결하지 않았습니다. 리딩은 전생의 카르마가 현생의 문제를 만들어낸 원인으로 작용하고 있다고 했습니다. 지금의 남편이 당시 상처를 받았던 대감의 아내였고, 불륜으로 아내에게 고통을 주었던 대감이 지금의 그녀라고 말해주었습니다. 또 전생에서 대감의 내연녀였던 여자가 현생에서 불륜을 맺고 있는 여성의 인연으로 왔다라고요.

이 사례는 전생의 불륜으로 배우자에게 마음의 상처를 안겼다면, 현생에서는 역할을 바꿔 불륜의 피해자가 되어 고통을 당할 수 있다는 것을 보여줍니다. 카르마의 법칙에 입각해 업의 균형이론이 작용하는 것이지요. 이럴 경우 내담자들은 흔히 이혼을 생각하며, 그것이 또 다른 업을 짓는 것은 아닌가 하고 염려합니다. 리딩은 타고난 업을 상호작용의 경험을 통해 모두 해소한 사람의 경우라면, 그래서 오로지 자기만을 위해 살아도 되는 시기가 되었을 때는 이혼을 권고하기도 합니다. 그러므로 이혼 자체를 나쁜 일로 생각해서는 안 됩니다.

그러나 결혼은 그 자체로 매우 중요한 영적 의미를 가집니다. 우리는 결혼생활의 어려움을 통해 인내를 배웁니다. 배우자의 역할을 충실하게 이행하면서 삶에 대한 중용과 균형 감각을 익히고, 각자의 영적 삶을 완성해나갑니다. 다시 말해 결혼 관계에서 직면하는 여러 가지 어려움이 우리의 참된 정체성을 회복하는 소중한 기회를 제공한다고 볼 수 있습니다.

특히 혈기 왕성한 사람들은 이성 관계에 더욱 조심해야 합니다. 생전 처음 만난 사람 앞에서 갑자기 숨이 꽉 막히고 이유를 알 수 없는 눈물이 왈칵 쏟아진다면, 그리고 마음 깊은 곳에서 소용돌이치는 알 수 없는 그리움이 생겨난다면, 그런 감정에 곧바로 휩싸이지 말 것을 권고합니다. 그 이유는 상대방이 피해 갈 수 없는 업의 함정을 가진 업연의 인연일 수도 있기 때문입니다. 더구나 성적 매력이라는 외피를 둘러쓰고 등장하는 업의 마력에 빠지지 않도록 조심해야 합니다.

리딩은 감정적 끌림으로 혼란에 빠진 사람들에게 대안을 제시해줄 수 있습니다. 그런 강력한 감정이 왜 시작되었고, 어떻게 풀어나가야 할지를 설명해줍니다. 하지만 리딩의 조언에 따라 인연법을 잘 이해하고 받아들여 현명하게 해결하는 사람이 있는가 하면, 그 업의 당김 현상에 굴복해 주변 사람들에게 심한 상처를 주고 스스로 수렁에 빠지는 경우도 적지 않게 목격했습니다.

239

전쟁이라는 극한 상황은 평소에는 발견하기 어려운 우리의 숨겨진 본성을 드러내도록 만듭니다. 특히 이성과의 관계에서 우리의 본성이 적나라하게 표현되는 기회를 제공하기 때문에 새로운 카르마가 형성되는 계기가 되는 경우가 많습니다. 이런 점을 보여주는 사례들이 있습니다.

아내의 불륜을 알게 된 남성 내담자가 고민 끝에 저를 찾아왔습니다. 회계 일을 보는 아내가 그 회사 사장과 부적절한 관계를 맺고 있음을 알았던 것입니다. 화가 많이 난 남편은 아내가 근무하는 회사를 찾아가 경위를 따지면서 사장에게 아내와의 관계를 청산할 것과 더불어 정신적, 경제적 보상을 요구했습니다. 그런데 남편은 언변이 너무 서툴러 오히려 그 회사의 직원들과 아내가 보는 앞에서 망신을 당하고 말았습니다. 게다가 잘못을 인정해야 할 아내가 오히려 이혼소송을 제기하면서, 평소 남편의 의처증 때문에 고통을 받아왔으며, 급기야 이 사태가 모두 남편의 지나친 의심 때문에 일어난 일이라고 우기기 시작했습니다.

리딩을 통하여 살펴본 남편의 전생은, 일본 전국시대에 어느 지역을 다스리는 영주의 가신으로 살았던 삶이 있었습니다. 그때 이웃부족 간에 영토 분쟁으로 전투가 일어났고 그 지역을 점령하면서 많은 노획물을 얻었습니다. 그때 피난민 행렬에서 남편과 함께 몸을 피하는 미모의 여성을 발견하고는 무력으로 그 여성을 제압해 첩으로 삼았습니다. 그 첩이 현생의 아내이고, 첩의 원래 남편이 아내와 불륜관계에 있는 직장의 사장이었습니다. 리딩에 따르면 지금 경험하는 불행이 당시에 힘으로 남의 아내를 빼앗고 타인에게 상처를 준 부적절한 카르마를 정화하기 위한 것임을 알 수 있었습니다.

불륜에 전생의 카르마가 깊이 개입된 유사한 사례가 또 있습니다. 노년의 남성 내담자가 리딩을 요청했습니다. 내담자는 정년퇴직 후에 노후를 준비하기 위해 자영업을 시작하려고 준비하는 과정에서 한 여성을 만나게 되었습니다. 처음에는 사업 때문에 만났지만, 두 사람의 사이가 사업 파트너에서 불륜관계로 바뀌면서 계획했던 일들이 모두 꼬이기 시작했습니다. 그 여성의 잘못된 판단으로 사기꾼에게 사업자금을 모두 잃고 말았기 때문입니다. 여성은 자신으로 인해 금전적 손실이 발생하자, 그 사실을 감추기 위해 차일피일 시간을 끌다가 마침내 회복이 불가능한 지경까지 일을 키웠던 것입니다.

그런데 남자를 더 분노하게 만든 것은, 그녀의 또 다른 이성관계였습니다. 그녀가 자신의 잘못을 만회하고 돈을 받아내기 위해 어쩔 수 없이 그 사기꾼과 관계를 냈었다고 고백한 것입니다. 내담자는 분을 견디지 못하며 왜 자신에게 이런 일이 일어났는지를 알고 싶어 했습니다.

리딩은 2차 대전 때 독일군 장교로 산 내담자의 전생을 보여주었습니다. 그는 독일군이 점령한 지금의 폴란드 접경에 있던 유대인 마을에 머물렀습니다. 마을에는 피난을 미처 가지 못한 유대인 가족이 있었는데, 장교는 부모와 함께 살고 있는 미모의 젊은 딸에게 흑심을 품었습니다. 그리고 다른 약점을 잡아 가족을 유대인 수용소에 보내겠다고 위협하면서, 딸을 강간하고 가족의 재산을 몰수했습니다. 그때의 딸이 현생에서 여성 동업자로 나타나 내담자에게 받은 고통을 되돌려 준 것이지요.

인과응보는 자연의 법칙이자 섭리입니다. '자기가 뿌린 씨는 반드시 자기가 거둔다'라는 격언을 인용하지 않더라도, 우리의 삶이 그 법칙에 의해 운영되고 있다는 사실을 알아야 합니다. 특히 불륜을 포함해 이성관계에는 성적 매력이라는 본능이 작용하기 때문에 이런 인과응보의 원리가 더욱 강력하게 작용한다고 할 수 있습니다.

게다가 요즘은 빠른 시대 변화를 반영해 카르마의 해소 주기도 매우 빨라졌습니다. 카르마의 결과가 나타나 균형을 회복하는 데 여러 생이 필요하지 않다는 이야기입니다. 이번 생의 행위의 결과가 현생에서 곧장 나타날 수 있다는 뜻입니다. 그러니 카르마가 빨리 교정된다는 이유 때문에라도 우리는 매일매일 두려움 없는 삶을 살도록 노력해야 합니다.

나쁜 업은 마음의 눈을 가리는 장막과도 같습니다. 눈이 가려진 사람은 인내심과 판단력을 잃고 매사를 좌충우돌하면서 살아가기 마련입니다. 반면 마음의 눈이 맑게 열린 사람은 판단력과 분별력이 뛰어나 균형 잡힌 삶을 꾸릴 수 있습니다. 마음의

242

눈이 얼마나 맑은가는 결국 그 사람이 과거 생에 어떤 업을 쌓았는가라는 문제로 귀결된다는 점에서 착하게 사는 일은 아무리 강조해도 지나치지 않습니다. 특히 카르마의 영향력이 강력해지는 이성의 문제에서는 더더욱 분별력이 있어야 합니다.

5부

지금 어떻게
살 것인가

전생을 알고 싶은 가장 큰 이유 중 하나는 미래가 궁금하기 때문입니다. 우리는 누구나 주어진 환경을 극복하고 더 행복한 삶을 누리기를 원합니다. 자신이 선택해 태어난 가족적 배경과 주변 환경, 지금의 생에 영향을 미치는 과거 생에서의 장단점이 무엇인지를 정확하게 파악할 수 있다면, 더 나은 미래의 방향을 설계할 가능성이 커집니다.

16

우리를 성장시키는 것들

신의 배려와 영혼의 진화

사람들은 전생을 기억하지 못하기 때문에 지금의 고통과 불행을 억울하게 받아들이고 분노하기 쉽습니다. 그러나 불행이 어디에서 시작되었는지를 아는 것이 우선입니다. 우리는 전생을 고려하지 않고는 풀 수 없는 문제를 많이 안고 살아갑니다. 극단적인 반목과 대립의 관계에 있는 사람, 불치의 병을 앓고 있는 사람, 선천적으로 불구나 장애가 있는 사람, 참으로 가난한 사람 등은 그 원인이 전생에서 시작되었을 가능성을 눈여겨볼 필요가 있습니다.

한편 습_習이란 우리가 살아오면서 축적한 갈애渴愛(오욕의 욕망에 집착함)로 인해 쌓은 업 전체를 말합니다. 또 습은 문틈 사이로 스며드는 습기와 같아서 자신도 모르게 특정한 행동과 마

음가짐에 익숙해지는 것을 뜻하기도 합니다. 그래서 부지불식
간에 우리의 성격으로 자리 잡아 저마다의 특징적인 모습으로
일상적인 삶에서 발현됩니다.

어떤 사람은 남에게 봉사하기를 좋아합니다. 그런 사람에게
는 남을 위한 배려와 봉사가 습이 됩니다. 반대로 어떤 사람은
재물에 욕심이 많아 자신보다 가난한 사람들이 가진 재물에도
욕심을 냅니다. 욕심이 습이 된 것이지요. 그리고 우리의 모든
습은 어느 날 갑자기 만들어지지 않습니다. 오랜 과거 생에서
부터 차곡차곡 쌓여서 이루어집니다. 그 점에서 현생에서 우리
의 독특한 성향으로 발현되는 습은 과거 생의 모습들을 오늘로
연결하는 장치입니다. 그래서 같은 부모 아래 태어나 같은 문
화와 환경 속에서 자라나도, 타고난 습의 차이 때문에 각기 다
른 특성을 보이고 결국 다른 삶을 살게 됩니다. 즉, 우리가 다
른 선택과 판단, 행동 양식을 보이는 것은 저마다 타고난 습이
달라서입니다.

특히 삶의 중요한 순간에는 평소의 습이 자신도 모르게 선택
을 하게 만듭니다. 그런 이유 때문에 본능적 습은 우리가 경험
하고 배워야 할 모든 것을 포괄하는 운명의 테두리를 엮어냅니
다. 그래서 습은 업의 진행에 가장 중요한 요인이 될 수밖에 없
습니다. 따라서 업을 정화시키고 삶의 모습을 바꾸기 위해서는
반드시 자신의 습을 먼저 변화시켜야 합니다.

전생 리딩은 운명의 방향이 습에 의해 결정된다는 사실을 거

듭 확인시켜줍니다. 과거 생에서 비롯된 삶의 습관과 의지가 여전히 현생에서 가장 큰 영향을 준다는 뜻입니다. 그런데도 습을 교정하고 정화하기는커녕 여전히 자신의 에고를 내세워 반성 없이 살아간다면, 그 사람의 운명적 테두리는 지금껏 습과 업이 정한 방식 그대로 진행될 가능성이 큽니다.

습의 무서운 힘을 보여주는 사례가 있습니다. 배우자와의 인연법을 상담하러 한 남성 내담자가 저를 방문했습니다. 배우자가 될 사람에 대해 탐탁지 않게 여기는 마음이 있었지만, 주변의 시선과 시간에 쫓겨 결혼을 해야 하는 상황이었습니다. 리딩은 지금 배우자가 되려는 여성이 전생에서 자신의 신분 상승을 위해 내담자에게 접근했던 인연임을 보여주었습니다. 내담자는 과거 생에서 부유한 집안의 사람이었는데, 상대 여성의 미모나 교태와 같은 겉으로 드러난 면만 보고 결혼을 하려 했습니다. 그러나 가족들이 극렬히 반대해 이루어질 수 없었습니다. 전생에서는 상대 여성이 내담자에게 접근했던 의도 자체가 순수하지 않았기 때문에, 결혼이 이루어지지 않은 사실 자체가 아무런 카르마를 남기지 않는다고 리딩은 말해주었습니다.

249

그런데 현생에서도 상황은 과거와 똑같이 반복되고 있었습니다. 잠재의식 속의 영적 기억도 뭔가 석연치 않다는 느낌을 내담자에게 주었습니다. 저는 이 결혼이 내담자에게 불행을 줄 가능성이 크기 때문에 더 깊은 카르마적 인연을 만들기 전에 헤어지는 게 좋겠다는 조언을 했습니다. 그러나 내담자의 과거 생을 보면 자기 주관보다는 주변의 분위기에 따라 선택하는 습관이 있었습니다. 전생에서도 그 때문에 후회하는 선택을 자주 했지만 현생에서도 여전히 그러한 성향을 반복하고 있었습니다. 그래서 과거 생의 실패를 현생에서도 반복할 수 있다고 했습니다. 2년 뒤 그 내담자가 다시 찾아왔습니다. 내담자는 어쩔 수 없는 분위기에 떠밀려 결혼을 했고, 결국은 6개월 만에 헤어졌다고 했습니다.

이런 식으로 우리는 카르마의 영향으로 인해 과거 생에서 비롯된 똑같은 문제를 반복적으로 풀어야 하는 영적 사명을 부여받는 경우가 많습니다. 하지만 자신을 지배하는 편향된 습이 너무 강하면 카르마의 힘을 벗어나지 못해 과거 생과 같은 오류와 실수를 거듭 범하게 됩니다.

만약 우리가 인내와 끈기와 같은 긍정적 습을 갖는다면 현생에서 큰 발전과 성과를 낼 수 있지만, 반대로 부정적인 습이라면 우리는 과거 생에 쌓았던 카르마의 연결고리를 끊지 못해 습이 만들어준 운명을 벗어나기 힘듭니다. 그러므로 부정적인 습을 교정할 수 있다면 우리는 주어진 카르마를 훨씬 더 빨리 긍정적인 방향으로 정화할 수 있습니다. 또 그렇게 함으로써 영적 진화와 더불어 더 나은 삶의 상황을 만들어내게 됩니다.

전생을 읽어 후생을 바꾸다

전생을 알고 싶은 가장 큰 이유 중 하나는 자신의 미래가 궁금하기 때문입니다. 우리는 누구나 주어진 환경을 극복하고 더 행복한 삶을 누리기를 원합니다. 자신이 선택한 가족적 배경과 주변 환경, 지금의 생에 영향을 미치는 과거 생에서의 장단점이 무엇인지를 정확하게 파악할 수 있다면, 미래에 대한 더 나은 방향을 설계할 가능성이 커집니다.

대부분의 운명론자는 운명이 정해져 있다고 이야기합니다. 그러나 리딩은 운명이 한 가지 방향으로만 고정되어 있지 않다고 말합니다. 물론 가족, 성별, 고향 등의 타고난 환경적 요인은 바꿀 수 없습니다. 카르마의 법칙에 따르면 이런 요소들은 태어나기 전에 이미 정해진 운명의 큰 틀에 해당됩니다. 하지만 바꿀 수 없는 숙명이 아닌 운명적 카르마에 의한 것이라면, 바른 선택과 노력으로 얼마든지 변화를 도모할 수 있습니다.

살다 보면 누구나 특별한 선택을 해야만 하는 순간과 마주합니다. 그럴 때 전생의 인연법을 현재 삶의 문제와 연결해 살펴보면 삶에 내포된 전체적인 방향이 드러날 수 있습니다. 반복되는 숙제 앞에서 전생과는 다르게 지혜로운 선택을 할 수도 있고, 카르마가 빚어낸 습을 벗어나지 못해 여전히 어리석게 행동할 수도 있습니다. 리딩에서 미래를 예견할 때에는 이런 측면을 동시에 고려해야 합니다.

리딩을 통해 설명하는 미래와 카르마의 관계는 다음과 같습니다. 어떤 사람이 특정한 선택을 하게 되면, 그 결과가 어떻게 전개될지와 선택 과정에 영향을 미치는 카르마와 습의 요인을

251

가급적 명확하게 짚어서 경우의 수로 이야기해줍니다. A를 선택하면 앞으로의 방향은 A로 진행될 것이고, B를 선택하면 B라는 결과를 낳게 될 것이라는 방식으로 말이지요. 대부분의 상담자는 그간의 삶을 통해 본인의 성향을 알고 있기 때문에 리딩이 말해주는 방향을 참고해서 선택을 합니다. 다수의 리딩 사례를 살펴보면 운명은 결코 완전한 결정론이 아님을 알 수 있습니다.

영철 씨는 중세 유럽에서 수사修士로서 살았던 전생이 있었습니다. 그는 그 생에서 정직하고 자기 관리에 철저한 성격의 수사로 당시 주변 동료들의 잘못한 부분이나 정도에서 벗어난 행위를 가차 없이 비판했습니다. 그런 면은 현생에도 계속 나타났는데, 철저하고 빈틈없는 성향은 어떨 때는 단점으로 작용하기도 했고, 주어진 역할에서 최선의 결과를 만들어내는 장점이기도 했습니다.

리딩은 이런 메시지를 알려주었습니다. "과거 생에 영철 씨는 스스로의 언행에 잘못이 없다고 생각했기 때문에 타인에 대한 비판을 서슴지 않았습니다. 자신을 비판하는 사람들에게는 더 날카롭고 사납게 맞서 싸웠습니다. 이번 생에 영철 씨는 사람과의 관계에서 원만함을 배워야 하는 카르마적 과제가 있습니다."

리딩 내용을 들은 영철 씨는 지금 다니고 있는 회사에서 인간관계가 너무 힘들다면서 고민을 털어놓았습니다. 직속상사가 자신을 따돌리고 업무를 배정하는데, 그 상사가 인사를 담

당하는 상사와 친밀한 관계여서 자신이 인사에서 불이익을 받을까 염려가 된다는 것이었습니다. 영철 씨는 주어진 일에 최선을 다하는데도 차별당하는 것이 억울해 회사의 임원에게 하소연하고 싶다고 했습니다. 그런 선택이 올바른지와 그것이 자신에게 어떤 영향을 미칠지가 고민이었던 것이지요.

리딩에서는 이에 대해 두 가지 가능성을 모두 제시해주었습니다. 첫째, 회사 임원진에게 차별을 토로하면 상황이 더 악화된다고 나타났습니다. 영철 씨는 과거 생에서 남들을 지나칠 정도로 비판해 주변 사람들을 힘들게 했던 카르마가 있었습니다. 그 카르마는 이번 생에서 사회생활을 통해 개선해나가야 하는 부분이지만, 아직 완전히 개선되지 못한 상태입니다. 그래서 현생에서 배워야 할 마음공부가 채 끝나지 않은 상황에서는 주위 사람들의 호응이나 긍정적 반응을 불러일으키기 어렵다는 것이었습니다.

둘째는 현재의 고통스러운 상황을 감내하고 묵묵히 이겨나가는 선택입니다. 본인은 더 고통스럽겠지만 자신이 과거 생에서 신랄한 비판으로 주변 사람들에게 주었을 상처를 헤아려보면서 현재의 곤경을 인내를 배우는 과정으로 생각하라는 조언입니다. 즉, 인내를 통해 카르마가 정화되는 만큼, 가까운 미래에 그간의 상처를 보상받는 전화위복의 계기가 마련된다고 나타났습니다. 하지만 영철 씨는 리딩의 내용을 그다지 긍정적으로 받아들이지 못했습니다. 시간을 두고 더 생각해보겠다고 하

253

면서 돌아갔습니다.

몇 달 뒤 영철 씨가 다시 찾아와 그간의 이야기를 들려주었습니다. 영철 씨는 타고난 본성 때문에 참지 못하고 자신의 프로젝트가 끝나자마자 임원을 찾아가 상사의 부당한 차별을 비판했다고 했습니다. 영철 씨의 이야기를 들은 임원은 영철 씨를 위로하면서 도와주겠다고 했고, 영철 씨는 용기와 희망이 생겼다고 했습니다.

그런데 두 달 뒤 연말 인사고과 점수가 나왔을 때 영철 씨는 최하 점수를 받았고, 지방으로 좌천될 위기의 상황으로까지 내몰렸다고 했습니다. 영철 씨는 임원을 믿었지만, 그분은 자신과 더 가까운 인사 부장의 말을 신뢰했고, 인사 부장은 영철 씨의 직속상사의 의견을 더 신뢰해 결국 영철 씨에 대해 부정적 평가를 내렸던 것입니다.

영철 씨는 자신의 감정을 앞세워 큰 흐름을 보지 못했다며 씁쓸해했습니다. 그러면서 지방으로 가게 될 경우 여러 가지로 생활이 곤란해진다면서 회사에 이의를 제기해도 되는가 물었습니다. 그러나 리딩은 영철 씨가 여전히 자신의 부정적인 습관과 성향을 개선하지 못하고 있다고 지적했습니다. 그러므로 미래를 개선하려면 인내심을 갖고 회사의 결정을 받아들이는 것이 좋다고 했습니다. 그래서 이의를 제기하지 말고 당장은 힘들어도 지방에서 근무하며 때를 기다리면 곧 다시 올라올 수 있다고 조언해주었습니다.

몇 달 뒤 영철 씨가 메일을 보내왔습니다. 영철 씨는 더 이상 이의를 제기하지 않고 회사의 지시에 따라 지방행을 받아들였다고 했습니다. 그리고 얼마 후 본사에서 새로운 프로젝트가 진행되면서, 명석하고 일처리가 좋았던 영철 씨가 필요하다며 동료들이 요청을 해 본사로 다시 복귀하게 되었다는 내용이었습니다.

숙명의 뼈대 위에 운명의 살을

우리가 흔히 말하는 운명은 카르마의 외피라고 할 수 있습니다. 카르마의 중심을 차지하는 숙명과 달리 이번 생에서 바꿀 수 있다는 뜻입니다. 다시 말해 숙명은 한 번의 생으로 바꾸기 어렵지만, 운명은 자신의 의지와 노력으로 변화시킬 수 있습니다. 그 점에서 숙명은 신체를 구성하는 뼈와 흡사하고, 운명은 그 위에 붙어 있는 살이나 근육과도 같습니다. 병원에서 얼굴 모습을 바꾸기는 쉬워도 골격을 고치는 일은 쉽지 않은 것과 비슷합니다.

황소의 예를 들어 두 개념을 조금 더 설명해볼까요. 어떤 소는 풀이 적고 자갈이 많은 열악한 지역에서, 또 다른 소는 풀이 무성하게 자란 강변에서 태어난다고 해봅시다. 그리고 모든 소에게는 목줄이 매어져 있다고 가정하지요. 소가 타고난 지역석 환경과 목줄의 길이는 소가 마음대로 바꿀 수 없는 숙명에 해당됩니다. 하지만 목줄이 닿는 범위의 풀을 얼마나 뜯어 먹을

지는 소의 자유의지에 달린 운명일 수 있습니다. 물론 그 자유의지의 범위마저 궁극적으로는 전생의 습에 영향을 받습니다만, 주어진 틀 속에서 얼마나 많은 풀을 먹는지는 소의 노력 여하에 달려 있는 것이지요. 이처럼 카르마는 큰 틀에서 환경을 결정짓지만, 우리는 주어진 숙명 속에서 노력과 의지로 삶을 바꿀 가능성도 갖게 됩니다.

이 틀에 입각해 저는 전생 리딩 때 내담자가 만든 업의 바다에 뛰어들어 현생에 영향을 미치는 카르마의 구조, 즉 외피와 중심의 크기나 양자의 상호 관계를 파악합니다. 특히 외피인 운명에 초점을 맞추어 면밀히 살핍니다. 숙명보다 비교적 가벼운 업의 기운으로 형성되어 있는 운명은 본인의 노력으로 정화될 수 있기 때문입니다. 예를 들어 가족적 배경이나 성별 등은 카르마가 만들어낸 숙명이지만, 회사나 주거지를 옮길지 말지 등은 우리의 의지가 관철되는 운명적인 차원에 속합니다.

한편 숙명과 운명 사이에서 가장 판단하기 어려운 사안 중 하나가 바로 이혼 문제입니다. 결혼은 당사자 간의 합의와 가족들의 인정으로 무난하게 이루어져서, 우리가 쉽사리 결정할 수 있는 문제로 생각하기 쉽습니다. 그러나 결혼은 대부분 두 사람 사이의 강력한 카르마적 인연법에 의해 성사됩니다. 일반적인 생각과는 달리 두 사람의 자유의지가 크게 발휘되지 않는다는 것이지요. 특히 결혼을 통해 두 사람이 큰 영향을 주고받으며, 과거 생의 카르마적 인연을 해소하고, 그런 경험을 통해 배우고 성장해 각자의 영적 완성을 도모해야 한다는 점에서 숙명에 가깝습니다.

그런데 이런 인연도 필연적으로 숙명적 카르마가 나하는 시기가 있습니다. 두 사람의 인연이 다하게 되면 영적 채무를 기반으로 노예계약처럼 강력했던 숙명적 인연 고리가 느슨해지고, 헤어질 수 있는 가능성이 나타나기 시작합니다. 카르마가 완전하게 해소되기 전에는 배우자와 많은 어려움을 겪어도 관계를 청산하기 어렵습니다. 그러나 카르마적 제약이 끝나는 시점이 되어 두 사람 사이의 숙명적 카르마가 해소되면 관계 청산이 가능해진다는 의미입니다.

그런 경우에 이혼을 원하는 분들께 저는 이렇게 말합니다. "자 이제! 종이 울려서 링에서 내려오셔야 합니다. 서로 다투고 싸움할 필요가 없어졌습니다. 서로 충분히 싸웠고 서로 이겼습니다. 이제는 상처받은 부위를 치료하기 위한 시간을 가지십시오. 서로를 위로하면서 잘 싸웠다고 상대방을 칭찬하십시오."

물론 이런 시기가 되었어도 함께 살아왔던 관계에 대한 미련이나 자식 문제 등 여러 이유 때문에 고민을 할 수밖에 없습니다. 그러나 이 시점에서 이혼은 자유의지로 선택 가능한 일이 됩니다. 리딩에 따르면 서로가 가진 숙명적 업이 끝나는 지점에서 우리는 카르마로부터 자유로운 이혼을 할 수 있습니다. 카르마적 인연법이 해소된 시점에서 이루어지는 이혼은 또 다른 업을 생성하지 않기 때문입니다. 그러나 어떤 경우라도 남

257

의 불행 위에 행복의 집을 지어서는 안 됩니다. 불행의 씨앗은 자라서 언젠가는 우리의 행복한 집을 반드시 파괴하기 마련입니다. 이렇게 본다면 결국 숙명과 운명의 차이는 카르마의 제약이나 간섭이 어느 정도의 강도로 작용하느냐와 자유의지가 얼마나 개입할 수 있느냐로 판가름됩니다.

무속인과 정신과 의사 사이에서

숙명적인 카르마에 굴하지 않고, 자신의 자유의지로 어려움을 극복하고 많은 사람을 돕고 있는 분들의 사례도 적지 않습니다. 저를 찾아온 성희 씨의 리딩은 티베트에서 한 종파의 지도자였던 시절을 보여주었습니다. 당시 성희 씨는 종교 지도자로서 자신의 신도들과 세력을 지키기 위해 종교전쟁을 일으켰습니다. 다른 종파와의 세력 다툼으로 벌어진 전쟁에서 자신을 따르는 신도들을 참전시켰고, 그로 인해 많은 생명을 희생시켰습니다.

현생에 성희 씨가 다시 태어난 이유는 종교 지도자로서 여러 사람들을 희생시켰던 잘못을 참회하고 상처받은 많은 영혼들을 위로하고 치유하기 위한 사명을 완수하기 위함이었습니다. 상처받은 영혼들을 치유하고 돕는 일은 이번 생에서 성희 씨의 타고난 카르마적 과제라고 할 수 있습니다.

성희 씨는 태어나기 전에 이미 영적 안내자나 치유자로서의 길을 가게끔 예정되어 있었습니다. 그런 연유로 성희 씨는 성장하면서 보통 사람들은 도저히 이해할 수 없는 커다란 영적 고단함과 어려움을 겪었습니다. 어린 시절부터 다른 차원의 존재와 귀신을 봤고, 그 존재들이 성희 씨에게 하소연하는 것을 들어주어야 했습니다. 고지식한 부모님은 늘 혼자 노는 성희 씨를 걱정했지만 도울 수 있는 방법을 몰랐습니다. 성희 씨는 어딜 가든 영혼들의 고통과 아픔이 배인 이야기를 들어주어야 했습니다. 그들 중에는 과거 생의 종교전쟁에서 죽은 사람들의 영혼도 있었습니다.

이렇게 힘든 어린 시절을 보낸 성희 씨는 자신의 영적 통로를 통해 접근해오는 무수한 영혼들과의 싸움에서 굴복하지 않고 자신의 영적 정체성과 중심을 잘 지켜냈습니다. 성장기에 성희 씨는 주어진 영적인 고단함을 불굴의 의지와 노력으로 잘 극복했고, 현재는 정신과 의사가 되어 타고난 영적 사명을 다하고 있습니다.

영혼을 위로하고 치유하는 직업에는 제도권이라 할 수 있는 종교인이나 의사가 있고, 이외에도 제도권이 다룰 수 없는 영적 문제를 다루는 무속인들이 있습니다. 요즈음 통념으로는 두 영역이 엄연하게 구분되어 있지만 성희 씨는 무속인이 될 수밖에 없었던 자신의 운명을 놀라운 인내와 노력을 통해 제도권이 인정하는 의사라는 직업을 얻게 되었다고 볼 수 있습니다.

성희 씨는 전생에서 수많은 어려움을 극복하고 영적 수행을 했던 수행자로서 끈기 있는 성정을 가졌습니다. 또 심층의식에 뿌리내린 수행의 끈을 놓치지 않았고, 그래서 영적 치유라는 숙명적 소명을 정신과 의사라는 직업으로 승화시켰습니다. 지금도 성희 씨는 정신적으로 힘들어하는 사람들을 돕기 위해 최선을 다하고 있다고 했습니다. 그리고 그들의 병이 치유되도록 신에게 기도하는 마음으로 살고 있다고 했습니다.

자유의지는 숙명적 카르마의 간섭을 벗어날 수 있는 순수한 자신만의 의지를 말합니다. 성희 씨는 카르마의 벗어날 수 없는 틀 속에서 자신의 피나는 노력으로 자유의지를 구현했고, 그 결과로 남들을 도우면서도 자아를 실현한 좋은 사례의 주인공이 되었습니다.

자유의지의 선택

내담자가 예약 명단에 이름을 올리는 순간부터 저에게는 그 사람에 대한 영적인 정보가 전달됩니다. 답답하고 우울한 마음이 느껴질 때도 있고, 슬픔과 외로움이 느껴질 때도 있습니다. 더러는 내담자의 미래가 먼저 읽히는 경우도 있습니다. 오랜 리딩 경험이 제게 가르쳐준 것은, 내담자의 현재 삶에 꼭 필요한 내용에 초점을 맞춰 전생을 알려줘야 한다는 것입니다. 다시 말해 현재의 삶에 영향을 미치는 과거 전생과의 연결된 맥락에서 하고 온 약속이나 영적 의무에 집중해야 한다는 것입니다. 때로는 제 리딩의 메시지가 내담자에게 어떤 방식으로 얼마나 도움이 될지 저 역시 도무지 알기 어려운 경우도 있습니다.

가끔 마주치는 당혹스러운 사례를 통해 분명하게 알게 된 사실이 있습니다. 리딩 과정에서 읽힌 미래의 방향성은, 점술이나 사주가 단정적으로 예견하는 것과 달리 내담자가 현재 처한 상황에서 어떻게 마음을 먹고 행동하느냐에 따라 다양한 경우의 수로 펼쳐진다는 것입니다. 다시 말해 내담자가 무엇을 어떻게 선택하느냐에 따라 미래의 모습이 달라질 수 있다는 이야기입니다. 물론 가능한 범위는 큰 틀에서 정해집니다. 그 가능성 중에서 내담자의 영적 성장에 가장 부합되고, 주변 사람들도 최대한 행복하게 만들 수 있는 방향에 초점을 맞추어 조언해야 한다는 것이 제가 리딩에서 배운 지혜입니다.

결국 큰 틀에서 보면 카르마가 설정해주는 숙명이란 그 사람의 타고난 가능성의 범위와 선택 가능한 경우의 수까지도 모두 포함한 개념으로 보입니다. 그러나 변하지 않는 중요한 사실은 우리 모두는 주어진 가능성의 범위 내에서 스스로의 자유의지에 따라 가장 지혜로운 선택을 하고 최선을 다해야 한다는 것입니다. 그렇게 함으로써 우리는 보다 발전된 자신의 미래를 스스로 만들어갈 수 있기 때문입니다.

261

17

해법은 어디를 가리키고 있는가

삼격의 균형

인간은 체격體格, 인격人格, 영격靈格으로 이루어진 삼위일체의 통일체입니다. 체격을 읽는 것이 피지컬 리딩이고, 인격과 영격을 읽는 것이 라이프 리딩이라 할 수 있습니다. 체격, 인격, 영격 중에서 영격이 완성되어야 좋은 차원의 기운과 연결될 수 있습니다. 그러니 제일 중요한 것은 영격이라고 할 수 있습니다.

영격은 그 사람이 가진 상위자아와 연결되어 있습니다. 인격이 다듬어져야 영격의 영역이 확장되고, 넓어진 영격의 바탕 위에서 신의 존재와 반응할 수 있으며 지혜의 샘이 열립니다. 반대로 인격과 영격이 뒤틀리고 어긋나면 체격인 몸에서도 문제가 생깁니다. 육신은 육화된 영혼의 틀이자 물질적 삶 속에서 카르마를 정화하기 위해 주어진 도구입니다. 마음과 육체에

262

생기는 질병의 원인은 많은 경우 전생의 카르마와 연결되어 있습니다. 그래서 흐트러진 세 가지 격의 온전한 질서를 회복하면 몸과 마음의 병이 치유될 수 있습니다.

신장병을 앓고 있는 내담자가 상담을 요청했습니다. 내담자는 과거 생의 카르마로 인해 현생의 육체에 문제가 생겼습니다. 체격에 문제가 생기자 인격은 그 문제를 해결하기 위해 노력하기 시작했고, 자기가 살아왔던 삶을 되돌아보게 되었습니다. 무엇이 잘못되어 이런 병에 걸렸는지 자문하며, 자신의 삶에 진지한 관심을 기울였습니다. 그러던 중에 전생에도 관심을 두고 자신의 영격에 대해서도 생각해보게 되었습니다.

병을 회복하는 데는 다른 사람의 장기를 이식받는 것이 최선이었기 때문에 내담자는 다행히 이식수술로 새 신장을 받았습니다. 그런데 그 기능이 10년밖에 못 간다는 얘기를 듣고 많이 실망했습니다. 하지만 남의 신장을 이식받아 육체적인 생명이 늘어 체격의 변화가 이루어지자, 인격과 영격에 대해서도 많은 생각을 하게 되었고, 결국 사고思考의 큰 전환을 경험하게 되었습니다. 그 내담자의 경우 체격의 변화가 인격과 영격의 변화로 이어졌고, 그런 긍정적인 마음의 변화 때문인시 건강이 참으로 좋아졌다는 소식을 전해왔습니다. 그런 총체적인 변화가 수명도 연장시켜줄 것이라고 생각합니다. 결국 삼격三格의 상승작용이 최종적으로는 내담자의 영성에 긍정적 영향을 준 것이지요.

263

영격과 인격 차원의 원인으로 인해 육체적 질환과 같은 체격에 심각한 문제가 드러날 때는, 대부분 그 사람이 가지고 있는 전생의 카르마가 조정되면서 나타나는 현상일 가능성이 큽니다. 그러나 그것이 감기나 몸살 같은 단순한 질병일 경우에는 성급하게 카르마와 연결 지어서는 곤란합니다. 다만 그런 병조차도 걱정해야 할 정도로 악화된다면, 병의 원인이 과거 생의 카르마와 연결되어 있을지도 모릅니다. 여하튼 우리에게 가장 중요한 것은 전체성의 감각을 잃지 않으면서 세 가지 격의 균형과 조화를 실현시키는 일입니다.

사소해도 착한 일을 계속하라

우리의 예상과 달리 카르마를 정화하는 중요한 일은 사소한 것에서부터 시작됩니다. 대부분의 사람들은 공중도덕을 가볍게 여깁니다. 그러나 리딩은 사소한 일들이 우리의 운명과 카르마의 흐름을 결정하는 데 대단히 중요한 요인이라는 점을 분명하게 가르쳐줍니다.

우리가 어린 시절 배웠던 기초적인 도덕의 실천이 우리 삶에서 카르마를 형성하고 소멸시키는 데 지대한 영향을 미친다는 의미입니다. 우리는 어린 시절에 타인에게 양보하기, 질서 지키기, 길거리에 떨어진 휴지 줍기, 어른들께 인사 잘하기, 공중도덕 지키기 등을 배웁니다. 그런데 어른이 되어서는 그런 규칙들을 잘 지키지 않게 되고, 이런 일들이 반복되면 공중도덕

불감증에 걸립니다. 바쁜 세상에 공중도덕을 잘 지키면 융통성이 없는 답답한 사람이거나, 유치한 사람처럼 생각하시는 분들이 의외로 많습니다.

엘리베이터에서 내리는 사람을 위해 비켜서 주고, 다른 사람이 먼저 타도록 배려하고, 내릴 때도 차례를 지킬 수 있습니다. 이런 일들은 사소한 것처럼 보이지만 카르마의 형성이라는 관점에서는 대단히 중요합니다. 이 모든 것이 타인에 대한 배려이고 희생이자 봉사이기 때문입니다. 이런 일들은 영적인 공덕을 쌓아가는, 작게 보이지만 아주 큰일의 시작이기도 합니다. 상담 중에 제가 이런 조언을 드리면 무척 황당해하시는 분들이 많습니다. 그런 일들이 살아가는 데 무슨 의미가 있느냐는 식으로 냉소하는 사람도 있습니다. 하지만 제 오랜 리딩의 경험은 '사소하더라도 착한 일을 계속하라'는 뻔해 보이는 가르침이 큰 선업을 쌓는 데 얼마나 결정적인가를 거듭 가르쳐줍니다.

사소해 보이는 선행이 조금씩 쌓여, 운명의 큰 흐름을 바꿀 수 있다는 점을 우리 모두가 진심으로 알 수 있다면 참 좋을 것 같습니다. 저는 리딩을 하면서 이 점이 너무 아쉽게 느껴졌습니다. 공중도덕의 핵심이라는 것이 타인을 자기만큼, 혹은 자기보다 소중하게 생각해서 다른 사람의 편의를 배려해주겠다는, 작지만 참으로 선량한 마음 아니겠습니까. 이런 마음을 삶의 매 순간 실천하는 사람의 카르마가 어떻게 맑고 깨끗하지 않을 수 있을까요.

265

작은 선행이 카르마의 긍정적인 큰 흐름을 만들어낸 사례가 있습니다. 배를 여러 척 둔 해운사업가가 저를 찾아왔습니다. 리딩으로 살펴보니 내담자는 전생에 조선시대에 경상도 강가의 작은 마을에서 뱃사공으로 살았습니다. 선대로부터 가업을 이어받아 비가 오나, 눈이 오나, 바람이 부나 자신의 역할에 최선을 다하면서 살았습니다.

그러던 어느 날 마을의 아낙이 아기를 낳다가 난산으로 사경을 헤매게 되었습니다. 그날 밤은 유난히도 바람이 심하게 불어 거센 강물에 작은 배를 띄우기는 무리였습니다. 그러나 뱃사공은 위험을 무릅쓰고 건너편 마을에 있는 산파를 데려와 무사히 산모와 아기의 생명을 구했습니다. 소식을 전해 들은 마을 사람들이 그 뱃사공의 의로운 행적을 칭찬하며 작은 정성을 모아 주자, 뱃사공은 받은 것들을 몰래 강 건너 작은 마을에 사는 가난한 사람들에게 나누어 주었습니다.

리딩은 그분이 여러 번의 다른 생에서도 뱃사공이었는데, 그때의 삶에서도 한결같이 타인을 위해 봉사하는 모습을 보여주었습니다. 리딩은 여러 생의 크고 작은 선행들이 쌓여 현생에서 큰 해운업을 하게 된 것이라고 말해주었습니다.

이 사례가 보여주듯 착한 일을 통해 선업을 쌓는 일은 자유의지의 영역입니다. 그런데 전생의 선업이 준 보상을 또다시 나누고 베푸는 일은 더 큰 영적 투자가 됩니다. 진심에서 우러나온 봉사와 희생정신으로 이웃을 배려하는 것이야말로 신과 섭리가 우리에게 바라는 가장 바른 모습이기 때문입니다. 주어진 생을 살다가 노년에 접어들면 노후를 준비하기 위해 자금을 마련하는데, 사실 정말 중요한 것은 노후연금이 아니라 여러 생에 걸친 사후연금 준비일 수 있습니다.

우리가 이 세상에 다시 태어날 때 쓸 수 있는 행복을 위한 무제한의 카드는 그런 식으로 준비됩니다. 즉, 사후연금을 넉넉하게 준비할 수 있는 유일한 방법은 타인을 위한 진정한 봉사와 이웃을 사랑하는 일입니다. 그 일이 얼마나 중요한지를 알게 된다면, 오늘 우리에게 주어진 하루하루의 일과가 지닌 소중함을 뼈저리게 느낄 것입니다.

우리가 현생에서 매 시간마다 보고 느끼는 모든 것이 소중하다는 것을 알아야 합니다. 특히 경쟁과 다툼이 전부인 것처럼 보이는 각박한 시대일수록 세속적인 행복보다 영적인 행복을 위해 노력해야 합니다. 세속적인 행복이 자신만을 위한 것이라면, 영적인 행복은 그 범위가 넓어 주위 사람들도 함께 누릴 수 있습니다. 그리고 영적인 행복은 사랑과 나눔을 실천하는 봉사정신으로 얻어집니다. 더불어 그런 마음이야말로 미래 생에서 우리에게 분명히 커다란 행복을 주는 유일한 원천임을 리딩은 거듭 강조합니다.

267

사랑과 나눔의 반대편에는 무엇이 있을까요. 전생 리딩은 그것이 편견과 교만임을 알려줍니다. 학식과 재능이 있어 자신의 능력으로 부와 명예를 쌓았지만, 그 업적이 잘못된 성품과 만나서 교만을 키운 바람에 사회적 성공을 한 순간에 무너뜨리는 사례를 저는 많이 보았습니다.

기업가의 아내가 남편의 사업에 대해 조언을 얻기 위해 저를 찾아왔습니다. 40대의 성공한 기업가인 남편은 자신이 경영하는 회사를 코스닥에 상장시키기 위해, 몇 년 전부터 작전세력의 도움을 받으면서 비슷한 계통에 있는 작은 회사를 합병하고자 치밀하게 준비를 해왔습니다. 우연히 이 사실을 알게 된 아내는 그 이야기를 들은 날부터 계속 악몽을 꾸면서 고통을 받다가, 남편의 결정이 회사의 미래에 어떤 영향을 미칠지를 묻기 위해 방문했습니다.

리딩에 따르면 남편은 18세기에 유럽 왕실의 왕족으로 살았고, 당시에 대단한 자존심과 권위의식으로 남들 위에서 군림했습니다. 전생의 큰 흐름 덕분에 남편은 이번 생에서도 재력이 넉넉한 집안의 장남으로 태어나 남부러울 것 없이 살았습니다. 그리고 집안의 부유함을 배경으로 사업을 시작했고, 벌어들인 재물만큼이나 큰 교만을 키워왔습니다. 지금의 아내는 당시에 남편의 어머니였습니다.

리딩은 남편이 현생에서 과거 생의 교만을 경계하고, 타인을 위한 배려와 이해심을 가지고 살아가야 한다는 점을 분명히 지적했습니다. 만약 전생에서 비롯된 교만을 버리지 않고 살아간다면, 카르마의 교정을 위해 매우 어려운 사건에 휘말릴 수 있다고 말해주었습니다. 남편은 아내의 충고를 귀담아 듣지 않았습니다. 여전히 아랫사람을 함부로 대하고 무시하면서 그들에게 수치심을 주는 행위도 서슴지 않았습니다.

그러던 어느 날 회사의 회계 업무를 맡고 있던 먼 친척뻘 되는 사람이 다른 회사와의 합병을 도모하는 과정에서 장부를 잘못 기재한 사실이 드러나, 남편과 책임 소재를 두고 심한 말다툼을 하게 되었습니다. 말다툼이 길어지면서 분노를 삭이지 못한 남편이 여러 사람이 보고 있는 공개적인 장소에서 그 사람의 뺨을 때리고 폭행하는 일이 벌어졌습니다.

회계를 맡아 보는 사람은 남편과 먼 친척이었지만 족보로 따지면 아저씨뻘 되는 윗사람이었습니다. 심한 모욕과 폭행을 당한 그 사람은 바로 회사를 나갔고, 회사의 치명적인 비리를 관할 관청에 고발했습니다. 결국 그 일이 매스컴에 알려지면서 남편의 회사는 파산에 이르렀습니다.

리딩 과정에서 내담자에게 말해주지는 않았지만, 내부 고발자인 친척은 전생에 왕족이었던 남편의 마차를 모는 마부였습니다. 험한 길을 달릴 때 어쩔 수 없이 마차가 크게 흔들리면 남편은 당시에도 앞뒤 사정을 살피지 않고 마부를 때리거나 벌을 주면서 화풀이를 했습니다. 전생에서 마부는 아무런 항의도

269

하지 못했지만, 이번 생에서 똑같이 당하자 그간의 모든 분노와 아픔이 폭발하면서 남편을 파멸시켰던 것입니다.

교만이 치명적인 상처를 낳아 자신을 죽인다는 것을 우리는 잘 모릅니다. 예기치 않은 불행한 사건은 교만을 교정하기 위한 카르마의 개입일 수 있습니다. 우리가 짓는 마음의 행위는 선업이든 악업이든 당장 결과로 드러나지 않습니다. 그러나 반복해서 쌓이면 그만큼 무거운 카르마가 생기게 됩니다. 그중에서 교만은 가장 부정적이기에 카르마의 법칙은 교만을 교정하기 위해 그에 상응하는 고통이나 불행을 가차 없이 안겨줍니다. 특히 남들에게 모멸감을 주면서 자신의 부와 권력을 자랑하고 악용하는 사람들에게 해당되는 말입니다.

고통은 우리의 소울메이트

저를 찾아오는 많은 분들은 어려움에 처했을 때, 리딩을 통해 돌파구를 찾고 싶어 합니다. 그러나 문제가 자신에게서 비롯되었다는 조언을 듣더라도 그 사실을 진정으로 받아들이기를 어려워합니다. 물론 그중에는 자기가 겪는 고통과 어려움의 원인이 스스로 만든 결과였다는 것을 깊이 이해하고 수용하는 분들도 있습니다. 그러나 끝내 자신이 원하는 이야기가 나오지 않을 때는 교만한 사람일수록 리딩 내용 자체에 불쾌감을 드러냅니다.

한편 영혼의 친구라고 번역되는 소울메이트soul-mate는 우리에게 익숙한 단어입니다. 우리는 소울메이트가 대단한 위로를 주는 존재로 다정하고 좋은 사람이라고만 생각합니다. 그러나 소울메이트는 우리의 잘못을 깨우쳐주기 위해 악역을 자처하기도 하고, 큰 불행을 겪도록 만들어 섭리를 받아들이게 하는 존재이기도 합니다. 고통과 시련도 마찬가지입니다. 우리를 힘들게 만드는 경험은 의식을 확장시켜주고 우주의 참된 진리를 진심으로 받아들이는 계기를 만들어줍니다. 불행한 사건 역시 소울메이트라는 점을 우리는 알아야 합니다.

저를 찾아오는 내담자들은 저마다 다양한 사연과 질문이 있습니다. 그렇지만 연세가 지긋한 분들은 이구동성으로 "왜 제가 이렇게 힘들게 살아야 합니까? 제가 전생에 무슨 죄를 많이 지어서 이렇게 고단합니까?"라고 묻는 경우가 많습니다. 그때 저는 이렇게 위로를 드립니다.

"아닙니다! 정말 열심히 사셨습니다. 고생과 고단함은 다음 생에 좋은 인연으로 태어나기 위한 밑거름입니다."

리딩은 카르마의 법칙이 인형극의 진행자처럼 그리 단순한 역할을 수행하는 것이 아니라는 점을 거듭 알려줍니다. 우리는 삶의 균형을 회복하고 성장하기 위해 꼭 필요한 고통들을 태어나기 이전의 단계에서 직접 설계해 그 밑그림과 함께 이 세상에 옵니다. 서양에서 말하는 '라이프 설계'를 태어나기 전에 한다는 뜻입니다. 즉, 자신이 경험할 인생 설계를 직접 하고 그 계획에 입각해 현실을 살아갑니다. 이런 맥락에서 카르마를 기

271

계적인 방식으로 이해하고 우리를 그저 업에 휩쓸리는 수동적인 존재로만 주장하는 전통적인 방식의 해석을 바꾸어야 한다고 생각합니다.

카르마는 이미 모든 것이 결정되어 있다거나, 혹은 우리가 수동적으로 받아들일 수밖에 없는 거대한 그 무엇을 의미하는 것이 아닙니다. 오히려 카르마는 올바르게 이해될 경우, 지금 이곳에서 이루어지는 우리들의 삶을 보다 긍정적이고 역동적인 것으로 만들 수 있는 보석과도 같다는 점을 강조하고 싶습니다.

18

모두가 모두의 치유자

오직 선하고 간절한 기도만

교회나 절에 가면 기도와 절을 많이 합니다. 대부분의 사람들은 자신이 원하는 무언가를 얻기 위해 열심히 빌고 기도를 합니다. 기도는 간절할수록 효과가 있지요. 그런데 기도의 결과는 사람마다 달리 나타납니다. 기도의 효과를 보여주는 좋은 사례가 있습니다.

자식의 대학 합격을 기원하기 위해 실력이 비슷한 자식을 둔 두 학부모가 절에서 만나, 1년 동안 똑같은 시간에 똑같이 기도하고 절을 했습니다. 그러나 결과는 다르게 나타났습니다. 불합격한 자식을 둔 어머니가 두 번 다시 그 절에 가지 않겠다고 크게 화를 내며 저를 찾아왔습니다. 그 집안은 윗대 어른부터 교육자 집안으로 바르게 살아왔는데, 무엇이 문제가 되어 자식에게 그런 일이 일어났는지 알고 싶어 했습니다.

특히 자신보다 못한 집안 환경을 가진 집 아들은 원하는 대학에 합격하고, 그보다 월등히 나은 집안 환경의 자기 자식이 불합격한 이유를 모르겠다고 했습니다. 합격한 집안의 자식은 가난해서 어머니가 재래시장에서 식당 일을 하고 있다고 했습니다. 물론 가난한 학생의 어머니가 더 간절한 마음으로 기도를 했는지도 모릅니다. 혹은 새벽부터 시장에 나가 다른 사람들에게 음식을 판 그 어머니가 절에서 기도할 때의 마음처럼 식당을 찾는 사람들을 간절하게 대했는지도 모릅니다.

그런데 윗대부터 교육자 집안 자손이라는 어머니를 리딩해보니, 가풍의 영향을 받아서인지 집안 맏며느리인 내담자의 평소 성품은 아상이 깊고 기도의 간절함이 부족하다고 나타났습니다. 윗대에 대제학이라는 높은 벼슬을 한 조상이 있었는데, 그분은 성품이 곧아 자기 관리는 잘했지만, 따르는 후학들이나 제자들과 자신의 학문을 나누고 베푸는 데는 인색했다고 리딩은 말했습니다. 그래서 많이 베풀 수 있는 좋은 기회를 가졌는데도 그 원래의 사명을 다하지 않았습니다. 그런 사람의 자손이다 보니 불합격이라는 경험을 주어 보다 간절한 기도를 할 수 있는 기회의 시간을 주는 것이라고 전해주었습니다.

기도는 영혼에서 우러나오는 그 사람의 신념이 함께해야 합니다. 기도는 한 영혼의 염念이고 원願입니다. 무언가를 이루고자 간절히 염원하는 기도를 한다면, 그 사람은 현생이 아니더라도, 분명 그 언젠가는 자신이 원했던 것을 이루게 됩니다. 물론 그것이 무엇이든 원하는 것을 얻었을지라도 영격(靈格)이 제대로 준비되지 않았다면, 얻어낸 그것이 그 사람의 인생을 불행하게 만들 수 있다는 점도 꼭 기억해야 하겠지만요.

기도와 염원의 카르마

기도와 염원의 힘이 어떻게 우리 삶을 바꿀 수 있는가를 보여주는 리딩 사례들이 있습니다. 의료사고를 내고 무척 힘든 시간을 보낸 의사가 리딩을 요청했습니다. 리딩에서 그는 전생에 의원에서 약탕기를 데우는 일을 하면서 평생을 보낸 걸로 나왔습니다. 그때 자신도 의원이 되어 환자를 치료하고 싶다는 강한 열망을 품었습니다. 당시에는 환자 가족들로부터 약을 잘 끓여달라는 부탁과 함께 작은 사례를 받는 경우도 종종 있었습니다. 그러면 원래 처방전의 약초보다 비싼 약재를 써서 환자의 가족들에게 이익을 주었습니다. 하지만 평소에 사이가 좋지 않은 이웃의 환자에게는 무해하지만 약효도 없는 풀을 약탕기에 끓여서 주는 잘못된 일을 했습니다. 공적인 일에 사적인 이해관계를 개입시킨 것입니다. 강한 염원이 현생에서 그를 의사로 만들어주었지만, 동시에 그 과정에서 부정적인 카르마를 만들어낸 결과로 이번 생에 의료사고라는 어려움을 피할 수 없었던 것이지요.

리딩에 따르면 다른 사람의 질병과 관계된 잘못은 카르마의

275

법칙에서도 특히 엄격하게 구분되어 다루어집니다. 내담자는 전생의 간절한 소망대로 의사가 되었지만 질병에 관한 나쁜 카르마를 갖고 있었고, 거기에 나쁜 카르마를 가진 환자와 만나자 나쁜 기운들이 충돌해 의료사고로 이어진 것입니다. 하지만 이런 사례는 매우 드물다고 할 수 있습니다.

기도의 중요성을 보여주는 또 다른 사례가 있습니다. 자영업으로 크게 성공한 이 50대 남성은 자수성가해 주위 사람들의 부러움을 한껏 받았습니다. 그런데 슬하에 딸만 셋을 둔 그는 많은 재산을 모으게 되자, 뒤늦게 대를 이을 아들 욕심에 사로잡혀 이름난 무속인과 명산대찰을 찾아다니면서 좋은 아들을 얻게 해달라고 많은 기도를 했습니다. 그런 기도 덕분인지 자신과 내연관계에 있던 여성이 아들을 낳자 몰래 자신의 호적에 올렸습니다. 뒤늦게 이 사실을 알게 된 그의 아내는 심한 충격으로 중증의 우울증에 걸렸지만, 남편은 아들을 얻은 기쁨에 가족의 상처는 아랑곳하지 않았습니다.

그런데 바라던 아들을 얻은 후부터 사업이 점점 이상하게 꼬이기 시작하면서 결국에는 폭삭 망하게 되었습니다. 이런 일련의 일들을 지켜보면서 기가 막힌 아내가 남편과 아들의 인연법이 궁금해 리딩을 신청했습니다. 리딩으로 살펴본 두 부자父子의 인연은 서로 만나면 불행해지는 인연법을 가지고 있었습니다. 전생에 두 사람은 죽마고우였습니다. 그러나 내담자의 남편은 평소 친구의 아름다운 아내에게 흑심을 품고 있었습니다.

어느 날 두 친구가 산속의 절을 찾아가게 되었는데, 그 산행에서 내담자의 남편은 친구의 아내를 취하고자 하는 욕심에 친구를 고의로 낭떠러지에서 밀어뜨려 죽였습니다. 그러고는 마을에 돌아와 죽어가는 친구가 유언으로 아내를 잘 보살펴달라고 부탁했다면서 친구의 아내를 극진히 위로해주었습니다. 의지할 곳 없었던 친구의 아내는 자신을 위로해주는 남편의 친구에게 마음을 열었고, 두 사람 사이가 어느 정도 가까워지자 내담자의 남편은 친구의 아내를 상대로 자신의 욕망을 채웠습니다.

전생에서 그렇게 억울한 죽임을 당했던 친구의 영혼은 현생에서 아들을 원하는 원수(남편)의 간절한 기도에 편승해 현생에 이 집안의 아들로 태어나게 되었습니다. 리딩은 아들이 전생에서 친구의 배신으로 억울하게 죽었던 보상을 받아내기 위해 이 집안에 엄청난 금전적인 손실을 초래했다고 밝혔습니다. 현생에서 아들을 낳아준 내연관계의 여인은 당시 남편이 음욕을 품었던 친구의 아내라는 사실도 리딩에서 밝혀졌습니다.

기도는 하나의 염원에서 시작됩니다. 그리고 기도하는 사람은 자신의 기도가 꼭 성취되기를 바랍니다. 하지만 기도를 하는 사람은 자신의 기도가 불러올 결과에 대해 엄직인 책임을 져야 합니다. 그 결과가 행복하든 불행하든 말입니다. 다시 말해 자신이 감당할 수 있는 범위 내에서 기도하고 염원해야 한다는 뜻입니다. 욕심을 내어 분수에 맞지 않는 것을 원하면, 성취된 결과가 자신이 감당할 수 없는 재앙을 초래할 수도 있다는 점을 꼭 기억해야 합니다. 기도하는 마음은 선한 목적을 가져야 하며, 다른 사람을 위한 기도가 오히려 더 자신을 위하는 것임을 알아야 합니다.

사랑과 감사

우리는 삶의 여러 가지 경험을 통해 스스로를 치유하고 있습니다. 리딩은 우리 모두에게 치유의 힘이 있다는 것을 알려줍니다. 대부분의 사람들은 그 사실을 알지 못하고 자기 아닌 다른 곳에서 도움을 청하지만 리딩은 스스로의 내면에서 답을 구하라고 말합니다. 동시에 이기심 때문에 원래 우리에게 구비된 치유의 힘이 욕심에 휩쓸리는 것을 경계하라고 말합니다. 살아가면서 경험하게 되는 모든 불행과 어려움 그리고 고통은 우리를 치유하기 위해 꼭 필요한 계기라고 리딩은 가르쳐줍니다.

본래의 자기를 찾는 과정이 우리가 선택한 삶의 숙제입니다. 특히 많이 가진 이들은 돈이든, 권력이든, 재능이든 그 모든 것이 신 혹은 섭리가 그들에게 심부름하라고 맡겨준 것임을 알아야 합니다. 그 임무를 다하지 않은 사람은 '신'의 '부름'을 제대로 듣지 않은 자들입니다. 신과 섭리는 우리가 서로 가진 것들을 함께 나누고 서로에게 베풀어 모두가 행복해지기를 원합니다. 신이 우리에게 맡겨둔 것들은 그것이 무엇이든 잘못 쓰면 원수를 만들고 재앙을 부르는 원인이 됩니다. 섭리가 우리에게 준 것들에 감사하고, 그 의도에 맞게 나누지 않는다면 언젠가 반드시

278

그에 상응하는 대가를 어떤 방식으로든 지불해야 합니다.

　과도한 이기심이나 자신이 지은 업장 탓에 마음의 눈이 가려져 있어 타인을 돕는 일의 중요성을 모르는 경우가 많습니다. 타인을 돕는 선한 마음은 우리의 본래 마음이지만, 이 사실을 망각한 사람은 불행과 고통을 통해 본래의 마음을 다시 발견하게 됩니다. 삶의 숙제가 우리의 참된 모습을 찾는 것이라면, 본래 마음의 회복은 반드시 필요합니다. 카르마의 법칙은 이러한 회복의 과정을 돕고 완성시키는 근본원리입니다.

　또 우리 모두는 행복해지기를 원합니다. 그러나 행복과 불행은 엄격하게 둘로 분리된 것이 아닙니다. 그것은 마치 동전의 양면처럼 분리될 수 없는 그 무엇입니다. 다시 말해 우리가 어떤 마음을 품는가에 따라 얼마든지 변화할 수 있는 유동적인 것입니다. 우리는 윤회를 통해 옳고 그름의 이분법을 넘어 더 큰 차원에서 삶 전체를 통합적으로 바라보아야 합니다. 여기에는 너와 나의 이분법적 분리도 포함됩니다. 전생 리딩은 나와 너가 분리될 수 없는 하나라는 사실을 가르쳐줍니다. 나는 전생에 너였고, 너는 후생에 내가 될 수 있습니다.

279

　이런 마음을 품을 때 우리는 서로를 자유해줄 수 있는 존재가 됩니다. 우리는 가진 것이 무엇이든 이웃과 나누고 베푸는 사랑의 마음으로 살아가야 합니다. 또 남들이 베풀고 나누어준 것에 감사해야 합니다. 우리 모두가 그런 마음과 태도를 지닐 때 조화로운 공동체는 만들어집니다. 그럴 때 모든 사람이 타인과의 관계, 그리고 자연에 존재하는 모든 것과의 관계 속에서 사랑을 나누는 치유자가 됩니다.

서로를 사랑하고 배려하면서 더불어 행복하게 살아가기를 꿈꾸는 것. 그것은 저마다의 본성을 찾아가는 일이자, 이 세상에 온 우리의 영혼이 간절하게 희망하는 가장 진실한 모습입니다. 전생 리딩은 이 사실을 거듭 우리에게 알려줍니다.

전생이라는 성적표, 그리고 행복의 선택

저는 15년이라는 짧지 않은 시간 동안 많은 것을 잃고 또한 많은 것을 얻었습니다. 제가 잃어버린 것은 저 자신을 위할 수 있는 최소한의 개인적 행복입니다. 그러나 제가 얻은 것은 너무나도 소중한 영혼의 진리였습니다. 저는 제가 위로받기보다는 타인을 위로할 수 있는 일, 제가 행복해지기보다 타인의 행복을 돕는 일이 저에게 가장 잘 맞는다는 것을 오랜 시간이 지난 후에야 비로소 깨달았습니다. 그리고 제가 하는 일이 저에게는 가장 큰 행복이 되고 위로가 된다는 배움을 얻었습니다.

어려움에 처한 사람을 돕거나 타인에게 봉사하는 것은 우리를 치유하고 정화하는 지름길입니다. 우리에게 타고난 운명적인 숙제가 있다면 이 삶에서 풀고 가야 합니다. 저는 예기치 않게 발견한 재능 덕에 봉사한다는 마음으로 내담자들을 맞이합

281

니다. 제 리딩이 누군가를 진정으로 도울 수 있다고 믿게 되었기 때문입니다.

우리는 많은 기회 속에 살고 있습니다. 부자는 가난한 이웃과 나누는 마음으로 살아야 하며, 힘들고 가난한 사람은 고단함을 통해 삶의 새로운 의미를 발견해야 합니다. 삶의 고통이나 시련 때문에 자신의 삶이 잘못되었다고 느껴질지라도 결코 늦은 게 아닙니다.

지금 우리에게는 과거의 잘못을 바꿀 수 있는 힘이 있습니다. 오늘 하루가 다음 생의 모습을 결정하는 새로운 원인이 될 수 있습니다. 이 사실을 비록 뒤늦게 알게 되더라도 아직 우리에게는 기회가 있습니다. 오랜 리딩의 경험이 거듭 말해주듯 우리가 그 사실을 알자마자 죽는다 해도 그 소중한 앎은 결코 사라지는 법 없이 다음 생으로 이어집니다.

부와 지식과 권력은 나눌 때 '보물'이 됩니다. 그저 소유하기만을 고집할 때는 '오물'로 변합니다. 이웃을 위한 작지만 진정으로 배려하는 마음을 꼭 가져야 합니다. 또 자신의 어려움을 타인에게 전가시키지 않고, 매 순간 자신의 선택으로 미래를 바꿀 수 있다고 믿을 때 이번 삶은 시험이 아닌 창조의 계기가 됩니다. 마음에 품고, 행하고, 말했던 모든 것들이 좋은 것이든 나쁜 것이든 다음 생에도 그대로 이어진다는 사실을 저는 많은 이들의 삶을 리딩하면서 거듭 확인했습니다.

좋은 업을 지은 사람은 태어날 좋은 부모와 환경을 선택할 수 있는 권리를 갖게 되고, 나쁜 업을 지은 사람은 자신이 지은 카르마를 정화시켜야 하는 숙제를 가지고 이 세상에 태어납니다. 우리가 그런 과정을 운명이라 부르든 혹은 다른 무어라 부르든 말입니다.

진실한 삶은 후회를 남기지 않습니다. 그렇지 못했다면 다 하지 못한 숙제를 완성하기 위해 이 지상의 삶에 다시 태어나야 합니다. 그래서일까요. '사람의 사주팔자는 그 사람이 전생에 어떻게 살았는지 보여주는 성적표다'라는 법운 선생님의 말씀을 더욱 실감하게 됩니다.

저 역시 지금까지의 삶이 제 사명이고, 이 세상에 태어난 이유임을 절실하게 느낍니다. 그래서 힘들고 외로웠지만 그 길을 피해 가지 않았습니다. 앞으로도 이 소명을 이어나가야겠지요. 하지만 누군가 저에게 다른 생이 주어져 어떤 일을 하고 싶은지 묻는다면, 저는 이렇게 대답하고 싶습니다.

'어느 조용하고 평화로운 동네에서 맛있는 국수집을 열고 싶다'고 말입니다. 그 가게에는 '행복한 국수집'이라는 간판이 걸려 있을 겁니다. 제가 만든 국수를 먹으면서 흐뭇해하는 이웃들의 모습에 덩달아 웃음 짓는 행복한 세 모습을 떠올려봅니다.

283

당신, 전생에서 읽어드립니다